剽竊

THE PLOT

JEAN HANFF KORELITZ

珍・漢芙・克瑞茲———著　葉旻臻———譯

獻給蘿芮・尤斯提斯

好的作家借鑑，偉大的作家竊取。

——T・S・艾略特（但可能是從奧斯卡・王爾德那裡偷來的）

第一部

1
人人都能當作家

曾經備受期待的作家傑克·芬奇·波納——他的著作《奇蹟的發明》曾被《紐約時報書評》評為「焦點新星」——此刻正走進自己在理查·彭大樓被分配到的二樓辦公室裡，將他破舊的皮革公事包放到空蕩蕩的桌上，近似絕望地環顧四周。這個辦公室是他在理查·彭大樓多年來的第四個家，雖然跟之前相比沒好上多少，但至少從桌子後面的窗戶可以隱約看到樹底下的校園步道。他第二年和第三年的辦公室看出去是停車場，第一年還是垃圾堆（諷刺的是，他那一年的文學聲望可能是最接近頂峰的，雖然沒多高，但至少足以讓他期待好一點的待遇）。室內唯一一絲文學氣息與溫暖的來源，就是傑克的這個破背包，裡面放著筆電，今天額外還裝了稍後就要出現的學生們的作品樣章。這個背包傑克揹了好幾年。他在他第一本小說出版前不久，從跳蚤市場買下它的時候，心裡還有點身為作家的自覺：**備受讚譽的年輕作家辛苦奮鬥多年，用的仍是同一個老舊的皮背包！**但現在，要成為那個人的可能性早已消失殆盡。就算還有，他也沒任何藉口去花錢買新的背包了。早就沒了。

理查·彭大樓是雷普利學院校園在六〇年代所增建、不大美觀的白色磚造建築，位於體育館後方，與若干棟宿舍毗鄰，在一九六六年雷普利學院開始招收女性（這本身倒是相當領先時代）後作為「女生宿舍」用。理查．彭是來自香港的一名工程學生，儘管他最終的財富可能更多要歸功於他在雷普利學院之後讀的那間（即麻省理工學院），但該校拒絕興建一座讓理查．彭冠名的大樓（至少他打算捐贈的金額不足以使他們同意）。雷普利這棟建築物最初是設計給工程學程使用，而它仍然帶有科學大樓的獨特氣息——設有窗戶但從沒人坐的大廳、漫長貧瘠的走廊和令人沮喪的白色磚塊。但是當雷普利在二〇〇五年放棄工程學（實際上是放棄了所有科學和社會科學課程），轉而致力於「在越發低估卻需要藝術與人文學科的世界中，研究並實踐它們」（據他們有病的監委會所言），理查．彭大樓被重新分配給人數不多的「虛構文學、詩歌和個人非虛構文學（回憶錄）藝術碩士學程」。

於是作家們走進雷普利學院校園，踏入理查．彭大樓，在這奇怪的北佛蒙特角落，因依傍著傳說中的「東北王國[1]」而沾上幾分獨特怪異的色彩（該地區自一九七〇年代以來一直是一個小型但緊密的基督教邪教教派所在地），但距離柏靈頓和漢諾威也沒遠到化外之地的程度。當然，該學院自一九五〇年代起就一直在教授創意寫作，但從未達到任何嚴肅的水準，更沒有獲利導向。隨著文化變遷，學生以他們一貫特有的方式提出需求，每個教育機構的課程為求生存，都不斷在增加：女性研究、非裔美國人研究、真正承認電腦這種東西端得上檯面的電腦中心。然而當

❶ Northeast Kingdom，佛蒙特州東北角三個郡的合稱。

雷普利學院在一九八〇年代末遭遇巨大危機，校方謹慎且深切地思考，他們究竟如何能真正在體制中存活下來，前景最樂觀的竟是——創意寫作。驚訝吧！因此，它開始了第一個（並且仍然是唯一一個）碩士學程，即「雷普利創意寫作研討會」，在接下來的幾年裡，這門半遠距學程基本上把整個學院剩下的部分全給吃下，直到其餘系所丁點不剩。這對不能放下一切攻讀兩年制創意寫作碩士學程的學生來說更方便了。本來就不該期望他們放下一切來念書！根據雷普利自己光鮮亮麗的宣傳手冊和極具吸引力的網站，寫作不是什麼少數天選之人才能參與的菁英活動，每個人都有他們特別的聲音，和只有他自己能說的故事。人人都能當作家——尤其是在雷普利寫作班的指導和支持下。

傑克．芬奇．波納一直以來的夢想就是成為作家。一直、一直、一直都是，從他還住在長島郊區的時候就是。長島是這個世上最不該產出任何像樣藝術家（不管是哪種類型）的地方，但他命就爛，生在這地方，當個稅務律師和高中輔導員的獨生子。沒人料到他會把才能浪費在地方圖書館裡，標有「長島作家」的一片荒涼冷清的小書架上，但這位年輕作家的家人還是注意到了。他的志向遭到父親（稅務律師）強烈反對（作家不賺錢！除了席尼．薛爾頓。傑克自認是下一個席尼．薛爾頓嗎？），而他的母親（輔導員）則善盡其職，不斷地提醒他，他在PSAT測驗口語方面的表現最多就到中等（令傑克困窘不已的是，他的數學居然比口語還好）。這些都是相當艱鉅的挑戰，但哪位藝術家沒有挑戰要克服？他整個童年頑強地閱讀（值得一提，是帶著競爭和忌妒的心態），脫離學校制式課程，把一般的廢物青少年拋在腦後，審查起浮現在眼前的未來競爭對手。接著，他跑去維思大學攻讀創意寫作，跟一群關係緊密、剛起步的長篇小說家和短篇小說家同輩走在一塊，而他們就和他一樣發了瘋地好勝。

年輕時，傑克．芬奇．波納對將來要寫的小說滿懷夢想。事實上，「波納」不算是他們真正的姓——傑克的祖父在整整一世紀前，將波恩斯坦改為波納——但「芬奇」也一樣，是傑克在高中時加上的，向點燃他對小說熱情的小說致敬。有時候，當他特別喜愛一本書，他會想像自己其實是該書的作者，正在接受評論家或書評媒體的採訪（總是謙遜地迴避採訪者的讚美），或在一家書店或滿座的演講廳裡，對一群熱情的觀眾朗讀書中內容。他想像自己的照片（模仿過時已久的那種作家照——靠在打字機上或手持菸斗）出現在精裝書的封底折口上，還過度頻繁地想像自己坐在桌子前面，為一長串的讀者簽名。「謝謝您，」他會優雅地對每位走到桌前的女士或男士說。「是您過獎了。沒錯，那也是我最愛的其中一本書。」

傑克並不是沒想過他未來的小說名著實際的寫作過程。他知道書放著不會自己寫，得靠實際付出——付出想像、堅毅和技巧——才能夠讓他未來的小說問世。他也明白這行並不冷門：一大群跟他一樣的年輕人，對書籍抱有和他相同的感受、有天也都想寫書，而且可以想見，這些年輕人裡面，有的可能甚至比當時的他還有天賦、也許想像力還更豐富，或就只是更有毅力把書寫完。這些念頭不特別令他愉快，但也好在他很有自知之明。他知道他不會去考證照，到公立學校教英文（「如果寫作這條路行不通」）或是考法學院入學考試（「有啥不好？」）。他曉得他已經選了自己的水道，也下水開始游了，他會一直游下去，直到他親手拿著他自己的書，到時候全世界一定會明白他這麼多年來都曉得的事實：

他是個作家。

偉大的作家。

至少他本意是如此。

時值六月底，整個佛蒙特州已經連下了快一週的雨，傑克開門進到他在理查·彭大樓的新辦公室。他踏進去才發現，整個走廊到辦公室裡都是他踩的泥巴印，他低頭看他可憐兮兮、從未真正拿來跑步的跑鞋——原本是白色，現在被雨水和泥濘弄成棕色——感覺現在再脫鞋也沒意義。他從市區開了一整天的車過來，帶著兩袋用連鎖超市塑膠袋裝的衣服、那老舊的皮革公事包、他用來寫（理論上而非實際上）最新這本小說的同樣老舊的筆電，還有一疊文件夾，裝了他負責指導的學生交來的作業。他這才意識到，隨著他每次北上雷普利學院，他帶上的東西就逐漸遞減。第一年？一個裝滿幾乎他全部衣服的大行李箱（因為誰曉得什麼衣服才適合他在北佛蒙特待上三週？前後還都是想當然等著奉承的學生和必定眼紅得要死的同事？）和他第二本小說的完整草稿影本（他老愛當眾埋怨這本書的截稿日）。今年呢？他就只扔了幾條牛仔褲和襯衫到兩個塑膠袋裡面，還有他主要用來訂晚餐和看YouTube的筆電。

如果他一年後還在做這可悲的工作，可能會連筆電都懶得帶了。

不，雷普利寫作班即將開始新的一期，而傑克並不期待。他不想和無趣又惱人的同僚重聚開會，他們沒一個是他真心欣賞的作家。當然，他也不想為又一大票殷勤熱切的學生佯裝興奮，他們可能各個都相信自己有天會寫出——或也許已經寫了——「偉大的美國小說」。最重要的是，他不想假裝他自己還是個作家，更別提偉不偉大了。

不用說，傑克對新學期毫無準備。那堆厚得煩死人的文件夾裡，所有的作業樣章他都沒看一眼。剛來雷普利的時候，他說服自己：除了是「好作家」之外還是個「好老師」，是件令人稱羨的事。他也算很仔細地看過那些人——實際花錢來跟他學習的人——的作品樣章。但現在，他從公事包裡拿出的那些文件夾，是早在好幾週前，露絲．史圖本（尖酸到不行的研討會辦公室負責人）送來的時候他就應該開始讀的，但它們先被移到「重要信件匣」，再移到他的皮革公事包，全程一次也沒遭逢給人翻開的屈辱，更遑論得到嚴謹審閱了。傑克嫌惡地望著它們，彷彿他沒能專注正事，還得面對眼前令人作嘔的一晚，都是它們害的。

畢竟，那些把內心世界裝進這堆文件夾裡的人們——此刻就正在匯集到佛蒙特州北部、來到理查．彭大樓潔淨無趣的會議室、幾天後開始一對一會談就會進而來到這間辦公室裡——又有什麼值得深究之處？現在這幾個學生，這些勤勉求教的學子，跟雷普利過去的學生不會有半點區別：本業做了半輩子、相信自己能產出一堆克萊夫．卡斯勒式冒險故事的傢伙，或是在部落格寫寫自家小孩，就自認為能被《早安美國》固定邀稿的媽媽們，或是剛退休後想「重新擁抱小說」（就那麼敢認定小說一直在等他們？）的人。最糟的是傑克感覺和自己最像的那群人：「文學小說家」，肅穆凜然，對所有搶在他們之前成功的人都滿腔怒火。說傑克是個有名，或至少「備受重視」的年輕（現在是「還算年輕」）小說家，那些卡斯勒迷和媽咪部落客也許還會信，但這疊文件夾裡，必然會有幾個未來的大衛．福斯特．華萊士和唐娜．塔特，他們會信嗎？大概不會。這群人非常清楚傑克．芬奇．波納早年失利，沒能寫出夠好的第二本書，第三本也不見半點蹤影。他被送到一個專收「曾經前途似錦的作家」的煉獄，成功從裡頭爬出去的人寥寥無幾。（其實傑克不是沒寫出第三本，但以這個情況來說，誤會其實比真相美好多了。他的確寫了第三本，甚至還有第四本，但耗費他近五年生命寫成的兩部書稿，被滿滿一大票信譽漸失的出版社拒絕，從經手《奇蹟的發明》的「國寶級」出版社，到受人景仰、出版了他第二本書《混響》的大學出版社，再到許許多多小出版社登在《詩人與作家》背面的徵文獎，而他還真花了點錢參加，結果不用說，就是輸了。有鑒於這些令人喪志的事實，他其實希望學生以為他還在絞盡腦汁地捕捉他傳說中令人驚嘆的第二本著作。）

即使沒讀過新生的作品，傑克感覺自己熟悉他們的程度，已經如同他們的學長姐，而他並沒有想要跟他們如此親近。比方說，他知道他們遠不及自認的才華洋溢，或可能完全就跟他們暗地裡害怕的一樣爛。他知道他們想從他身上得到的東西，他完全沒得給，也從來就輪不到他假裝自己有。他也知道，他們每一位都會一敗塗地。而且，他知道等這為期三週的研習結束後，他們就會被他拋諸腦後，從他的人生中消失，再也無聲無息。他對他們的期望也就這樣，真的。

但首先，他得構築他們對雷普利學院的幻想：這裡每個人，不論是「學生」或「老師」，在藝術世界之中都是同僚。他們各有其特別的聲音，和一個獨一無二、只有自己才能說的故事。而他們每一位，都同樣有資格被人冠上那神奇的名號：作家。

現在剛過七點，雨還下個不停。明晚在歡迎餐敘和新生碰面時，他就得全程保持笑容、提供個別鼓勵，並且用妙趣橫生的方式引導他們，讓雷普利寫作學程的每位新成員都有可能相信，這位寫出《奇蹟的發明》、「天賦異稟」（《費城詢問報》）又「前途可期」（《波士頓環球報》）的作家，已準備好親自引領他們進入文學名人堂的香格里拉。

不幸的是，他們通往那裡唯一的路，就是那十二個資料夾。

他打開理查．彭大樓制式的辦公桌燈，坐到制式的辦公椅上，椅子在他坐下時發出一聲尖銳的嘎吱聲。接著，他花了好一段時間，讓目光隨著辦公室門邊水泥牆上凸起的一條污漬移動，盡可能拖到最後一刻，再來面對這即將開始、令人不悅的漫長夜晚。

這段後來總被他視作「之前」的人生，就在今晚畫上句點。當他回想起最後這天晚上，他有多少次希望當時沒錯得那樣徹底、那樣要命？即使其中一個文件夾為他帶來難以置信的好運，有多少次，他會寧願自己走出那死氣沉沉的辦公室，順著自己的泥水腳印穿過走廊，回到車上，然後開上好幾小時的車程回到紐約，回到他自己平凡失敗的生活裡？他已想了太多次，但這不重要。已經太遲了。

2
英雄歡迎儀式

隔天下午，歡迎餐敘開始的時候，傑克已經整個人精疲力盡。他只睡了短短三個小時，硬撐著出席那天早上的教務會議。今年有一項小小的勝利，露絲．史圖本終於把他手上以詩人自居的學生，轉調到其他同樣以詩人自居的老師底下（傑克無法傳授給想學詩的學生任何有價值的東西。在他的經驗裡，詩人滿常閱讀小說。但說自己有在讀詩——不管頻率高低——的小說家都是**騙子**），這樣至少可以說，他分派到的十二個學生都是使用散文文體的作家。但這算什麼散文啊！他靠著紅牛徹夜讀過它們，敘事視角跳來跳去，一下是這個角色、一下是那個角色，彷彿敘事者其實是隻跳蚤似的，故事（或……章節？）本身如此鬆散，同時又如此混亂，最糟的情況是寫得毫無效果，最好的狀況也仍然差強人意。時態在段落之間變來變去（有時還在同一句之內！），用字遣詞時而明顯透露作者自己也不太清楚它們的意思。其中文法程度最糟的學生讓川普相形之下都媲美史蒂芬．佛萊，剩下的大多就是在組織些只能說是……平庸至極的句子。

那堆資料夾裡的內容包括：沙灘上驚現的一具腐屍（屍體的乳房被晦澀地稱作「熟成的蜂蜜瓜」）；一名作家浮誇地描述他透過DNA鑑定，發現自己是「半個非裔」的過程；關於一對同居一棟老宅的母女枯燥乏味的角色剖析；還有一本設定在名為「森林深處」的河狸水壩的小說開頭。其中幾篇沒什麼文學上的野心，處理起來沒什麼難度——抓出劇情，用紅筆把散文似的冗辭贅述改掉，就算對得起他的薪水，也盡其專業責任了——但那些比較有「文學」意識的作品（諷刺的是，其中有些還寫得數一數二地爛）會要了他的命。他很清楚。此刻就已經是進行式。

幸運的是，教務會議不是很累人（傑克甚至可能還在露絲・史圖本唸經似地誦讀雷普利學院性騷擾防範指南時，稍微打了個盹）。重回雷普利寫作班的教授們都處得還不錯，儘管傑克無法說自己和他們任何人成為真正的好友，但他確實建立了一個穩定的傳統：每個學期，他都會跟布魯斯・歐萊利一起在雷普利酒館喝啤酒。布魯斯退休前在柯爾比學院英語系任教，還在他故鄉緬因州一家獨立出版社出了半打的小說。

今年，理查・彭大廳層的會議廳裡多了兩位新人：看起來和他同年紀、有點緊張的詩人愛麗絲，和一位自稱為「跨文類」作家的法蘭克・里卡多。他唸自己名字的方式之認真，明顯在暗示大家都能認得——或再怎麼說也該認得他這號人物。（法蘭克・里卡多？確實，傑克大概在自己第四本小說開始被各方拒絕後，就不再密切關注其他作家了，沒錯。要繼續寫下去真的太痛苦。）但他覺得自己沒聽過法蘭克・里卡多應該很自然吧。（法蘭克・里卡多有拿過國家書卷獎或普立茲獎嗎？法蘭克・里卡多有憑著眾人瘋傳，讓一本名不見經傳的首部小說登上《紐約時報》暢銷榜冠軍過嗎？）露絲・史圖本複誦完並確認過行事曆（包括每日和每週的行事曆、夜間選讀、書面評估何時要交，以及研討會期末文學獎的評審截止日）後讓大家散會，面帶微笑但態度強硬地提醒教職員必須出席歡迎餐敘。傑克趁任何同事——無論新舊——有機會跟他講話前便跑了出去。

他租的公寓在雷普利學院東邊幾英里、一條真的就叫作「貧民巷」的路上。房子屬於當地一位農夫——精確來說是他的遺孀，可以俯瞰整條路，和一座從前用來飼養乳牛、快要倒塌的穀倉。現在這塊地被那位寡婦租給露絲·史圖本的一位兄弟，將農場變成日間照護中心。她坦言自己完全摸不透傑克做的事，要怎樣把東西弄成一本本書，也不懂這東西在雷普利學院要怎麼教，或是真有人會付錢來學這種東西，但從他頭一年到雷普利，她就一直為他保留這間公寓——不吵不鬧、互動禮貌、認真負責。這些條件俱全，還只要這樣的租金，顯然稀有到不租不行。那天早上，他大概四點爬上床，睡到教務會議開始前十分鐘。還不夠。他把窗簾拉上，再度倒下，在剩五分鐘時醒來，準備好他的氣勢和魅力，迎接雷普利寫作班的新學期正式拉開序幕。

烤肉餐會辦在學院草坪上，四周盡是雷普利最古老的建築，不像理查·彭大樓，它們妥妥地就是個大學的樣子，而且其實非常漂亮。傑克把紙盤子盛滿雞肉和玉米麵包，伸手到其中一個保冷箱裡要拿一瓶海尼根，但即使他都伸手了，還是有人靠到他身上，秀出一隻長滿濃密金毛的長手臂，把他自己的前臂推到一邊。

「抱歉啦。」這人在視線外說道，還很好意思地握住傑克本來要拿的啤酒，把它從冰水裡面抓出來。

「沒事。」傑克自動答道。

多可悲的一件小事。讓他想起以前漫畫封底上的那些健身漫畫：體重九十八磅的弱雞被惡霸踢得滿臉沙。他能怎麼辦？當然是讓自己也變成肌肉惡霸啦。那傢伙——身高普通，一頭普通的濃密金髮長到肩膀——已經轉頭離開，並撬開瓶蓋，將酒瓶拿到嘴邊。傑克看不到那混蛋的臉。

「波納先生。」

傑克站挺身子。一名女子站在他旁邊，是那位新來的同事，早上教務會議時見過。名字叫愛麗絲什麼的，緊張兮兮的那個。

「我是愛麗絲．洛根。沒錯。我只是想跟你說我實在很喜歡你的作品。」

傑克發覺自己感到一陣生理性的快感。那感覺經常伴隨這句話出現，而他時不時都還會聽到人們這樣說。在這個情境下，「作品」說的只會是《奇蹟的發明》，一本默不張揚的小說，設定在他自己的故鄉長島，主角是個叫亞瑟的年輕人。亞瑟對牛頓生平和思想的著迷貫穿全書，也在他弟弟驟逝時，支持他走過生命的混沌。必須強調，這主角不是傑克年輕時的替身。（傑克沒半個手足，他還得做一大堆研究，來塑造一個深諳牛頓生平和思想的角色呢！）《奇蹟的發明》出版時的確有許多讀者，到現在也還時不時會有吧，他想，那些在乎小說與小說文壇走向的人。從來沒有人用「我喜歡你的作品」來評價過《混響》（一本短篇小說集，內容先是被他第一家出版社拒絕，再被紐約州立大學的冠冕出版社——他們可是備受尊崇的大學出版社！——重編為「一本短篇連作小說集」），就算當時畢恭畢敬地送了多到數不清的公關書給人評論也一樣（結果是一篇書評都沒有得到）。

到現在還會遇上這種事應該讓人開心才對，但不知怎麼地他卻不開心。不知怎麼地，那讓他感覺糟糕透頂。但說真的，有什麼不讓他感覺糟糕透頂呢？

他們來到其中一張野餐桌坐了下來。都是那個海尼根小偷害的，傑克忘了再拿瓶飲料。

「真的很震撼人心，」她接著剛剛停下的地方說。「而且你寫那本的時候是……多大啊，二十五歲？」

「差不多，沒錯。」

「唉，我整個五體投地。」

「謝謝你，是妳人太好，過獎了。」

「我看那本的時候，正在讀創意寫作碩士。其實，我們讀的應該是同一個學程。不是同個時間啦。」

「喔？」

傑克——顯然還有愛麗絲——讀的學程不是這種比較新的「短期研習」，而是那種更傳統的學程，「拋下一切、全心埋首藝術整整兩年」。坦白說，那學程的聲望也比雷普利來得高太多了。它隸屬於中西大學，長年培養出美國文壇重要的詩人及小說家，要得到錄取也是難如登天，花了傑克三年才成功（與此同時，他看著某些才華較差的朋友和認識的人獲得錄取）。那幾年他住在皇后區一間小不拉嘰的公寓裡，為一間專擅科幻、奇幻小說的文學經紀公司工作。他個人對科幻跟奇幻向來沒有興趣，但這兩個類型似乎吸引了大量——唉，就直說了吧？——野心勃勃的作者們。不過傑克也沒任何基準可以比較，他在大學畢業後應徵了許多赫赫有名的文學經紀公司，每一間都謝絕利用他的才能。「幻奇小說有限公司」是位於地獄廚房區（實際上是老闆的鐵道公寓裡靠後邊的一個小房間）的一間兩人企業，客戶有大約四十位作家，其中多數人只要在事業上有任何一點起色，就會跳槽到更大的經紀公司去。傑克的工作就是派律師去對付這些不知感恩的作家，並且阻止那些逕自投稿的作家在電話上描述他們（寫成或還沒寫的）的十冊系列小說給經紀人聽。除此之外，就是讀一篇又一篇的小說原稿，關於遙遠星球上的反烏托邦式架空世界、地底深處黑暗的刑罰制度，以及推翻殘酷暴君的後末日反叛軍聯盟。

有一回他還真幫他老闆挖到一個令人興奮的潛力股，那本小說講的是一位勇敢的年輕女性搭上某種星際垃圾艦，從專門關押犯人的殖民星球逃出來，結果在垃圾堆裡發現一批變異人種。她將他們打造成一支復仇軍隊，最終導致了戰爭開打。它明顯很有潛力，但他的兩個廢物老闆讓那份原稿在他們桌上受盡凌遲，每次都草草打發他的提醒。到最後傑克放棄了，然後再過一年，他在《綜藝》雜誌上讀到ICM把該書版權賣給米拉麥克斯影業（還找了珊卓·布拉克主演），便小心翼翼地剪下那篇報導。六個月後，等他終於拿到他寫作學程派對的黃金入場券，他就辭職了——真是超爽的一天！——他把剪報放在那份灰撲撲的原稿上方，方正地擺到他老闆桌上。他盡了他受雇於人的職責。他永遠看得出一套劇情是否真的優秀。

與許多其他寫作學程學生不同（其中有些人入學時已刊出過作品，大多數是在文學期刊，但有一個例外，居然是在《紐約客》上發表的！所幸那位是詩人而不是小說家），傑克沒有浪費這兩年珍貴的時間。他勤勉負責地參加了每個研討會、講座、朗讀會、工作坊和來自紐約的訪問編輯和經紀人舉辦的非正式聚會，並拒絕陷入「創作瓶頸」（這本身就是虛構的東西）之中。不在大學上課或旁聽講座時，他就在寫作，在那兩年內，他完成了《奇蹟的發明》初稿。他以之作為學位論文，申請了學程所提供的每個符合資格的獎項。他贏得了其中一個獎，更重要的是，他找到了經紀人。

原來，他離校後沒幾週，愛麗絲就到了中西大學校園。隔年他小說出版時她就在學校裡看到書封影本被釘在布告欄上，標示為校友出版品。

「我是說，也太讚了吧！才畢業一年而已。」

「對啊。好像作夢一樣。」

那句話落在他們兩人之間，像某種沉悶惱人的存在。終於他開口：「所以妳是寫詩的嘍？」

「是。我去年秋天出了第一本詩集。阿拉巴馬大學出的。」

「恭喜。真希望我有多讀點詩。」

其實不然，但他希望自己真的希望多讀點詩，這應該也算吧。

「真希望我能寫小說。」

「這個嘛，說不定妳真的能啊。」

她搖搖頭。她似乎在……說來荒謬，但這位面色蒼白的詩人是當真在跟他調情嗎？為什麼呢？

「我不懂要怎麼寫。我是說，我很愛讀小說，但光寫一句就累死我了。我無法想像，好幾頁好幾頁地寫，更別提人物要感覺起來真實，情節也得出乎意料之外。想到有人真能做到那些就覺得太扯了。而且不止一次！我是指，你有寫第二本，對吧？」

還有第三本跟第四本，他心想。和第五本，如果正在他筆電裡的那本也算的話。他氣餒到連看都不看它一眼，已經快滿一年了。他點頭。

「唉，我接到這份工作的時候，全部的教職員裡我就只認得你。我是說，認得你的作品。我想說你如果在這裡，那應該就還行吧。」

傑克小心翼翼咬了口玉米麵包：乾巴巴的，不意外。他已經好多年沒在寫作方面遇到這種程度的讚賞了，那些溫暖醉人的感覺全都湧了回來，快得令人震驚。這就是被景仰的感覺，而且是一個清楚散文句子要寫得好、寫得出色有多困難的人經過仔細思量後說出的讚賞！他曾以為自己的生活會充滿這種互動，不只有其他作家和（他日益增長、越發深入的著作的）忠實讀者，還有欣喜若狂的學生。傑克・芬奇・波納會擔任他們的指導作家兼教師（也許，到最後會是在更好的學校裡），他會是在工作坊結束後，能跟他們一起喝杯啤酒的那種老師！

但傑克其實從來沒跟他哪個學生喝過啤酒就是了。

「這個，謝謝妳，是妳過獎了。」他用熟練的謙虛語氣告訴愛麗絲。

「我今年秋天會開始在霍普金斯當兼任講師，但我從來沒教過書，可能會滿力不從心的。」

他望向她，原本就所剩無幾的善意現在正迅速流失。在約翰霍普金斯大學擔任兼任講師可不是什麼小事。那意味著，她可能獲得了一份必須打敗其他幾百位詩人才能拿到的獎學金。他這才想到，在大學出版社出書，很可能也是因為她得了某個獎項，也就是每個寫作學程學生幾乎都會去投稿的獎。愛麗絲這個女生很可能是某種重要人物，或至少在詩歌圈稱得上是大有來頭。這念頭讓他無比喪氣。

「我相信妳會沒問題的，」他說，「不確定的時候，只要鼓勵他們就好了。他們花大錢在我們身上就是為了這個。」他選擇笑了笑。感覺尷尬得要命。

愛麗絲過了半晌，也笑了一下，看起來就跟他一樣尷尬。

「嘿，那個你們在用嗎？」一個聲音說道。

傑克抬頭看。他或許不認得那張臉——臉形修長，金髮往前垂在微瞇的雙眼上——但他認得那隻手臂。他目光隨著它一路到它的末梢：一根指甲特別銳利的食指往外伸。野餐桌的紅色格子塑膠桌布上有一個開瓶器。

「什麼？」傑克說，「喔，沒有。」

「因為大家都在找它。應該要放在啤酒那頭才對。」

這是明晃晃的指責：傑克和愛麗絲兩個明顯無足輕重的傢伙，讓這位等著在雷普利舞台中央發光發熱的才子和他的朋友們，都拿不到那關鍵的開瓶器，也因此讓這群天賦異稟的學生們，都喝不到他們想喝的飲料。

愛麗絲跟傑克都沒做回應。

「所以我要把它拿回去。」金髮男說，並如是照做。兩位教職員默默地看：又一次，那轉身的背影，普通身高、普通金髮、肩膀偏寬，邁大步離開，勝利地揮舞著開瓶器。

「唉，還真親切呢。」愛麗絲先開口。

那個人生氣地走到另一張滿座的桌子旁，眾人側著身子坐在長凳的兩端，或是坐在拖來的草地椅上。在全新學期的第一晚，這群新生顯然就已經建立了一個階級分明的小團體。從金髮男子與開瓶器在他那桌得到的英雄式歡迎，可以看出他們這位麻煩的朋友明顯是該團體的中心人物。

「希望他不要是個詩人。」愛麗絲嘆氣道。

機會不大，傑克心想。那傢伙從頭到腳都散發著「小說作家」的氣場，這個群體差不多可平均分成幾個小類：

一、偉大的美國小說家

二、《紐約時報》暢銷作家

或是集一、二類於一身的超級稀有種……

三、《紐約時報》暢銷榜上的偉大美國小說家

這位把開瓶器救回來，博得眾人歡欣鼓舞的救世主也許想成為強納森．法蘭岑，或者換個說法，他也許想成為詹姆士．派特森，但從實際層面來說兩者沒有任何區別。雷普利學院對自視甚高的文學家和普通的故事寫手不做區分，也就是說，這個自認為傳奇英雄的傢伙，無論如何都非常可能會在隔天早上，走進傑克本人的研討課。而他拿這該死的傢伙什麼辦法都沒有。

3

伊凡．帕克／帕克．伊凡

看吧：隔天早上十點，他出現了，跟其他人一起大搖大擺地晃進「彭101」（一樓的會議室），漫不經心地瞥了一眼會議桌末端傑克坐的位置，看起來對這房間裡明顯的權威人物（傑克．芬奇．波納！）沒半點印象，然後坐了下來。他伸手拿桌子中間那疊影本，傑克看著他面無表情地翻了幾頁，還沒上課就先不屑的譏笑一聲，再把影本放在自己的筆記本和筆和水壺（雷普利研討會的報名禮，整個學程的第一個也是最後一個免費贈品）旁邊。接著他跟鄰座同學大聲聊了起來，對方來自鱈魚角，是個外貌圓滾的禮貌男子，至少有在前一晚跟傑克自我介紹過。

過了表定時間五分鐘後，課程開始。

又一個潮濕的早晨，隨著工作坊開始，總共九位的學生們也開始脫下層層的外衣。傑克大部分時間都在放空：介紹自己、大略描述個人生平（他沒多強調自己出過的書；如果他們不在乎，或是不想重視他的成就，那他寧願不要直接從他們臉上看到），然後稍微聊聊他們在創意寫作工作坊裡，可能或不可能達到的目標有哪些。他提出一些樂觀的規定，以求最好的實作結果（必須要積極正向！要避免個人意見和政治意識形態！）並邀請他們每個人介紹一下自己：他們是誰、他們寫了什麼，以及他們希望雷普利寫作班能怎樣協助他們成為更好的作家。（每次都能靠這招用掉第一堂課絕大部分的時間。如果沒有，他們就會進行到他為了初次討論影印的那三份作品樣章。）

雷普利在招生宣傳方面下了很大的功夫——近年來，除了光鮮亮麗的宣傳手冊和網站外，還加上臉書的分眾廣告。雖然申請人數確實增加許多，但目前還沒有一期申請人數是大過招生名額的。簡而言之，任何想進雷普利的人，只要繳得出錢來，都歡迎入學。（不過，進來之後被退學也不是不可能；自學程成立以來，已有不少學生成功獲得這種「特別待遇」，最常見的原因是在課堂上惹人厭到極點、攜帶槍械，或單純就是舉止瘋狂怪異。）一如預期，這群人大致上平均分成「夢想贏得國家書卷獎」的學生，以及「夢想在機場旋轉書架上一排排平裝書中看見自己作品」的學生。有鑑於這兩種目標傑克自己都沒達成過，他曉得自己身為老師必須克服一些挑戰。他的工作坊裡有不止一位、而是兩位女性稱自己受伊莉莎白・吉兒伯特啟發，另外有人想以「生命靈數規則」為主軸寫一系列的懸疑小說，還有一名男子已經根據自己的生平寫了六百多頁的小說（才寫到青春期），和一位來自蒙大拿的男士，似乎正在寫一部新版的《悲慘世界》，要修正維克多・雨果的「錯誤」。輪到開瓶器救世主發言的時候，傑克相當肯定眾人已經團結了起來，因為生命靈數學家及雨果男太過荒謬。那個金髮男幾乎毫不掩飾自己臉上得意的笑容，但傑克也不確定事態將如何發展，一切就取決於等一下發生的事了。

那傢伙交叉雙臂，往後靠著椅背，不知怎地讓那姿勢顯得很舒適。「伊凡・帕克，」那傢伙直接說道，沒有任何開場白。「但我有在考慮調動一下，在工作方面。」

傑克皺眉。「你是指取筆名嗎？」

「對啊，為了隱私。改成『帕克．伊凡』。」

他努力憋笑，因為絕大多數作家都過得遠比他們期望中還要有隱私。也許史蒂芬．金或約翰．葛里遜會在超市裡遇到有人顫抖著手拿紙筆來接近他們，但對大部分作家來說，就算是真的出過書、實際上也能夠自給自足的作家，他們的隱私都安全得很。

「寫的是哪種小說？」

「我不是很愛貼標籤，」伊凡．帕克／帕克．伊凡說，把前額那縷厚厚的頭髮往後撥。瀏海馬上就滑下來了，但也許那就是他要的效果。「我只在乎故事本身。要嘛它劇情好，要嘛不好。如果劇情不好，寫作技巧再棒都沒轍。如果劇情夠好，寫得再爛也不會怎樣。」

這番相當了不起的話迎來一片沉默。

「你在寫的是短篇故事？還是你計畫要寫成長篇小說？」

「長篇小說。」他簡短地說，彷彿被傑克質疑了一樣。而老實說，傑克完完全全就是在質疑。

「是個大工程呢。」

「我很清楚。」伊凡．帕克尖酸地說。

「好吧，關於這本你想寫的小說，你能跟我們談些什麼嗎？」

他立刻一臉狐疑。「哪方面的『什麼』？」

「唉，比如說場景啊。人物？或劇情概要？你有想到劇情了嗎？」

「我有，」帕克帶著滿滿的敵意說。「我不想談。」他看了看四周。「在這個地方。」

傑克不必直視任何其他人，都能感覺到他們的反應。每個人似乎同樣感到語塞，但只有他被期待要給出回應。

「這樣的話，」傑克說，「我想，我們需要知道的是我——這門課程——能怎樣幫助你提升寫作能力，才是最好的方法。」

「噢，」伊凡・帕克／帕克・伊凡說，「我沒真的想提升什麼。我寫得很優秀，我的小說也在軌道上。而且其實，如果要我坦白說，我甚至不確定寫作是不是一件教得來的事。我是說，就算是最好的老師也一樣。」

傑克注意到一陣沮喪沿著會議桌環繞。很可能有不止一位新生正在思考自己是否白繳了一筆學費。

「這個，很顯然我是不同意啦。」他試著逗大家笑。

「但願如此啊！」來自鱈魚角的男子說道。

「我很好奇，」坐傑克右邊的女性說，她正在想一本關於她在克里夫蘭郊區成長歲月的「虛構式回憶錄」。「你如果覺得寫作這種事教不來，為什麼還來讀寫作學程？比如說，為何不就自己去把你的書寫完呢？」

「這個嘛——」伊凡・帕克／帕克・伊凡聳了聳肩。「我當然是不反對這種東西啦。只是它有沒有用還有待觀察而已。我已經在寫我的書了，我也知道它有多棒。但我想說，就算學程本身沒真的幫到我，能有個學位當然好啊。跟在你名字後面的頭銜總是多多益善，是吧？而且說不定我能藉此找到個經紀人呢。」

許久沒有人說話。不少學生好像突然被面前的作品樣章裝訂本吸引得分心。最後，傑克說：「聽到你的作品順利進行，我很高興，我希望我們可以成為你的資源和支持系統。有件事是我們都知道的：作家向來會彼此幫助，不管有沒有一起修讀正式學程都一樣。我們都明白，寫作是很孤獨的活動。我們自己工作——沒有電話會議或者共同腦力激盪，也沒有團體向心力的訓練，我們就只是在一個房間裡，獨自工作。也許這就是為什麼我們跟同儕分享作品的傳統會演變成如今的形式。我們一直以來都會聚集在一塊，朗讀作品或分享原稿，甚至也不只是為了有伙伴或是社群感，而是因為我們真的需要別人看看我們寫的東西。我們需要知道哪些地方好，還有更重要的，是哪些地方還要改進：而大多時候，我們無法信任自己的判斷。一個作者不管多成功——不管你怎樣衡量成功——我敢打賭，他們都有一個信任的讀者，在經紀人或出版社之前先讀過他們的作品。再從實際一點的層面講吧，我們現在的出版業已經不重視傳統『編輯』所扮演的角色。如今編輯們會想要一本可以直接進入出版排程——或越接近越好——的書，所以說，你要是以為麥斯威爾．柏金斯❷在等你把還沒完成的稿子送到他桌上，讓他能捲起袖子把它改造成《大亨小傳》，情況早已不是那樣了。」

看到他們不認得「麥斯威爾．柏金斯」這號人物，他很難過，但也不意外。

「換句話說，去找到那些讀者，邀請他們參與我們的創作過程是很明智的選擇，而我們在雷普利學院所做的便是如此。形式可以非常正式，也可以隨性到不行，依你喜歡，但我想我們在這個團體扮演的角色，是盡可能去為我們作家同儕的作品提供想法，並盡可能以開放的心態去面對他人的指教。對了，同儕當然也包括我。我不會拿我的作品來佔用課堂時間，但我的確很期待能從這間教室裡的作家們學到許多，不只是你們自己作品內的東西，還包括你們怎麼去看、去聽、去思考同學的作品。」

伊凡．帕克／帕克．伊凡從頭到尾笑著，看他有點慷慨激昂的演說。他這會兒再搖了搖頭，來強調他感覺這有多好笑。「我很樂意分享我對每個人作品的看法，」他說，「但別指望我會為了給誰看或聽或聞，就改變我在做的事。我很清楚我手上的東西。我不覺得這世界上有誰能搞砸我的這套情節——無論他是多爛的作家。我能說的就這樣。」

語畢，他交叉雙臂，閉緊嘴巴，好像要確保不會再有任何一絲金玉良言從他嘴裡溜出。雷普利寫作班第一學年的小說工作坊裡，誰的火眼金睛、金耳和金鼻都別想靠近伊凡．帕克／帕克．伊凡正進行中的那本偉大小說。

❷ Maxwell Perkins，1884-1947，海明威、費茲傑羅等美國文豪的編輯。

4 鐵飯碗

老宅裡的母親和女兒：那就是他的作品樣章。要是有哪篇散文的情節可以比它更不驚奇、明確、缺乏火花，那大概只有報導油漆乾燥之類的文章句子吧。傑克在跟它的作者進行首次一對一面談以前，額外花了點時間閱讀，只是想確定自己沒錯過哪個能寫出《法櫃奇兵》的明日之星，或是能生長出《魔戒》式史詩遠征的種子，但就算有——在女兒的作業練習，或母親如何料理罐裝奶油玉米的日常描寫，又或是對房子本身的描述之中——傑克也沒見著。

與此同時，他有點煩躁地注意到，它的文筆本身並不差。伊凡．帕克——或未來（等他真的成功出版一本大師巨作，讓他不得不取個保護隱私的筆名）的帕克．伊凡——也許在工作坊裡把他所謂的精采劇情捧得太過頭，但這惹人厭的學生還真的寫了八頁，讀起來完全不會令人不快，沒有明顯缺失，亦無作家常見的冗言贅述。鐵錚錚的事實是：這混蛋似乎是個天生的作家，他跟語言有種游刃有餘又令人欣賞的關係，這點就連那些比雷普利優秀好幾倍的寫作課程都教不了，傑克自己從來也沒能把這教給哪個學生的（因為他自己也從來沒跟哪個老師學到過）。帕克寫作時留心細節，有意識地處理字詞交織成篇的方式。他竟然只靠極少的敘述，去勾勒這兩位看起來是主角（一位名叫黛安德拉的母親，和她十幾歲的女兒露比）的人物跟她們家——位於國內某個冬天經常下雪的不具名地點，一座十分老舊的房子——就成功描繪出人物及其背景，同時表現出她們之間毫無疑問，甚至強烈到令人咋舌的緊張關係。女兒露比勤奮好學又鬱鬱寡歡，是一位不僅描寫入微，還富有層次、躍然紙上的角色。母親黛安德拉的形象比較模糊，但在她女兒的視線邊緣有著強烈的存在感，就兩個人，在這麼大一間老宅裡，傑克判斷她們的關係如此發展也算合情合理。即使在同一間屋子裡的兩端，她們對彼此的厭惡仍是如此顯而易見。

這篇他已經讀了兩次；一次是在前幾天他熬夜趕工的時候，另一次是在第一堂課之後，他忍不住內心好奇去翻那堆文件夾，希望能多了解這個混帳。帕克把他的劇情講得轟轟烈烈的時候，傑克不免想起那具屍體（陳屍在沙灘上、嚴重腐爛卻不合邏輯地還有「蜂蜜瓜」似的乳房），而當他得知這令人印象深刻的錯誤描寫，居然是出自他想像力豐富的學生克莉絲（來自羅阿諾克的一位醫院經理人，也是三個女兒的媽媽）之手時，他的驚訝更是不在話下。過了一會，在他意識到眼前這幾頁樣章——確實寫得很好，但完全沒半點劇情，更別說什麼高潮迭起到連「爛作家」都搞砸不了的劇情了——的作者就是伊凡．帕克時，傑克好想笑出來。

現在，眼見作者本人就要來參加他的第一次師生會談，他坐下來第三次——希望也是最後一次——讀這份樣章。

露比可以聽到她母親的聲音，一路從她樓上臥室和電話裡傳來。她聽不出確切內容，但每次黛安德拉在接她的通靈熱線時，露比總能從她高昂又飄忽不定的聲音判斷出來——好像黛安德拉（或至少說是她通靈時的化名「黛兒姊妹」）就飄浮在上面，俯瞰那打電話來的可憐蟲，看透對方生活中的種種。而當她母親的聲音不高不低、平平淡淡時，露比能聽出黛安德拉是在做遠距客服專線工作。而當聲音變得低沉，還帶有喘息的時候，那就是在色情聊天。過去幾年來，那就是露比生活中大部分時間的背景音樂。

露比在樓下廚房裡，寫她自己特別請老師讓她重考的歷史測驗。考試內容是南北戰爭及戰後重建，而她答錯了一題：什麼是「提包客」，還有這個詞是從哪來的。雖然只是一次小失誤，但也足以撼動她一直以來班排名第一的位置。想當然她會要求重做十五題測驗了。

布朗先生嘗試告訴她，她原本考的九十四分不會影響她的成績，但她不肯就這樣放手。

「露比，妳答錯一個題目，並不是世界末日。再說，妳這輩子接下來都會記得什麼是『提包客』了。這才是重點。」

那才不是重點，一點都不是。重點是要在這門課上拿到A，她才能主張自己不需要上高三春季班所謂的「進階美國史」，轉去修社區大學的歷史課程，因為那會幫她離開這裡去讀大學——最好是有獎學金，而且是去到離這房子很遠很遠的地方。她一點也沒想跟布朗先生解釋這一切。

但她求啊求，求到他終於屈服。

「好吧。但是拿回家寫。考試時間妳決定就好。開書考。」

「我今晚就寫。而且我保證，我絕對不會開書考。」

他嘆了口氣，坐下來又寫了十五道題目，就為了她。

她正在回答一個有關三K黨的題目——已經寫得比題目要求還長——時，她母親走下樓並踏進廚房，電話用耳朵和肩膀夾著，手已經往冰箱門伸去。

「親愛的，她就在旁邊。此時此刻。我感覺得到她。」

一陣停頓。她母親看來是在接收訊息。露比嘗試回到三K黨的題目上。

「對，她也想念你。她在上面看著你。她想要我說什麼……什麼東西，親愛的？」

黛安德拉站在打開的冰箱前面。過了半晌，她伸手拿一罐健怡Dr Pepper汽水。

「貓？你知道什麼跟貓有關的事嗎？」

沉默。露比低頭看她的考卷。她還有九題要寫，但小廚房被通靈世界給填滿，她寫不了。

「對，她說是一隻虎斑貓。她用『虎斑』這個詞。貓咪過得如何，親愛的？」

露比在小長凳上坐挺身子。她很餓，但她跟自己說好了，要先把該做的事做完，把必須證明的事情證明給他看之後，才能去弄晚餐。現在是她們採買週的最後幾天，她確認過了，冰箱裡沒多少東西，但有個冷凍披薩和一些青豆。

「噢，那太好了。她開心得不得了。好了親愛的，我們快到半個小時了。你還有更多問題要我問嗎？要不要我和你繼續保持通話？」

黛安德拉這就走回樓梯間，露比則看著她離開。這房子實在老到不行。它曾經屬於她的祖父母，再更久以前還屬於她的曾祖父母。而儘管裝潢有過一些改動——壁紙和油漆和客廳那塊理應是米白色的滿鋪地毯——其中幾間房間的牆上，還是有老舊的壁紙印花。比如說正門內側附近：一排奇形怪狀的鳳梨。露比始終不懂那些鳳梨意義何在，至少是要到她們班去某間早期美國博物館一日遊，她在其中一棟建築看到一模一樣的東西後她才懂。看來鳳梨是象徵好客，那麼它真是最不該出現在她們家牆上的東西，因為黛安德拉一輩子都不好客。她甚至不記得上次何時有人把誤投的信送到她們家來，更別提來喝杯她母親泡的爛咖啡了。

露比繼續寫她的題目。桌面黏黏的，因為早上的早餐糖漿，或可能是昨晚晚餐吃的起司通心粉，或可能是她在學校的時候，她母親在桌上吃的或做的什麼東西。她們倆從來不在餐桌一起用餐。露比盡可能不讓她母親負責她的飲食健康，她母親毫無疑問妥善地維持了自己的少女體態——是真的少女：從背後看，母女倆相像到荒謬的程度，靠的是某種「飲食法」：燕麥棒和健怡Dr Pepper。大概在露比滿九歲前後——差不多也是她學會怎麼幫自己打開該死的義大利麵罐頭的時候——黛安德拉就不再為女兒張羅食物了。

諷刺的是，隨著兩人體型越發相似，她們之間也越無話可說。並不是說她們曾有何時享受過所謂「親密的母女關係」；露比想不起來任何睡前的親密時光或扮家家酒，沒有寵溺的慶生會或金光閃閃的聖誕節早晨，也從來沒有過任何像母親的建議或自發性的關愛，像她偶爾會在小說或迪士尼電影（通常就在母親過世或消失之前）裡看到的那種情境。黛安德拉好像只是在完成最低限度的母職，最主要就是那些讓露比能活著、有打疫苗、有地方安住（如果住在這冷死人的房子能算是一種「安住」），和受教育（如果她念這間沒競爭力、窮鄉僻壤的學校算是「受教育」）。

她好像就和露比一樣渴望這一切結束。

但她渴望的程度不可能和露比一樣熱切。差得可遠了。

上個暑假，露比去城裡一間麵包店打工（當然是沒留下紀錄）。接著，同年秋天，她接了份星期天的工作，幫鄰居照顧兩個比較小的小孩，讓家裡其他人能上教堂。她賺的收入有一半進到家裡帳戶，供飲食和偶爾的居家修繕使用，不過，另一半則被露比塞進她的預修化學課本裡。她母親肯定怎麼都不會想到要去檢查這裡。去年，她為了想超前學校基礎科學的課程進度，跟輔導老師談了條件，必須上困難的化學課，同時她也在社區大學修人文課程、獨立法文專題，當然還有那兩份工作。但大概在她打開第一罐義大利麵罐頭前後，她就有了這個計畫，而這點辛苦只是為了達成目標。她的計畫就是「他媽的離開這裡」，而她每分每秒都專注在這個目標上。她現在十五歲，在念十一年級（因為幼兒園跳級過）。再幾個月她就能申請大學。一年後，她就能遠走高飛。

她不是一直都這樣。她輕輕鬆鬆就能回想起自己有段時間，至少還能用不好不壞的心情，去看待住在這棟房子裡、凡事繞著她母親轉的生活，而她基本上是她唯一在世的家人（當然也是她唯一見過面的家人）。她可以回想自己做著那些她覺得大部分小孩都會做的事情——玩泥土、看相片——而且不會同時感覺到哀傷或憤怒，現在的她也能夠認知到，不管她的家庭生活和「家人」有多令人不快，在更廣闊的世界上，還有數不盡的、更糟的版本。所以是什麼讓她走到這忿恨不平的懸崖邊？是什麼讓小時候普通的自己，成為這樣的露比：窩在帶回家寫的這份能左右好多事情的歷史測驗上（至少在她心目中），並且會認真倒數離家日還剩幾天的人？答案不得而知。從來沒人跟她講過這件事。答案也早就不重要，唯一重要的是隨之而來的事實，這個她在幾年前想通，也就從沒質疑過的事實：她母親憎恨她，而且可能一直都是如此。

知道這種事情後，她能怎麼辦？

就是嘛。

通過考試。請布朗先生寫一份教師推薦函（幸運的話，他會在信裡重述現在這件趣事，說這女孩是怎樣堅持做額外指派作業的）。然後，帶著她明顯優異過人的腦袋，遠離那滿屋子的破鳳梨，去一個至少會欣賞她的世界闖蕩。她夠聰明，曉得不能指望愛情，她甚至也不確定自己想不想要它。這是她跟母親共處的十五年裡，她成功學到的最重要的智慧。十五年過去。再撐一年——拜託，老天，就一年——就好。

傑克放下那幾頁。母親和女兒，緊密又狹小的空間裡，和外界有點隔絕又稱不上隱居（母親會到超市購物，女兒會到高中上課，還有一個關心她福祉的老師），兩人之間明顯又極度緊繃的張力。好喔。母親有工作收入（儘管沒明說）並確保她們有地方能住，有還行的食物能吃。好喔。女兒很有野心，立志要上大學，離開這個家和媽媽。好喔，好喔。

他自己的寫作學程老師，有次對他們工作坊裡其中一個比較自溺的散文作家說過這麼句話：

「嗯……所以呢？」

伊凡・帕克說這是「我這套劇情」。但事實上，世界上真有所謂「我這套劇情」嗎？思想上比傑克（他敢打賭，就算是伊凡・帕克也一樣）更了不起的人們已經找出幾種核心劇情，囊括幾乎每個故事開展的方式：「追尋」、「旅程與歸途」、「成長故事」、「戰勝怪物」等等。老木屋子裡的母親和女兒（好吧，具體說是老木屋子裡的女兒）看上去就很有成長故事、成長小說的樣子，或者是麻雀變鳳凰那類故事——然而，這些劇情精采是精采，但單純這樣根本無法成就令人讚嘆、嘖嘖稱奇、峰迴路轉、引人入勝到寫得再爛都沒差的故事。

在他的教學生涯中，傑克和許多還無法完美駕馭自己才能的學生坐下來談過，雖然那種斷層大多圍繞在基礎的寫作能力上。許多新手作家都誤以為只要他們知道一個角色長什麼樣子，就足以將它神奇地傳達給讀者。其他則是相信單靠一個細節，就能讓一個角色有記憶點，但他們選的細節又總是平凡無比：只用「金髮」來形容女性角色，男性的話就是「六塊肌」——他有！或者他沒有！——好像任何讀者需要知道的就這樣。有時候，作家會寫出一句接一句，毫無變化的字串——名次、動詞、介係詞片語、名詞、動詞、介系詞片語——完全不明白那種一成不變有多惹人抓狂。有時候，學生會陷在他們自己特定的興趣或愛好上，把個人的狂熱吐得滿張紙都是，要嘛是塞了太多無趣的細節，要嘛是某種他或她認為想必足以撐起敘事的簡述：男人走進一場賽車聚會，或女人到滿滿異國風情的島嶼，跟大學女子聯誼會的好友們聚聚（事實上，海灘上被人發現的那具身材如蜂蜜瓜的屍體，就是這樣的故事背景）。有時候他們自己都把代名詞搞錯，讓你得不斷回頭搞清楚到底是誰在對誰做什麼。有時候，在好幾頁寫得完全沒問題，或甚至高於一般水準的內容裡……則是什麼鳥事都沒發生。

但他們是學生作家；這就是他們之所以來到雷普利學院的原因（可能吧），也是因此，他們才會來到傑克位於理查・彭大樓的辦公室。他們想要學習和成長，大致來說也很樂意採納他的見解和建議，所以要是他告訴他們，他無法從稿子實際的文字判斷一個角色的外觀或他們在乎的東西；又或是他對角色生活的認識太少，讓他很難覺得有必要去參與他們的成長之旅；或是他因為缺乏賽車協會或大學女子聯誼會敘舊之旅的資訊，無法理解這些描述（或沒被描述的那些）何以重要；或是行文力道太重、對白太過迂迴，又或是劇情本身讓他覺得「所以呢？」……他們通常會點頭、做筆記，也許擦個一兩滴淚，然後回去繼續工作。下次再見時，他們會抓著新的稿子，感謝他讓他們的半成品又更好了一些。

但他總覺得這次情況不會是那樣。

伊凡・帕克已經遲到了將近十分鐘，他卻聽到他悠哉地走過走廊。門半開著，他沒敲門就走進來，在傑克桌上放下自己的雷普利水瓶，然後轉動另一張椅子的角度，讓他們好像是朋友一樣圍坐在咖啡桌前討論，而不是在辦公桌前面對面，帶有任何一點正式或（正常的）權力位階差距的談話。傑克看著他從帆布袋拿出一本黃色記事本，最上面幾頁被撕掉，留下不整齊的紙邊。他把本子放在大腿上，然後——就像在會議室裡一樣——他緊緊把雙臂交叉在胸前，對他的老師露出一種不怎麼和善又興味盎然的表情。「好吧，」他說，「我來啦。」

傑克點頭。「我剛剛在重讀你繳交的樣章。你是個挺不錯的作家。」

他決定好要這樣開場。他仔細衡量過是否不要用「挺」和「不錯」，但最終他覺得這樣能有最好的進展，而他的學生似乎還真有那麼點措手不及。

「這個，很高興聽你那樣說。特別是因為，像我說的，我實在不覺得寫作這檔事是教得來的。」

「但你卻到了這裡來。」傑克聳肩。「我能怎麼幫忙你呢？」

伊凡・帕克笑了。「這個嘛，我需要有個經紀人。」

傑克本身已經沒經紀人了，但他沒講這件事。

「研討會最後會有一天的業界交流日。我不確定有誰會來，但通常會有兩三位經紀人或編輯。」

「私下引介大概會更有效吧。你大概知道對外行人來說，要把作品送到對的人面前有多困難。」

「好吧，我不會說人脈沒用，但請記得，從來沒有人單因為人情而出版一本書，風險太大，太花錢，要是結果不好還得面臨一大堆專業責任。也許私交能把你的書稿送到某人手上，但接下來的事全靠作品。還有一點：經紀人和編輯在找的真的都是優秀的書，而且不是說新人作家就都沒機會。完全不是。一來，是新人作家沒有前作銷量令人失望的包袱，而且讀者總是想看到新面孔。經紀人也會對新作家有興趣，因為他很可能會是下個吉莉安・弗琳或麥可・謝朋，這位經紀人就很可能拿下他此後所有作品的代理權，而不單單是這一本，所以不只有現在的收益，還有未來的收益。信不信由你，就算有人脈，比起出過幾本不夠熱賣的書的人，你其實有優勢多了。」

換句話說，就是像我這種人，傑克心想。

「喔，那是對你來說。你還真的有大紅過。」

傑克看著他。這話可以有好多走向。每條都是死路。

「我們的好壞全由現在手上的作品決定。這就是為什麼我想專注在你正在寫的東西上，以及它可能的發展方向。」

傑克沒料到伊凡的反應會是仰頭大笑。他抬頭看門口上方的時鐘。四點半了，面談時間已經過了一半。

「你想知道劇情，對吧？」

「什麼？」

「喔，少來了。我跟你說我手上有很棒的東西。你想知道是什麼。你不也是個作家嗎？」

「是，我是作家。」傑克告訴他，盡全力讓自己的聲音不帶任何冒犯。「但現在我是老師，而作為一位老師，我在努力幫你寫出你想要寫的書。如果你不想多講關於這個故事的事情，我們還是可以就你交來的部分下點功夫，但我如果不知道這些內容最終要如何在更大的故事脈絡底下產生連結，我會很難施力。」

不過這對我也沒差就是，傑克在心裡補上一句。**好像我在乎個屁似的**。

他辦公室裡的這個金髮混球沒有說話。

「你的樣章，」傑克試探道，「是你提到的小說的一部分？」

這非常無害的問題，卻讓伊凡．帕克花了長到毫無必要的時間思考。然後他點頭，厚實的金色瀏海幾乎遮住一邊眼睛。「開頭其中一章裡的。」

「好吧，我喜歡細節的部分。冷凍披薩和歷史老師和通靈助人專線。從這幾頁裡面我對女兒的認識比母親多，但那不一定有問題。當然啦，我不知道你敘事視角的選擇。現在很明顯是女兒。露比。我們整本書都會跟著露比的視角走嗎？」

又一次毫無必要的停頓。「會也不會。」

傑克點頭，好像那很合理似的。

帕克說：「就只是……我不想要，你知道，在那教室裡把東西都講光了。我在寫的這故事，它就像個，鐵飯碗。你懂嗎？」

傑克看著他。他想笑到不行。「我覺得我不懂，說真的。什麼的鐵飯碗？」

伊凡往前坐。他拿起他的雷普利水瓶，轉開蓋子，並倒進嘴裡。接著他再次交叉雙臂，幾乎是遺憾地說：「所有人都會讀這故事。它會大賺一筆。它會翻拍成電影，導演可能是某個超有分量的傢伙，A咖名導那種。它會讓一切夢想都成真，你懂我意思嗎？」

傑克現在是真的說不出話，他怕自己明白他的意思。

「就是，歐普拉讀書的那玩意兒會選它。電視節目會討論它。通常不談書的電視節目也會談它。每個讀書會。每個部落客。每個連我都不曉得的東西都會知道它。這本書怎麼樣都絕對不可能失敗。」

太扯了。他聽了整個醒過來。

「任何東西都可能失敗。在出版市場裡？任何東西都可能。」

「這個不會。」

「聽著，」傑克說，「伊凡？我可以這樣叫你嗎？」

伊凡聳了聳肩。他看起來突然很累，好像這番嚷嚷自己多偉大的話讓他自己疲憊不已。

「伊凡，我很欣賞你對自己的作品有信心。我希望你的同學們也能像你一樣相信自己的作品，或最終能夠這樣相信。就算你剛提到的許多……夢想，非常、非常可能不會實現，因為外頭有許多優秀的故事不停在出版，競爭也非常激烈。但衡量一部藝術作品成功的方式還有很多種，不一定跟歐普拉或電影導演有關。我希望你的小說能得到各式各樣的好成績，可是在那之前，你得先把最好的版本寫出來。從你交來的一小部分來說，我確實有些想法了，但我必須誠實地說：我在實際閱讀的頁面中看到的是那種比較沉靜的書，我是指，不一定很明顯就是會引來一線導演和成為暢銷書的樣子，但很可能會是一本非常優秀的小說！母女倆共同生活，可能處得不太好。我已經選邊為女兒加油打氣了。我想看她成功，想要她能遠離這個家，如果這是她想要的。我想找出一切的根源，為什麼她母親看起來很討厭她，如果她母親真的討厭她的話——要了解青少年的家長，直接問青少年本人可能不是很可靠。但作為一本小說的基礎，這些都是很出色的元素，我想我不明白的是你為什麼要堅持這麼極端的檢驗標準。寫一本好的小說出道作——我是說，我們就放掉一些比較不可控的目標——找到一個相信你和你未來的經紀人，甚至是一家願意冒險替你出書的出版社，這樣不是很好了嗎？為什麼要把自己放在這種處境，好像如果拍電影的不是一線導演而是二線導演，那作品就失敗了呢？」

又一個漫長的片刻，漫長到令人髮指的片刻，伊凡沒有回答。傑克已經準備要說些別的話，就為了結束這種純粹不適的感受，即使這代表會談會提前結束，因為他們兩個在這裡，到底有什麼實質進展？他們甚至還沒開始看實際的寫作內容，更別提接下來更宏觀的問題了。還有，這傢伙是一等一自戀的混蛋，這點現在是毫無疑問了。即使他成功寫完一個聰明女孩在舊房子裡與母親一起成長的故事，最多也只能得到傑克自己亦曾短暫享受過的文壇關注，而且如果有人問起，他完全可以描述這經驗——或至少說它的後果——有多麼銘心刻骨。所以說，如果伊凡．帕克／帕克．伊凡想成為下一個《奇蹟的發明》的作者，沒人會阻止他。傑克會親自為他做個桂冠花圈，幫他舉辦派對，將他自己寫作學程指導教授曾試著告訴他的、令人傷心的建議傳承下去：你的成功只取決於你最後出版的那一本書，你的好壞也只取決於你手上在寫的下一本書。所以閉嘴，好好寫。

「它不會失敗，」傑克聽到伊凡講。然後他說：「聽我說。」

然後他說了。他說了又說，講了又講。在他講的同時，傑克感覺那兩個身影揮之不去的女子進到房間裡，陰沉地站在門口兩側，好像在挑釁這兩個男人敢逃離她們試看看。傑克壓根沒想逃離。他一心想的就只有這個故事，這個不是任何一種宏大敘事「麻雀變鳳凰」、「追尋」、「旅程與歸途」、「重生」（不是真的重生）、「戰勝怪物」（也不是真的戰勝怪物）。對他來說，這是全新的故事，每個人讀到都會有同樣的感想，而讀到的人會非常、非常多，就跟他的欠揍學生剛才說的一樣，它的讀者會是每個讀書會、每個部落客、廣大的出版界和書評界中的每個人、每個有專屬讀書會的名人、每個愛書人、世界各地的群眾。這故事的格局和衝擊性，橫空出世又驚世駭俗。他講完的時候，傑克好想喪氣地垂下頭，但他不能把他的感受和他的驚愕表現出來，給這個完全有理由自命不凡的混蛋看。他現在敢肯定，這傢伙有朝一日會成為帕克．伊凡，以化名寫出這本令人讚嘆的小說出道作，靠著口耳相傳登上紐約時報暢銷書榜冠軍。他不能表現出來。因此他點了點頭，提出一些建議，把母親的角色帶到前景，以及幾種發展和調整敘事視角和語氣的方向給他參考——這些都無關宏旨，完全派不上用場。伊凡．帕克講的完全沒錯：像這樣的劇情，世界上再爛的作家都毀不了。而伊凡．帕克是能寫的。

學生離開之後，傑克走到窗邊，看著對方走向餐廳，就在一片小松樹林的另一頭。他從沒注意到，那些樹林形成一種遮蔽，勉強透出對面校園建築依稀可見的燈光。然而每個人每次都會直接穿過它們，而不會繞路走。「我在人生的中途，」他聽見自己想著，「發現自己身處在一片黑暗的森林裡，因為明確的道路已無處可尋。」這是句他一直都知道的話，但一直到此刻，他才真正明白它的意思。

他自己的道路已經無處可尋很久了，他不可能找回那條路，再也不可能。他筆電裡還沒寫完的小說稱不上是一部小說，也幾乎沒在寫了。而那些他可能有過的其他故事的點子，也都在今天下午之後遭受致命打擊，因為那些點子都不是他剛剛在一個沒有人（甚至包括教師）認真對待的三流寫作學程、他暫用的水泥辦公室裡聽到的那個故事。他剛剛聽到的故事，才是唯一的故事。傑克也知道，未來的帕克·伊凡炫耀過這部小說將來會擁有的一切，絕對全部都會發生。絕對。出版社會為了它爭個你死我活，接著是世界各地的書商，為它上演更多次的爭奪，電影版權也會引起一場大戰。歐普拉會對著攝影機拿起這本書，走進每一家書店，都會在最靠近正門的陳列桌上看到它，如此可能會持續個好幾年。他認識的每個人都會讀它。他在大學時競爭過的每個作家、研究所時嫉妒過的每個作家、和他上過床的每個女人（老實說並不多）、他教過的每個學生、雷普利學院的每個同事和以前教過他的每個老師，還有他根本都沒在讀書的母親和父親，連《奇蹟的發明》他們都是不得不強迫自己讀的（假設他們真的有讀過的話——他從沒要求過證明）。更別提幻奇小說有限公司那兩個笑話——他們跟一本後來被拍成珊卓·布拉克領銜主演電影的小說擦身而過。啊，還有珊卓·布拉克本人。所有人都會去買它、借閱它、下載它、出借它、聽它的有聲書、拿它送禮、收到它當禮物，就是帕克·伊凡——這個自以為是、狗屎爛蛋、根本不配這一切的王八賤貨——正在寫的這本書。**媽的王八蛋**，傑克心想，然後立刻苦惱起來，因為他作為一個理應很有文學造詣的人，還選擇用「媽的王八蛋」真是太過可悲。但在那一刻，他能想到的就只有這個詞了。

第二部

5 流亡

兩年半後，傑克・芬奇・波納——《奇蹟的發明》的作者，尚稱體面、規模不大的雷普利學院寫作班前教師——開著他年邁的Prius轎車，來到紐約州雪倫泉鎮奧德倫藝術創作中心後遍佈冰雪的停車場。這台車從來就不是特別強悍，這已是它第三次在一月份努力跑過奧本尼（有個略微幽默的別稱「皮襪領地」）西側一帶了，它在雪地中些微攀升的能力逐年下降——通往奧德倫的山丘一點也不平緩。傑克對這台車的死活不抱太大希望，老實說，繼續在冬天開這台車，讓他連自己的死活都不抱太大希望，但他對自己能夠有錢買車就更不抱希望了。

雷普利寫作班在二〇一三年，以一封簡短粗暴的電子郵件，唐突地解雇了所有教學人員。接著，在不到一個月的時間內，他們成功地重新組織出一個在校時間更短、事實上是「全部線上遠距」的學程，以視訊會議取代如今令人懷念的理查・彭大樓。傑克和他大多數同事一起得到重新雇用，這絕對有給他的自我價值帶來安慰，但雷普利給他的新合約，遠遠不夠他在紐約市過上普通的生活。

因此，他在別無選擇的情況下，不得不考慮那令人憂慮的可能性：離開文壇的舞台中心。

二〇一三年，他這樣一個作家，面對美國虛構文學不斷增長的書目，自己的兩本小說逐年被推得越來越後面，還有什麼機會可言？傑克寄了五十份履歷，註冊了所有承諾將他的才華傳播到全球潛在雇主的線上服務，和每個他能忍受的人重新聯繫，讓他們知道他在找工作。他去紐約大學柏魯克分校面試了一次，但學程主管不能自已地提到他們其中一位最近畢業的學生，他的第一部小說即將由FSG出版，而他也申請了這個職位。他循線找到一位前女友，現在在休斯頓一家極為成功的自費出版商工作，但在他強迫自己敘舊、聊她雙胞胎寶寶的可愛故事聊了二十分鐘後，他實在無法開口問她有沒有工作機會。他甚至回去幻奇小說有限公司，但那間經紀公司已被併購，現在成了一個名為Sci/Spec的新事業體的一小部分，而他原本兩位老闆似乎都沒在轉型中倖存。

最後，他在徹底的挫敗下，做了他知道其他人也做過的事：他創了一個網站，宣傳自己身為兩本廣受好評文學小說的作者，長期任教於全美最優秀的小型創意寫作學程之一，這些經歷讓他擁有優秀的編輯技能。然後就是等待。

漸漸地，開始有些人產生興趣。傑克的「成功率」是多少？（傑克回覆了一長篇信，探討「成功」這個詞對藝術家的意義，之後再沒得到那位聯絡人的回覆。）波納先生願意和獨立作者合作嗎？（他立刻回信：願意！之後那位聯絡人也跟著消失。）他對於青少年小說中的擬人化有何看法？（相當支持！傑克回信表示。不然他能說什麼？）有一個作家手上有進行中的作品，傑克願不願意「試編輯」五十頁，好讓對方判斷這故事是否值得繼續？（傑克深吸了一口氣，回信說：不行。但他同意特別給前兩個小時的費用打五折，這該夠他們各自決定是否要一起工作了。）

自然地，這個人就成了他的第一位客戶。

他在線上編輯、指導和顧問（這涵義寬廣得不可思議的詞啊）這份新工作所遇到的文字作品，讓他在雷普利表現最差的學生看起來都像海明威。他一次又一次地敦促新的聯絡人檢查他們的拼字、別搞混角色名字，並在打出那令人振奮的「全文完」之前，至少花那麼點心思去考慮一下，他們的作品該傳達的基本想法為何。有些人會聽他的建議，但有些人不知怎地，似乎相信「聘請專業作家」這行為本身就能神奇地使他們自己的寫作變得「專業」。然而，最讓他驚訝的是，他的新客戶們——甚至比他在雷普利教過最差的學生還要多太多——好像都把出版視作純粹的交易行為，而不是像他和每個他欽佩（並嫉妒）的作家一樣，視之為一扇神奇的大門。有一次，在他和一位佛羅里達的老太太用電子郵件交流的初期（對方希望完成她回憶錄的第二部），他禮貌性地稱讚她剛出版的第一部回憶錄（《狂風之河：我的賓州童年》）。那位作家非常直率地拒絕他的奉承。「哦，拜託，」她回應道。「任何人都能出書。你只要開張支票就行了。」

他不得不承認，那就是「人人都能當作家」的一個說法，就連他也能同意。

從某些方面來說，這一類的情況其實要好很多。當然還是有驕傲自大的人要應付，客戶對自己寄來的故事、小說和回憶錄（以及，儘管他當然沒有主動去找，但還是有詩歌類的合作）的感受和作品的實際品質之間，還是有巨大的差距。但是，用骯髒的金錢換取服務，這種誠實又直接的方式，以及傑克和他的網站使用者（其中一些人甚至是被他已經「幫助過」的客戶推薦來的）之間清楚明白的關係，在經歷這麼多年的虛假的同僚情誼之後……實在是令人耳目一新。

然而，即使有還算穩定的顧問工作和他在雷普利學院的新教職，傑克還是無法繼續在紐約生活。有次，一位客戶——水牛城的一位短篇小說作家——提到她最近才結束在奧德倫藝術創作中心「駐村」，傑克便記下這陌生的名字。視訊通話結束後，他找到他們的網站，讀了讀這個想必相當新穎的想法：一個領補助的藝術家社群，看起來營運得很不錯，地點在紐約北部一個他從來沒聽過、叫雪倫泉的小鎮。

當然，他自己就是傳統藝術家社群——旨在提供認真工作的藝術家幫助和休息——的老手，那些地方。在《奇蹟的發明》出版後他自己的那段黃金時期，他曾獲得雅多藝術社群的獎助金，飛去懷俄明州，在Ucross中心度過成果豐碩的幾個星期。他也去過維吉尼亞藝術創作中心和雷格岱基金會，而且就算雷格岱標誌著他風光日子的結束（在《混響》出版一年後），至少他能夠（也真的有！）將這些名聲顯赫的機構列在他的履歷和網站上，單純就為了增添些作家的榮耀光芒。然而，傑克去那些地方從沒被收過一毛錢，所以他必須深入研究奧德倫的網站，才能了解這地方是什麼樣的新玩意：一間自費的藝術家靜修中心，提供像雅多或麥道威爾一樣著名的環境，但不僅開放給菁英或傳統上有文學造詣的人，任何需要它的人都歡迎。或至少說，任何需要它，且花得起每週一千美元的人都歡迎。

傑克仔細端詳那棟老建築的照片：一座白色的巨大旅館，稍微有點歪斜（或那只是照片的拍攝角度？），於一九八〇年代建成。雪倫泉有許多還沒拆掉的大型旅館，奧德倫就是其中之一。這個度假小鎮四面被硫磺溫泉環繞，有段時間到處是維多利亞式的水療館建築。從比它更有名的同類型城鎮薩拉塔戈泉往西開一小時車程，就是雪倫泉的所在地。但即使在當時，它也不如薩拉塔戈泉繁榮，現在就更不用說了。雪倫泉鎮在上個世紀初開始沒落，到一九五〇年代，就有六家旅館或坍塌或拆除或關閉，或因為他們的顧客放棄了長年慣有的夏日安排，或就只是過世了，導致鎮上日漸衰敗。然後，經營奧德倫的家族裡有人想出這個新穎的點子，來避免或至少暫緩那不可避免的命運，而就目前看來這個點子是有效的。二〇一二年起，作家們開始來到這家旅館，花錢購買平靜、乾淨的房間和工作室、公共餐廳的早餐和晚餐（另外還有用籐籃裝的午餐，會小心地放在門口，以免發生像柯立芝的《忽必烈汗》寫到一半被打擾的憾事）。他們想來就來，想怎麼待就怎麼待，想要或不想要和其他藝術家同儕社交，都由他們自己決定。

老實說，這地方聽起來有點像是……旅館。

他無聊點進網頁頂端的「工作機會」，然後發現自己在讀「現場計畫協調」一職的工作描述，新年後到職。沒提到薪水。他查了一下這個城鎮，看看能否從市區通勤上班。沒辦法。但依舊是份工作。

他真的很需要一份工作。

一個星期後，他搭火車到哈德遜，和這位年輕的企業家——「年輕」在這個情況下指的是比他小了整整六歲——碰面。他的家族經營奧德倫已經到第三代了，而他成功實現了這個計畫。他們在華倫街上的一間咖啡廳面談，談完以後，儘管傑克明顯缺乏計畫領導經驗，他還是被錄用了。

「我喜歡有一位成功的作家，在客人抵達時迎接他們這個想法。讓他們有個實際的目標去努力。」

傑克選擇不以任何他可能會採取的方式，來更正這句了不起的陳述。無論如何，這只是個臨時的解決方案。沒有人會真心為了一個完全鳥不生蛋的的小鎮離開紐約，或至少都有會回來的打算。他自己的打算主要是他在新興布魯克林區要付的相對租金、他預計要在——雪倫泉南邊幾英里處的——科柏爾斯基付的租金，而且在他領奧德倫藝術創作中心薪水的同時，他還是保有私人的寫作客戶，以及新的雷普利寫作班的那份工作。全部這些再加上兩年、最多三年的流亡，而這也給了他大量的時間，在他寫完目前這本小說之後，開始寫，甚至於寫完又一本小說！

倒不是說他現在真的有在寫，或有任何下一本的點子就是了。

這工作本身有點混合了入住申請、現場導覽和植栽照護等職責，但即使綜合起來，負擔也不是特別大。當然，比較辛苦的是，他白天一定要待在奧德倫（嚴格來說，晚上和週末也得隨時待命），但相對於大多數工作實際需要的勞動量，傑克自認算是相當幸運了。他省吃儉用的同時存錢。他依舊在寫作和作家的圈子裡（縱然比他自己在寫作上的抱負離得更加遙遠）。他還是能繼續寫他在寫的小說（或者說，如果有得寫的話他就會寫），同時他也能繼續培養和指導其他作家，初出茅廬的作家、陷入困境的作家，甚至像他一樣正在經歷所謂「職涯中期生活困頓」的作家。

就像他很久以前，在老雷普利校園（他上次聽說，那裡被一家專做企業研討會和會議的公司買下）的水泥磚會議室裡發表過的看法：這只是作家們一直在為彼此做的事情。

這一天，奧德倫有六位客座作家，意思是只有兩成的入住量（不過那樣已經比傑克想像中會選在一月到一個冰天雪地的前溫泉勝地的人多了六個，這小鎮甚至蠢到沒辦法成為薩拉塔戈泉）。其中三位客人是六十多歲的三姊妹，她們在合寫一個橫跨多代的家族故事，不意外地，故事就是以她們自己的家族為藍本。另一位是一名稍微有點兇狠的男子，他其實就住在庫柏斯鎮南部，但每天早上都開車到旅館寫一整天，並在晚飯後離開。還有一位來自蒙特婁的詩人——她不怎麼講話，就連下樓用餐時也是——和一個幾天前剛從南加州過來的人。（為什麼會有頭腦清醒的人會選在一月份，離開南加州到紐約州北部來啊？）

換句話說就是生命裡平凡的一天。但這天即將變得超不平凡。

6
多糟糕的事

午餐後不久，或說是午餐籃送上樓放到作家房門口後不久，那個加州人出現了。他是個身材壯碩的男子，年紀二十多快三十歲，前臂上有刺青，留著一頭每次往旁邊撥都會立刻掉回去的髮型。他衝進傑克的小辦公室——在曾經的報到櫃檯後面——把他的籃子放在傑克桌上。

「這個，跟狗屎一樣。」

傑克抬頭看向他。他剛剛專注在客戶可怕的驚悚小說上，痛苦地慢慢讀過去，這故事的情節之老套，儘管是他第一次而不是第四次讀，也可以清楚告訴你接下來故事的發展和事件發生的順序。

「午餐嗎？」

「狗屎。某種咖啡色的肉。這什麼，你開車來的路上撞到的東西嗎？」

傑克還真笑了出來。路殺在斯科哈里郡確實很頻繁發生。

「你不吃肉嗎？」

「喔我吃肉，可我不吃屎。」

傑克靠回椅背。「我非常抱歉。不然我們去廚房，和派蒂跟南西說一下你喜歡跟不喜歡的食物。我們無法保證每次都會有特製餐點，但我們希望你能心情愉快。現在只有六位房客，我們應該有辦法稍微調整一下菜單。」

「這小鎮真是，就是，好可悲。什麼東西都沒有。」

喔，等等。關於這一點，傑克這位加州來的朋友倒是錯得可以。雖然雪倫泉的輝煌年代可能是在十九世紀末（奧斯卡．王爾德就曾在涼亭飯店辦過一場演講），但這幾年的復甦令人相當看好。該鎮主打的美國人飯店已重拾相當程度的優雅風範，還有幾間意外優秀的餐廳也在小小的主街上落腳。最重要的是，幾位曼哈頓來的男子，在二〇〇八年因為經濟大蕭條丟了媒體業的工作，他們買下當地一作農場，養了一群山羊，開始生產起司、肥皂，在雪倫泉以外的世界大為轟動。他們出了書，出演自己的真人秀，還預計要在他們的發跡地東漢普頓或亞斯本的主街上開店，正對著美國人飯店。這裡正逐漸成為貨真價實的旅遊勝地，但也許不是在一月。

「你出去逛過了嗎？很多作家早上會去黑貓咖啡。他們的咖啡很不錯。餐酒館的食物也很讚。」

「我付你們夠多錢來待在這裡了，在這裡寫我的書。這裡的咖啡應該要很不錯。而且這裡的食物不應該是狗屎。我是指，讓你們做個酪梨吐司是會死嗎？」

傑克看著他。在加州是有可能能到一月都還有酪梨——真的——長在樹上，但他不覺得這傢伙會喜歡科柏爾斯基折扣超市裡硬得像石頭的酪梨。

「這裡主食大多是奶類和起司。你可能有看到那些酪農場？」

「我有乳糖不耐症。」

「喔。」傑克皺眉說，「有讓我們知道嗎？你的資料上有寫？」

「不知道。我沒有填任何資料。」

那傢伙又一次甩甩他濃密的頭髮，然後頭髮又一次垂向他的眼睛。那讓傑克想到某件事。

「這樣吧，我希望你能寫下幾樣你會吃得開心的餐點。我不覺得這季節裡這邊會有好吃的酪梨，但如果你有想吃的東西，我會去和派蒂跟南西說。除非你想自己去。」

「我想要寫我的書。」那傢伙說得口氣之堅定，彷彿在講冒險電影裡的金句，類似「你還沒看到我的絕招」或「別低估我能做出什麼事」那樣的句子。「我來這裡就是為了完成這件事，我不想要想其他任何事情。我不想聽到那三個老巫婆隔著牆嘰嘰喳喳地聊個沒完。我不想要早上被浴室的水管聲吵醒。還有，我房間裡的壁爐為什麼不能生火？我明明記得在你們的網站上看到一張房間裡壁爐有生火的照片。那他媽是怎麼回事？」

「那是客廳的壁爐，」傑克說，「很遺憾我們還沒獲准在房間裡生火。但我們每天下午都會點燃客廳的壁爐，如果你想在那裡工作或閱讀，我們也很樂意提早幫你點燃。我們在這裡做的一切都是為了支持我們的客座作家，確保他們的需求有被照顧好，來完成他們的工作。當然，也是一種作家對其他作家的支持。」

說話的同時，傑克想起過去自己每次說出這句話或類似的話，對方聽了都會點頭同意，因為他們也是作家，而作家們明白他們的共通點有什麼樣的力量。向來都是如此。除了此刻，他還經歷過另外一次——他這會兒才意識到。

然後這傢伙的雙臂緊緊交叉在胸前，怒視著傑克，最後一塊拼圖終於喀一聲拼入定位。

伊凡·帕克。雷普利那位。想到那個故事情節的傢伙。

現在，他明白了為什麼在整個過程中，他的大腦感覺都像是在自轉，為什麼他的思緒一直繞著一件不確定的事情兜圈子。確實，他直到幾天前都沒再看見過那個混蛋，但傑克難道不熟悉他？他很熟悉。非常熟悉。

並不是說他過去幾年來都在反覆想著那個混蛋，因為哪個有過一點專業成就——不只是傑克自己這種程度——的作家，會對一個新人如此執著？他在最適合的時間點，就只投那麼一次錢到「偉大故事拉霸機」裡，竟然還一拉就中，就這樣輕輕鬆鬆地獲得鉅額的成功直接撒進他懷裡？

每次伊凡·帕克浮現在傑克的腦海，他總是會同時感到一陣羨慕，對這一切的不公感到憤慨，接著在片刻後察覺到這本書還沒有（至少據他所知）真正出版，這可能代表傑克那位前學生高估了自己完成這件事的能力，但這並沒有帶給他多大的安慰。這個故事情節，就像作者自己說的一樣，是張穩贏的王牌，這本書一問世就會大賣，它的作者也會大紅到遠超乎他（或者更痛苦的是，遠超乎傑克的）想像。

如今，那個人，伊凡·帕克再次出現在他的生命中——就在他奧德倫藝術創作中心小小的辦公室裡。如此冷不防地出現，好像他自己也才剛進到這小房間裡，就站在他加州的同行後面。

那個人還在講話——不對，是在怒罵。他已經罵完其他客座作家、奧德倫中心和食物和雪倫泉鎮。此刻傑克正在聽他罵一位「東岸經紀人」的事，那人認真建議他在重新遞稿前，自費去請人給他一些額外指導（那不是編輯的工作嗎？或者也是經紀人的？），以及他在派對上遇到的電影探子，叫他考慮加個女性角色到故事裡（因為男人都不讀書或看電影？），還有麥道威爾和雅多那些拒絕他駐村的混蛋（顯然他們更偏愛那些希望自己長篇詩集能賣個十本的「藝術家」！），以及在南加州的每一間咖啡店的每一桌打字的那些爛咖，自以為是上帝的恩賜，而這世界顯然就在等著他們的短篇小說集或劇本或小說……

「其實，」傑克聽見自己開口。「我自己也寫了兩本小說。」

「對啊，當然。」這傢伙搖搖頭。「誰都能當作家。」

他轉身大步離開辦公室，留下他樸素的籐編籃子。

傑克聽著這位客人（客座作家！）大步走上樓梯的聲音，然後聽著後來沉寂的空氣，他又一次納悶自己是做了什麼多糟糕的事，才落得和這種人為伍，更別提受他們輕蔑。他一直以來想要的就只是去——以最好的詞彙，最好的順序——來講述他內心的故事。他有強烈的學習和工作意願。他總是對老師謙虛，對同儕尊重。他會毫無怨言地接受他的經紀人（在他還有的時候）的編註、順從他編輯（在他還有的時候）的紅筆註記。他會支持他認識且欣賞的（甚至是他不特別欣賞的）其他作家、參加他們的讀書會，而且真的有買他們的書（精裝版！還是在獨立書店！）。他盡了全力當個最好的老師、導師、支持者和編輯，儘管絕大部分他經手的作品都（老實說吧）

毫無希望。他付出全部這些，結果換來什麼？他像是鐵達尼號上的甲板服務員，跟十五個不會寫作的人一起把椅子挪來挪去，同時讓他們相信額外的努力會幫助他們變得更好。他像是紐約上州一家老旅館的大管家，假裝樓上那些「客座作家」和往北一個小時車程的雅多藝術村那群人沒有什麼不同。

我喜歡有一位成功的作家，在客人抵達時迎接他們這個想法。讓他們有個實際的目標去努力。

然而，這些客座作家從未肯認過傑克的專業成就，更別說被他在——他們應該是希望踏入的——該領域的成功給啟發。三年來，沒有一個人這麼做過。他在他們眼裡，就跟他在其他人眼裡一樣，變得毫不重要。

因為他是個失敗的作家。

傑克想到這句話的同時倒抽一口氣。難以相信，這真的是他第一次意識到這個事實。

但是……但是……這些話不停在他腦海中旋轉，無法停止又荒謬不已：《紐約時報》的新書推薦！《詩人和作家》說他是「一位值得關注的作家」！全國最好的寫作學程！那次他走進康乃狄克州史丹福的邦諾書店，看到自己的作品《奇蹟的發明》被放在店員推薦的書架上，還附有一張小卡片，一位名叫達莉雅的人在上面手寫道：**這是我今年讀過的最有趣的書之一！文筆華麗而深刻。**

華麗！而深刻！

都已經過去好幾年了，現在。

誰都可以當作家。誰都可以，很顯然，除了他以外。

7 啪噠、啪噠

那天深夜，傑克在他在科柏爾斯基的公寓做了一件事，是他自從看著他那個幸運的學生走進雷普利校園的樹林以來，就一次也沒做過的事情。

傑克在電腦上打了「帕克．伊凡」這個名字，然後按下輸入鍵。

沒出現「帕克．伊凡」。這說明不了太多：他的前學生是想過用「帕克．伊凡」當筆名，但那已經是三年前的事了。也許他選了別的名字，要嘛是因為顛倒自己本名很蠢，要嘛是他從其他無限個可能中，選了更有隱私的名字。

傑克回到關鍵字欄，輸入：「帕克＋小說＋驚悚。」

「帕克＋小說＋驚悚」的搜尋結果裡，有許多是關於唐諾．威斯雷克的「帕克」系列小說，還有羅勃．帕克的一個懸疑系列小說的相關資料。

就算伊凡．帕克成功把書交給出版社好了，他們提出的第一個要求，很可能就是要他別用「帕克」作為筆名。

傑克刪除搜尋欄裡的名字，然後輸入「驚悚＋母親＋女兒」。

搜尋結果多到翻天。一頁又一頁的書，一頁又一頁他大多從沒聽過的作者。傑克往下瀏覽每則條目，閱讀書籍簡介，但沒有一本具體符合他學生在理查・彭大樓跟他說的故事。他隨機點了一些作者的名字，他不指望能找到「伊凡・帕克」那只剩一半印象的臉龐，但最後甚至沒有半個類似的：老男人、胖男人、禿頭的男人，還有一堆是女人。他不在這裡。他的書不在這裡。

難道伊凡・帕克錯了嗎？難道傑克自己也可能一直是錯的嗎？那個劇情難道已經在每年出版的長短篇驚悚懸疑小說這片汪洋中，消失沉寂了？傑克不覺得。感覺更有可能是帕克雖然有無窮的自信，但因為某些緣故沒能寫完這本書。也許他的電腦上沒出現這本書，舒適地佔據他的每個搜索結果的第一頁，是因為它根本不存在。它根本沒被寫出來。但為什麼？

傑克在搜尋欄輸入他的本名「伊凡・帕克」。

搜尋結果裡出現不少個伊凡・帕克的臉書帳號。傑克點進臉書去，滑過那列名單。他看到更多的男性——更高、更矮、更禿、膚色更深——甚至還有一些女性，但沒有任何一個像他的學生。也許伊凡沒用臉書。（傑克自己就不用臉書；他看著自己的「朋友」發表即將出版的書時太過沮喪，所以退出不用。）他回到搜尋結果並點擊「圖片」選項，掃過第一頁和第二頁。那麼多伊凡・帕克，卻沒有一個是他的學生。他又點回「全部結果」那頁。有幾位伊凡・帕克是高中足球選手、芭蕾舞者，還有目前外派到查德的外交官、賽馬和訂婚的情侶（「未來的伊凡－帕克家歡迎您來到我們的婚禮網站！」）。在約略同一個年齡層裡，沒有一個人類男性長得和傑克在雷普利認識的伊凡・帕克有絲毫相像。

接著他在網頁最底下看到：「和『伊凡．帕克』相關的搜尋結果。」

然後底下寫著：「伊凡．帕克＋訃聞。」

他的游標還沒點下連結，就已經曉得會看到什麼了。

佛蒙特州西拉特蘭鎮的伊凡．盧克．帕克（Evan Luke Parker）（三十八歲）於二〇一三年十月四日晚間意外去世。伊凡．盧克．帕克是西拉特蘭高中一九九五年的畢業生，曾在拉特蘭社區大學修課，一輩子居住於佛蒙特市區。他的父母和一位妹妹先他而去，身後留下一名外甥女。告別式日期待日後宣布，葬禮將私下舉行。

傑克讀了兩遍。其實沒有太多內容，真的，但即使如此，這些訊息仍然穿不進他腦袋裡。

他死了？他死了。而且……傑克這才看向日期。這也不是最近發生的事，這是……在他們嘗試（但註定要失敗）建立師生關係之後才幾個月的事，令人難以置信。傑克甚至沒意識到伊凡是佛蒙特州人，也不知道他父母和妹妹已經去世，他自己都還那麼年輕，讓這件事顯得更加悲慘。當然，在他們交談的過程中，完全未曾提及這些事。除了伊凡．帕克正在寫的非比尋常的小說以外，他們其實什麼都沒談。即使是那個話題，他們也沒談多少。事實上，他的學生在雷普利寫作班剩下的課程中完全保持沉默，剩下的一對一面談，他要不是拒絕就是直接缺席。傑克甚至懷疑，帕克是否後悔與老師分享自己出色的小說構想，或者，他是否至少轉念覺得別和同儕分享比較好，但他自己從沒透露過他知道帕克正在寫什麼東西，或是他覺得那點子是多麼出眾。課程結束後，這個自命不凡、老愛藏私、令人惱火至極的傢伙就那麼離開了，可能是去做他該做的事，把他的書寫出來。但實際上，他是死了。現在他一走，那本書很有可能也根本沒寫成。

當然，傑克將來會回想起這個時刻。將來，他會認知到，此刻就是個岔路。但現在他已經在為這個事發多年後才變得清晰的一連串的情境，提出第一層、還有接下來一層又一層的辯解。這些層層疊疊的理由，和傑克是個（理應）遵守倫理規範、有道德的人無關。最主要還是關於他的作家身分：身為作家意味著他忠於某些更有價值的東西。

也就是故事本身。

傑克幾乎什麼都不相信。他不相信有什麼神創造了宇宙，更不用說那個神還繼續在觀看這一切，追蹤每一個人的行為，好把幾千年來的智人分配到一個愉快或不愉快的來世。他不相信來世。他不相信命運、天意、運氣或正面思考的力量。他不相信惡有惡報善有善報，或者一切都是有意義的（那會是什麼意義呢？），或超自然力量對人的生命有任何影響。排除這一切鬼扯胡謅後還剩什麼？剩下我們有生以來所處的純粹隨機的情境、我們遺傳到的基因、我們對於賣命工作程度不一的意願，以及我們是否有足夠的機智能在機會出現時嗅出來。

但有一件事他還真的相信，幾乎像魔法，或至少是一項奇妙非凡的事物——那就是作家對一個故事的責任。

當然，故事和泥土一樣平凡。每個人都有數不清的故事，或至少一個故事，無時無刻不圍繞著我們，不管我們是否肯認它們的存在。故事是我們取水的井，提醒我們記得自己是誰，讓我們相信，無論我們對他人而言多麼不起眼，我們實際上擁有重要甚至是關鍵的角色——對於個人、社會，甚至對於整個物種生死存亡持續上演的劇碼。

儘管如此，故事本身卻也是捉摸不定到令人發狂。它們不在深處的礦坑裡待人挖掘，也不像大賣場一排排寬敞的走道那樣，擺滿從沒用過、沒人想過又令人驚嘆的新奇敘事，讓作家推著空的購物車穿行其中，等待某個東西引起他的注意。傑克曾用那七個故事線來評判伊凡．帕克那套關於一對母女住在老房子的不太精采的情節——「戰勝怪獸」？「麻雀變鳳凰」？「旅程與歸途」？——同樣的七個故事線，自古以來就是作家和其他說故事的人挖掘探索的源泉。但是……

但是……

偶爾會有些神奇的小火花突然出現，然後降落（是的，降落）在有能力為其賦予血肉的人的意識中。這有時被稱為「靈感」，但作家們自己不太會用「靈感」這個詞。

那些神奇的小火花總是來得直截了當，不拖泥帶水。它們會在早晨用令人煩躁的啪噠、啪噠聲將你叫醒，同時一種急迫感蔓延開來，接著幾天都緊纏著你：點子、角色、問題、場景、對話、描述句子、開場白。

對傑克來說，構成作家與那團火花之間關係的，就是「責任」。一旦你擁有一個實際的點子，你就欠了它一筆，因為它選擇了你而不是其他作家，而你要動手工作來償還，不只是像個工匠一樣造句，還要是一位勇敢的藝術家，願意去犯錯，哪怕過程痛苦又耗時，甚至是在折磨自己。要履行這份責任，就是要面對你空白的稿紙（或螢幕），壓抑你腦內的批評一段時間，至少夠讓你完成一些工作，而這一切都極其困難，也沒有哪個部分由得你選。更甚者，你要是無法履行這重責大任，在你分心一段時間或是不夠全力以赴地工作一陣子之後，你可能會發現，你珍貴的火花已經……離你而去。

換句話說，那靈感會毫無預警突然消失，就跟它出現時一樣，而你的小說也將隨之消失，雖然你可能會花幾個月或幾年或一輩子，徒勞無功又無助地把字詞放到稿紙（或螢幕）上，堅決不去面對已經發生的事情。

還有另一點：一個額外的黑暗迷信，會降臨於任何一位傲慢到會無視偉大的靈感火花的作家，就算這位作家不具宗教信仰，就算他不相信「事出必有因」，就算他抗拒其他所有可能的虛幻意念。這迷信是，如果那神奇的點子選中你，而不是其他可能的作家來賦予其生命，你卻虧待它，那麼這偉大的點子不僅會讓你繼續愚蠢又無用地賣命，它還會去找別人。也就是說，一個偉大的故事會渴望被講出來。如果你不打算講，它就會離開你找另一位作家，而你只能眼睜睜看別人把你的書寫完、出版。

天理不容。

傑克記得《奇蹟的發明》突然出現在這世上，在他身邊那天關鍵的那一刻——沒有開場、沒有預警。而雖然他在此前從沒碰過這種事，但那瞬間出現之後，他腦中的第一個想法就是：

抓住它。

他也做到了。他沒有虧待那個火花，並以它為中心寫出了最好的小說，一本「值得關注」、讓文學圈注意到他的出道作——儘管為時如此短暫。

他在《混響》（他所謂的「短篇連作小說」，實際上就只是……短篇小說）中，甚至半點小小的火花都沒有，雖然他確實把書給寫完，死撐到一個他可以輸入「全文完」的點。好吧，那的確是他作為「值得關注的年輕作家」和「前途光明」時期的終點。他要是聰明點，也許就不該把它出版，但當時的傑克很怕失去《奇蹟的發明》所帶來的認可。在每一家傳統出版社和所有大學出版社都拒絕他的稿子之後，出版第二本書的重要性大幅增長，增長到好像他整條命都取決於此。他當時告訴自己，只要他能把這一本寫完，也許下一個點子，下一個火花就會出現。

只不過事實並非如此。雖然那之後的幾年裡，他還是繼續會偶爾有些勉強能維生且堪用的點子——像是男孩在一個熱愛繁殖犬隻的家庭長大、男人發現比自己大的手足一出生就被送到精神病院裡——但沒有一個像以前那樣啪噠啪噠敲打著他的內心，逼他動手寫作。在這之後，他也——相當痛苦地——越來越少花費心力在這些點子和其他幾個還要更糟的點子上。

直到——如果他對自己完全坦白，而他現在是對自己完全坦白沒錯——他連試都不想試。他已經超過兩年沒動筆寫任何小說了。

很久以前，傑克曾盡其所能要對得起他所獲得的一切。他看到了他的火花，善盡其職，從不迴避艱難的思考和謹慎的寫作，敦促自己把事做好，然後還要更好。他沒走捷徑，也沒逃避努力。他冒險面對這個世界，把自己交給出版商、評論家和普通讀者的評價……然而好運卻跟他擦身而過，降臨到了別人身上。如果再也沒有其他靈感找上他，他該怎麼辦，該成為什麼樣的人？

光想都令人難以承受。

「好的作家借鑑，偉大的作家竊取。」傑克心想。這句廣為人知的話被歸功於T．S．艾略特（這不代表艾略特這句話不是跟別人偷的！），但艾略特談的（也許只是開玩笑地）是實際語言——片語、句子和段落——的竊取，而非故事情節本身。再說，傑克和艾略特都知道，所有藝術家也都該知道，每一個故事和每一件藝術品——從洞穴壁畫到隨便哪齣在科柏爾斯基公園劇院搬演的作品，再到他自己微不足道的書籍——都在與其他藝術作品對話：與前人的作品碰撞、受當代的作品啟發、和固有模式相互調合。所有這些——繪畫、舞蹈、詩歌、攝影、表演藝術和不斷變動的小說——都在自己阻擋不了的藝術機器中旋轉開來。而那是件又美又令人興奮的事情。

從其他戲劇或書籍挪用某部分故事（在這個例子裡，對象還是一本從沒寫成的書！）並從中產生全新的創作，這種事絕對不是他首創的。像《西貢小姐》取自《蝴蝶夫人》、《時時刻刻》取自《達洛維夫人》、《獅子王》取自《哈姆雷特》等等，這不僅不是禁忌，顯然也不是偷竊。就算帕克的手稿在他去世時就實際存在，傑克一直以來最多就只看過其中一兩頁，而且他對自己看到的東西也記不太清楚了：母親在接靈媒專線，女兒在寫「提包客」的題目，老房子門口有一圈鳳梨。他從如此微渺的原料中創造出來的東西，想當然是只屬於他自己一個人的吧。

當時就是這樣的情況：一月某夜，在紐約州北部的皮襪區，科柏爾斯基那間破公寓的電腦前，沒有尊嚴、希望、時間和——他終於承認了——自己的點子。

他並沒有故意去找。他堅守作家的道德分際，他聆聽其他作家的想法，然後負責地回到自己的創作上。他絕對沒有邀請那朵被他學生放棄（好吧，非自願放棄）的璀璨火花來他這裡，但它就是來了，就在這裡。這個迫切的、閃閃發亮的東西，已經在他腦海中啪噠啪噠地敲打，已經纏住他：那個點子、那些角色、那個問題。

傑克是要拿這東西怎麼辦？

這當然只是修辭上的激問。他完全知道自己要拿它怎麼辦。

第三部

8 《搖籃》症候群

三年後，《奇蹟的發明》以及當之無愧的暢銷小說《搖籃》——該書總銷量超過兩百萬冊，在《紐約時報》精裝書暢銷榜上穩坐冠軍九個月後，目前排名第二——的作者傑克・芬奇・波納，此刻正站在西雅圖交響樂團的馬克・泰普基金會音樂廳舞台上。對面坐的這位女士，是他在這沒完沒了的書籍巡迴行程中見多了的一種人：氣喘吁吁、手舞足蹈的狂熱粉絲，以前可能一本小說都沒讀過，但因為特別讀到這一本小說而滿腔熱情。由於她吹捧個沒完，幾乎沒提什麼有意義的問題，讓傑克的工作變得輕鬆許多。他主要就是來點頭，感謝她，並帶著感激和自謙的微笑看著觀眾。

這不是他第一次到西雅圖來宣傳這本書，但上一次來是在巡迴剛開始幾週，當時全國才剛察覺到《搖籃》的存在，那次的場地也是一般「尚未成名」的作家會去的那種場地：艾略特灣書店和邦諾書店在貝爾維尤的一家分店。對傑克來說，那已經夠令人興奮了。（《奇蹟的發明》完全沒有巡迴宣傳，他自己跟長島老家附近的邦諾書店申請辦活動，結果也只來了六個聽眾，其中包括他的父母、他的英語老師以及他高中女友的母親，後者可能一直在想她女兒之前是看上傑克哪一點。）更讓人興奮的是，在西雅圖，還有全國各地數百場類似的第一輪讀書分享會，是真的有人來參加的，那些人不是他的家長或高中老師，又或是來得不情不願。舉例來說，艾略特灣那場來了四十位聽眾，貝爾維尤邦諾書店那場來了二十五位，每個都是陌生人，而這是非常驚人的。事實上，這驚人到讓他興奮了好幾個月才習慣。

現在他習慣了。

那場巡迴——嚴格來說是精裝版的巡迴——從沒真的結束。隨著小說走紅，行程也越加越多，其中還越來越多場是需要購書方可入場，接著各種書展也被排進行程裡：邁阿密、德州、作家與寫作協會書展、鮑查推理小說大會、左岸犯罪小說大會（最後兩個活動他在此之前完全不熟，一如他不熟他誤入的驚悚小說領域）。總之，從這本書出版以來，他幾乎是到處跑個沒完，剛出書時《紐約時報》還另外花了篇幅大力推薦，那種讚揚可是會讓從前的他嫉妒到兩腳發軟。接著幾個月後，歐普拉把他的小說選入十月份讀書俱樂部的選書時，小說的平裝版也跟著急忙忙地印刷出版。而現在，傑克再次回到他巡迴初期的幾個地方，但是換到了他連想都沒想過的場地。

比方說吧，馬克．泰普基金會音樂廳有兩千四百個座位，這傑克有事先查過。兩千四百個座位！而就他坐的地方來看，每一個座位都有坐人。他可以看到人們擺在腿上或懷裡的亮綠色平裝本封面。這些人大部分都帶了自己的書來，雖然這對正在艾略特灣大廳裡拆箱的四千冊來說可能不是個好兆頭，但老天，這感覺真夠爽的。將近十五年前，《奇蹟的發明》出版時，他有個「我知道我成功了」的幻想，就是看到陌生人在公共場所閱讀他的書，然而不用說，當時那種事一次也沒發生過。他曾經在地鐵上看到一個人在看書，看起來好像就是他自己那本，但他靠近對面坐下確認後，才發現那實際上是史考特・杜羅的新書，這種假警報後來還發生好多次。想當然《混響》也一樣，甚至賣不到八百本（其中兩百本還是他賤價買下的庫存）。現在這個禮堂裡，擠滿了活生生的讀者，他們付了真金白銀買票，來到這巨大的空間，緊握著他的書，坐在座位上向前傾聽他講話，不管他說什麼都會引起哄堂大笑，甚至包括他的「寫作過程」這種無聊話題，以及他到現在還在用他買了好多年的皮革公事包來裝筆電的事等等。

「我的天啊，」坐在他旁邊的女人說，「我得告訴你，我當時在飛機上讀這本書，讀到那個部分——我想你們都知道我說的是哪段——我就突然倒抽一口氣！就這樣叫出聲音！空服員過來問我『您還好嗎？』，我說『我的天啊，這本書！』，然後她問我在讀哪本，我就給她看，然後她開始笑了起來，說這種情況已經發生了好幾個月，乘客在飛行途中突然叫喊或倒抽一口氣，像得了什麼病一樣，就像是《搖籃》症候群！」

「噢，這太有趣了，」傑克說，「我以前總是看別人在飛機上讀什麼。之前從來都不會有人讀我的書，這我很確定！」

「可是你的第一本小說得到了《紐約時報》的新書推薦啊。」

「是，的確。那是我極大的榮幸。可惜它沒能讓人有共鳴到真的走進書店去買。其實我想那本書甚至沒進貨到很多書店。我記得我母親告訴我，長島當地的連鎖書店沒有那本書，她得特別客訂。對一個兒子沒當上醫生的猶太母親來說，那可真不好受。」

哄堂大笑。訪問者（名叫坎蒂，好像某種名人）捧腹大笑。等她克制下來後，她問了傑克那個完全猜想得到的問題：他最開始是怎麼想到這個點子的。

「我不覺得點子有那麼難遇到，就算是很了不起的點子也一樣。人家問我從哪裡取材時，我會回說《紐約時報》的每日新聞裡就有一百篇小說，卻被我們拿去回收或是鋪在鳥籠裡。如果你困在自己的經驗中，可能會只有辦法看見實際發生在自己身上的事，除非你人生中都是《國家地理雜誌》那樣有價值的探險，你可能會覺得自己沒任何東西能寫成小說。但如果你花哪怕幾分鐘的時間在其他人的故事上，並學著去問自己：要是這發生在我身上呢？或是發生在跟我生活的這個世界很不一樣的地方？或者它要是在不同的情況下，發生得稍微有點不同呢？可能性多到數不清。你選擇的方向，你在途中可能遇到的角色，你能學到的事情，也多到數不清。我教過創意寫作學程，而我能說，這也許是別人能教你的最重要的一件事。從你的腦子裡走出來，看看四周。滿街都是故事。」

「這樣啊，了解，」坎蒂說，「但你這個故事是從哪條街撿來的？因為我跟你講，我沒事都在看書。去年看了七十五本小說，我有算過！好吧，Goodreads算過。」她沾沾自喜的對觀眾笑，讓觀眾熱情大笑。「而我想不到有哪本小說能讓我真的在飛機上驚叫出來。所以你是怎麼想出這故事的？」

出現了：傑克體內流過一陣冰冷的恐懼，從頭頂經過他笑著的嘴到他四肢，到每根手指和腳趾的最末梢。很神奇的是，他到現在都還沒習慣，雖然他無時無刻不這樣感覺。早在這一輪和上一輪的巡迴宣傳，早在出書前令人興奮的那幾個月（他的新出版社把話題熱度炒高，讓書籍圈的人開始注意到），早在這本書還在寫的時候（在科柏爾斯基的公寓，還有奧德倫藝術創作中心老舊前檯後面的辦公室裡，共花了六個月時間寫完，從冬季到春季，同時還要希望樓上的客座作家都不要來打擾他，抱怨房間或問他要怎麼在William Morris Endeavor找到經紀人），一直回推到他讀到讓他印象最深刻的學生伊凡．帕克的訃聞，那年一月的夜晚。他每天每分每秒都帶著這個感受，一種沒完沒了的威脅，隨時可能造成永久性的傷害。

不用說，傑克在雷普利讀到的那幾頁，他一個字也沒有拿來用。首先，他沒有東西可以偷，就算有，他也會把它們丟到一邊不看。就算已逝的伊凡．帕克能讀到《搖籃》，也絕對無法從傑克的小說中辨認出他自己的語言，然而，自從他在科柏爾斯基往筆電裡打上「第一章」這幾個字起，他就在等，恐懼不已地等待，等某個知道「你怎麼想出這故事的？」這問題的答案的人站起來，指著他提出控訴。

當然，那個人不會是坎蒂。坎蒂很多東西都不太懂，特別在這件事情上，就連他都完全明白，她什麼都不知道。坎蒂帶進話題裡的，是在被兩千四百個人類仰望注視的同時，一種令人讚賞的自在，而傑克自己完全不會貶低這種特質。不過，她的問題骨子裡就是那樣枯燥乏味。就只是一個問題。有時候問題就單純只是一個問題。

「喔，妳知道，」他終於說，「其實不是多有趣的故事。有點尷尬，其實。我是說，想個你能想到最普通的活動——我當時在把垃圾拿到路邊，然後我住的街區有個母親剛好跟她青春期的女兒開車經過。她們兩個在車裡跟對方互罵。很明顯就是，妳知道，吵到一個點上，就跟所有的母親和青春期女兒一樣。」

傑克知道這裡要停頓讓大家笑。他編造這個「倒垃圾」故事正是為了這種情況，他也已經講了好多次。大家每次都會笑。

「然後我就有了這個點子。我的意思是，我們就別裝了，在座有哪位女士從沒想過『我要殺了我媽』或『這孩子有天會逼得我殺人』？可以舉個手嗎？」

廣大的觀眾靜止不動。坎蒂也靜止不動。接著又是一陣笑聲，這次比較沒那麼歡樂。每次都是那樣。

「然後我就開始想，妳知道，那爭執會有多糟？可以糟到什麼地步？有可能會變得**那麼**糟到無以復加嗎？如果是的話，那又會發生什麼事？」

坎蒂過了半晌說：「這個嘛，我猜現在我們都知道答案了。」

更多的笑聲，然後鼓掌。好多好多的鼓掌。他和坎蒂握手，站起身來，然後揮手、離開舞台，接著兩人分開，她要去休息室，他則是要去大廳的簽名桌，人潮已經開始排隊，形成他以往幻想中又長又來回蜿蜒的隊伍。六名年輕女性排排站在他左側桌邊。一位負責賣《搖籃》的書，另一位負責把要題獻的人名寫在便條紙，再貼到書封上，第三位負責把書翻到正確的頁面。他就只要微笑並簽名，他也就這麼一次又一次的照做，直到他下巴跟左手都痛了，每張臉看起來跟上一張、下一張，或前後兩張加起來都一樣。

嗨，謝謝你來！

噢，太窩心了！

真的嗎？真是驚人！

祝你寫作順利！

這是他好幾天來，第十五場辦在傍晚的活動，除了上個星期一晚上，他在密爾瓦基的一間旅館，邊吃難吃的漢堡邊回電子郵件，然後看瑞秋・瑪多的節目看到睡著。他從八月底就沒回過自己的公寓（他用《搖籃》驚人的高額預付金買下的新公寓，至今還是沒什麼家具），而現在都快十月了。他的生活就是旅館的漢堡、深夜的威士忌、迷你酒吧的軟糖，還有為了他已經被問過上百次的同樣的題目，不停努力克服壓力要想出新的或至少不同的答案。他本來就過瘦的身形，還因此瘦了至少五磅——儘管吃了那堆軟糖。他的經紀人瑪蒂達（不是把傑克第一本小說搞砸，還果斷放棄他第二本的那位！）每隔幾天就打來閒聊關心他下一本書的進度如何（答案：還不夠），還被一群他從大學、研究所和紐約時期認識的作家們追著跑，他們像復仇女神似的，拿一堆請求轟炸他——幫忙介紹他們的稿子、推薦藝術家駐村地點、請他幫忙引見瑪蒂達等等不一而足。簡單講，他眼前最多就看得到一兩天的行程。再多的他都交給歐提斯，他是麥克米蘭出版社派來陪他巡迴的聯絡人。真是種奇怪的生活方式，幾乎是靈肉分離。

但同時，這完全就是他的夢想。很久以前（不到一年前！）他還夢想著成為「成功作家」的時候，想像的不就是這些東西嗎？觀眾、一疊疊的書、《紐約時報書評》暢銷榜上那神奇的數字「1」出現在他名字旁邊？是，沒錯，但他也希望有微小的、人與人的連結，如果一個作家的作品真的有人讀過，就一定會遇到的那種：打開自己的書，簽上自己的名字，遞給僅僅一位打算要閱讀它的讀者。想要這些簡單、卑微的獎勵錯了嗎？文字與說故事的力量相遇，在這不可思議的連結中雙手相握、心靈相通？如今這些他都有了。而且想想看：他是單憑自己的努力和自己純粹的想像力得到它們的。

再加上一個也許不完全屬於他的故事。

也許外頭的某處、某人知情，不是不可能。

這一切在任何時刻都可能被奪走——奪走、奪走、奪走。很快，傑克還不明白怎麼回事，就會發現自己無計可施、徹底毀滅。他會一輩子淪入可恥作家圈，完全別想抗辯：詹姆斯・弗雷[3]、史蒂芬・格拉斯[4]、克利夫・爾文[5]、葛瑞格・摩頓森[6]、傑茲・科辛斯基[7]……

[3] James Frey，美國作家，原本以紀實回憶錄名義推出其成名作《百萬小碎片》（*A Million Little Pieces*），但後來被揭露為造假，並在登上《歐普拉秀》時坦承。

[4] Stephen Glass，1972–，造假多篇新聞報導的美國雜誌記者

[5] Clifford Irving，1930-2017，曾謊稱富豪霍華・休斯口述請他執筆自傳，後因此入獄。

[6] Greg Mortenson，1955–，《三杯茶》等書作者，書中描述的阿富汗見聞有部分被揭露為造假，且涉及挪用慈善捐款。

[7] Jerzy Kosinski，1933-1991，波蘭裔美籍小說家，被控剽竊不為英語世界所知的東歐小說。

再加上一個傑克・芬奇・波納？

「謝謝你。」傑克聽自己回應一位稱讚了《奇蹟的發明》的年輕男子。「那也是我的最愛之一。」

這些話熟悉得令他感到詫異，然後他才想起來這句話完全就是他的另一個幻想，這讓他瞬間感到如此徹底的快樂。但就那麼一瞬間。之後，他又再次回到恐懼裡。

9
不是最糟的

傑克自己的行程表影本上寫說他隔天早上沒事，但簽完最後一本書後，歐提斯在回旅館的途中告訴他有個新活動，是早上和廣播節目「西雅圖日出」的訪談。

「遠距嗎？」傑克盼望地問。

「不是。在錄音室。最後才確認的，但節目主管真的很希望能約成。她把主持人的其他事都改期，就為了想找你來。是你的大粉絲。」

「喔。真棒。」傑克說，雖然並不棒，真的。他下午要飛去舊金山，晚上到卡斯楚劇院露個面，然後隔天早上他得前往洛杉磯，開將近一個星期的會議，討論電影改編的相關事宜。其中一場是和導演一起的午餐會。這位導演不管以誰的標準來說，都是一線等級的。

KBIK電台離他們旅館不遠，從派克市場往北只隔幾個街區。隔天一大早，傑克留歐提斯把他們的背包從計程車取出來，進到電台大廳裡，在那裡等候的女人一看就是他們的聯絡人，她用少女風格強烈的髮帶把閃閃發亮的灰髮收攏在臉後面。他伸出手靠近她，然後完全沒必要地說：

「我是傑克．波納。」

「傑克！嗨！」

他們握手。她的手和她身上其他地方一樣細長。她有一對明亮的藍眼睛，而且他發現她一點妝都沒化。

他喜歡。然後他發現自己喜歡。

「而妳是？」

「喔！抱歉。我是安娜．威廉斯。安娜。我是說，請叫我安娜。我是節目部主管。我們能找你過來實在太讚了。我真的好愛你的書。」

「啊，謝謝，是妳人太好了。」

「是真的，我第一次讀的時候，腦子裡根本沒辦法想別的事情。」

「第一次！」

「噢，我讀了好多次。見到你實在太神奇了。」

歐提斯拖著他們的行李箱過來。他跟安娜握手。

「所以是純訪談？」歐提斯問，「你們需要傑克唸任何東西嗎？」

「不用。除非你想要？」她看向傑克。看她幾乎顯得挫敗的模樣，好像她沒問這重要的問題太失敗了。

「完全沒有。」他微笑。他試圖猜測她的年紀。跟他同齡？或是年輕一點點？很難判斷。她身材纖細，穿著黑色內搭褲配某種自製的無袖上衣。非常西雅圖。「真的，我很隨和的。會有人打電話進來嗎？」

「喔，我們永遠不曉得。蘭迪作風有點難以預測，什麼東西都是想到就做了。有時候他會接聽眾來電，有時候不會。」

「蘭迪．強森是個西雅圖的老招牌了，」歐提斯幫忙補充說，「有幾年啦，大概二十年？」

「二十二。不全都在這家電台。我印象中，他入行到現在沒休息超過幾天。」她把夾板緊握在胸前，細長的手指緊抓著邊緣。

「啊，我聽到他想找小說家上節目的時候，高興得不得了！」歐提斯說，「一般來說，我們要不是運動員傳記，或偶爾是政治書，才有幸能上蘭迪．強森的節目。我想不起來今天以前，我有帶哪個小說作家來過。你該感到驕傲，」他告訴傑克，「你讓蘭迪．強森讀了一本小說！」

「啊，」那名女子，安娜．威廉斯說，「你知道，我希望我能跟你們保證他讀過整本小說。當然我們有跟他簡報過，但你說得沒錯，蘭迪不是那種所謂的天生就愛讀小說的讀者。不過他明白《搖籃》現在有多大的影響力。不管是談小說還是寵物石頭，他都想趕上最新潮的文化現象。」

傑克嘆了口氣。剛出書那幾週，他已經忍受了好幾場訪問者沒讀過書的訪談，回答他們好基本的問題——所以你的書是在講什麼？——讓他要面臨這艱難的挑戰：介紹《搖籃》但不透露那個現在已經家喻戶曉的劇情逆轉。如今，好像所有人都知道他的書在講什麼了，這在各方面都讓人鬆一口氣。而且，幫忙掩飾對方完全不熟你的作品，還要努力讓對話聽起來愉快又積極，這一點都不好玩。

他們上樓到播音室，看到主持人蘭迪．強森正和一位州議員跟她的選民訪談到一半，雙方都對一條有關犬隻和其排泄物的法規極度憂慮。傑克看著強森，這體毛濃密、絕對很會噴口水的大塊頭，駕輕就熟地給兩個對手搧風點火，直到那位選民滿臉通紅，議員則揚言要起身走人。

「噢，拜託，妳不會真想那樣做。」強森說，完全就在忍笑。「來吧，我們接個聽眾來電。」

製作人安娜．威廉斯拿了一瓶水給傑克。她溫熱的手指掠過他的，但水是冷的。他看向她。她很漂亮；無可否認地非常漂亮。他已經好久沒停下來欣賞一位漂亮的女性。去年夏天他在Bumble交友軟體認識了一個女的，約出去吃了幾次晚餐。在那之前是他在雷普利認識的那位詩人愛麗絲．洛根，但他們的關係在夏末她要南下約翰霍普金斯大學後便逐漸淡掉。《搖籃》登上《紐約時報》暢銷榜的時候，她寄了封簡短的祝賀信給他。

「他快結束那兩位的部分了。」她小聲說。

進廣告休息後，她就帶他到那位火大的選民剛離開的座位，把耳麥打開給他。蘭迪．強森在閱讀幾張文件，用KBIK的馬克杯喝東西。「等等，」他頭也沒抬地說，「等一下。」

「沒問題。」傑克說。他到處看想找歐提斯，但歐提斯不在附近。安娜．威廉斯坐在另一張椅子上，戴上她自己的耳麥。她給他一個鼓勵的笑容。

「他有些不錯的問題。」她說，聽起來也沒那麼確定。那些問題想必是她親自寫的。傑克想，不確定的是主持人會不會照著問。

就在他們要重新進節目時，強森抬頭咧嘴一笑。「你好啊。傑克，對吧？」

「傑克，」傑克說。他伸手過去和主持人握手。「謝謝你邀請我來。」

蘭迪．強森咧嘴而笑。「這傢伙——」他指向安娜。「讓我沒得選。」

「這樣啊。」傑克說著轉頭看她。安娜正低頭看著她的文件夾，假裝沒在聽。

「外表看似無害，但要讓事情照她意思走，她可是個高手。」

「大概就是這樣，她才會是個優秀的製作人吧。」傑克說得好像這位素未謀面的陌生人需要他幫忙辯護似的。

「五秒。」聲音從傑克耳朵傳來。

「好！」蘭迪．強森說，「都準備好了？」

應該吧，傑克猜想。他到現在已經坐了數不清多少張像這樣的椅子，對數不清多少個自以為是的地方混蛋露出真摯的微笑。他聽蘭迪．強森對西雅圖街上沒繫牽繩的犬隻高談闊論了好一會，然後聽到在他理解中是用來介紹他的段落。「好啦，所以我們下一位來賓，大概是美國目前最火紅的作家。我是在說丹．布朗或約翰．葛里遜嗎？你們大概都興奮得不得了，對吧？」

他瞥向坐他旁邊的女子。她稜角分明的下巴繃緊，低頭看她的夾板。

「這個嘛，可惜啦。但我問你們一下喔，你們有誰讀過一本叫《那搖籃》的新書？聽起來跟寶寶有關。它跟寶寶有關嗎？」

主持人接著沉默。傑克愣了半晌，才意識到他們等著他真的去回答這個問題。

「呃，是《搖籃》，不是《那搖籃》。跟寶寶也沒有關係。Crib那個字當動詞是指去偷或竊取某物。然後……感謝你邀我上節目，蘭迪。我們昨晚在西雅圖的活動很成功。」

「喔，是喔？在哪？」

他不記得那棟樓的確切名稱。「西雅圖藝術講座。在管弦樂團那裡。很美的地方。」

「是喔？那很大耶。那地方有多大？」

認真嗎？傑克暗忖。他現在還得回答主持人關於自家城市的瑣碎問題？但他其實知道答案。

「大概兩千四百個座位，我想。我遇到很多很優秀的人。」

安娜在他旁邊舉起一張紙，給主持人看，不是給傑克。上面寫「全名：傑克・芬奇・波納」。

蘭迪臉猙獰了一下。「傑克・芬奇・波納。那什麼名字啊？」

我生來就有的名字，傑克心想。除了「芬奇」不是，當然啦。

「嗯，大家都叫我傑克。我得承認『芬奇』是我自己加的。跟絲考特、琴和阿提克斯致敬。」

「跟誰致敬？」

要忍住不搖頭實在好困難。他得拚命阻止自己。

「《梅岡城故事》裡的角色。那是我小時候最愛的小說。」

「喔。對喔，我想我應該是看了電影版，逃過一劫，不用去讀書。」他說到這裡自得其樂地笑了出來。「所以說，你這本出道作很夯，每個人都在讀。跟我們說說它在講什麼吧，傑克・芬奇。」

傑克試圖跟著笑一下。結果聽起來一點也不自然。「叫我傑克就好！這個嘛，書裡有些東西，我不想讓還沒讀過的人被爆雷，所以姑且說，這是關於一位叫珊曼莎的女子，年紀輕輕就當了母親。非常年輕。太過年輕。」

「她很愛玩喔。」蘭迪評論道。

傑克有點難以置信地看著他。「這個，不必然是那樣。但她有點像是犧牲自己的人生來養大這個小孩，而這兩個人用一種井水不犯河水的方式，一起住在珊曼莎從小住的房子裡。但她們彼此不親近。隨著女兒瑪莉亞長大成青少年後，狀況又更惡化。」

「喔，意思是就像我家那樣。」他愉快地說。

安娜舉起另一個牌子，上面寫：**銷售超過兩百萬本**。下一行寫著：**史匹柏執導電影**。

「話說，傑克！我聽說史蒂芬．史匹柏要把它改編成電影。你怎麼釣到這條大魚的啊？」

能把話題從他自己甚至他的書上帶開，至少都讓人鬆了口氣。傑克談了點電影方面的事，以及自己一直都是史匹柏的粉絲。「他跟這故事有如此強烈的共鳴，對我來說非常神奇。」

「是，但為什麼？我是說，那傢伙大概想拍什麼都能拍。他選擇《那搖籃》的原因，你覺得是為什麼？」

傑克閉上眼睛。「呃，我猜是角色的某些特質讓他很有共鳴吧。或是——」

「喔，所以像我十六歲的女兒，還有我老婆，她們從早上起床就開始大吵大鬧，一路吵到半夜，我能讓史蒂芬．史匹柏來把她們拍成電影嗎？因為我完全沒問題。我製作人就在這。安娜？

我們有辦法跟史蒂芬・史匹柏連線嗎？我來跟他說，不管他付給傑克多少，我把我老婆跟女兒賣給他，只要一半的錢就好。」

傑克驚愕地望著他。他轉頭要找歐提斯。歐提斯不在。歐提斯也沒辦法做什麼就是了。

「好！」蘭迪揮手說，「我們來接些聽眾來電吧。」

他食指往控制台戳，一名聲音低沉的女性問她能不能問傑克一個問題。

「當然！」傑克說，語氣比實際感受還來得熱情。「嗨！」

「嗨。我超愛這本書的。我買來送給辦公室裡每一個人。」

「喔，妳人太好了，」傑克說，「妳想問什麼問題嗎？」

「對。我只是想知道你是怎麼想出那個故事的。因為我是說，我真的讀得很驚訝。」

他搜尋腦內資料想找到他預先準備好的、最妥當的回應。

「我覺得妳如果在寫長篇的故事，例如小說，不用一次把整個故事都想好。妳想到其中一部分，接著想下一個，然後再下一個。所以它有點慢慢演變——」

「謝謝。」蘭迪打斷來電者跟傑克說，「所以你算是邊寫邊想？你都不在事前寫大綱嗎？」

「我從來沒有過。並不是說我永遠都不會。」

「嗨，你接通了，我是蘭迪。」

「嗨，蘭迪。你知不知道在西方公園附近吸毒的那堆人，市政府有沒有打算要處理啊？我上週末跟我親戚一起去那裡，實在有夠誇張，你知道嗎？」

「喔，幹你娘，就是啊，」蘭迪同意道，「之前從來沒這麼糟，市政府那邊就好像：看不見，聽不見。你知道我覺得他們應該要怎麼處理嗎？」

然後他繼續說下去：**市長、市議會、在那邊幫倒忙發食物和折價券的傢伙，他們以為這樣能幹嘛啊？**傑克看向安娜，她臉色蒼白地看著主持人。沒有更多潦草的標語。她似乎放棄了。然後節目時間結束。

「好啦，謝謝你來，」一進汽車保險廣告後，蘭迪．強森就說。「很不錯。我會留意電影的消息。」

你當然會嘍，傑克心想。他站起來。「謝謝你邀我來。」

「去謝安娜吧，」蘭迪說，「是她的主意。」

「喔……」他正開口。

「謝了，安娜。」歐提斯終於出現在門口。「這太棒了。」

「我送你們出去。」安娜說。她走在他前面。突然間他變得遠比等待訪談開始時還要緊張，或甚至是訪談被蘭迪．強森這個西雅圖老招牌搞得急轉直下以後，他都沒這樣緊張。他在她後面，目光落在她細瘦的背，肩胛骨中間的灰色長髮，他走下樓梯到一樓。接著他們回到大廳，歐提斯正從警衛桌後面拿回他們的包包。

「我真的很抱歉。」安娜說。

「這個嘛，他不是最糟的。」

「不是嗎？」

他幾乎要算是最糟的了，其實。誰都可能是智障或白目，但無知又惡毒加在一起——那還真是少見。

「我被問過我是不是花錢請別人替我寫書。我被問過能不能看看訪問者的小孩的小說。在節目上。有個女的在電視節目上，就在要開始之前跟我說：『我讀了你的書的開頭和結尾，我覺得棒呆了。』」

「真假？」安娜露齒而笑。

「千真萬確。」這種形式本身就很荒唐：在電台或電視節目上，用短短幾分鐘來談任何一本有實質內涵的小說。

「但他……我只是以為，你知道，他也許會好好表現。他可能不是個小說迷，但他對人是很有興趣的。如果他讀過，他會是完全不同的一個人。但顯然……」

歐提斯皺著眉在用手機。大概是在叫車去機場。

「真的。沒事啦。」

「不，我只是，希望能彌補你一下。你會想……你有時間喝杯咖啡嗎？我是指，我相信你沒空。但市場那邊有個很棒的地方……」這似乎同時讓他們兩個感到驚訝，她立刻就想要把話收回去。「喔當我沒說！你大概得出發了。拜託當我沒問過。」

「我很樂意去。」傑克說。

10 由提卡

她帶他到市場對面一棟建築物頂樓，堅持要買到咖啡。那是一間叫故事村的地方連鎖店，火爐讓店裡暖呼呼的，還有一片俯瞰公共市場招牌的窗景。她在走過去的路上成功找回她的自信，一臉近乎安詳的模樣。她的美麗隨著每一秒過去而倍增。

安娜・威廉斯不是土生土長的西雅圖人。她小時候在愛達荷州北部長大，然後一路往西到華盛頓大學（殺人魔泰德・邦迪的第一個狩獵場）念書，之後她在惠德比島一家小型電台工作了十年。

「那是什麼感覺啊？」傑克說。

「老歌跟談話節目。不太常見的組合。」

「不是，我是指在島上生活。」

「喔。你知道。很安靜。我在一個叫庫柏維爾的小鎮，電台就在那裡。週末有很多城裡來的遊客，所以感覺沒有真的那麼偏遠。而且你知道，我們在這邊搭船都搭慣了，我不覺得我們西雅圖人對島嶼的感覺和其他人一樣。」

「妳會回去愛達荷州嗎？」他問。

「我養母過世後就沒再回去過。」

「喔。我很抱歉。」過了一會兒，他說：「所以妳是被領養的？」

「非正式的。我媽——養母——其實是我老師。我家裡狀況很糟，羅伊斯小姐算是把我帶回去照顧吧。我想鎮上每個人都曉得我的狀況。大家有種無聲的共識，沒人會太靠近打探，或是讓政府介入。她那幾年帶給我的穩定，遠超過我有生以來擁有過的。」

很顯然他們正佇立在一座深不可測的湖邊。有好多他想知道的事，但這實在不是對的時間點。

「對的人在對的時候來到妳生命中，真是太好了。」

「唉。」安娜聳肩。「是不是對的時間，我不知道。早個幾年會更好。但我完全能夠在還擁有的時候對自己得到的一切心懷感激。而且我實在好喜歡她。她生病的時候我大三。我回家去照顧她。我的頭髮就是那時候變灰的。」

傑克看向她。「真的？我聽說過。一夜白髮對嗎？」

「不是，不是像那樣。大家講得好像是，你早上一醒來，噠啦——每根頭髮都變成灰的。我的狀況是，我的頭髮就只是開始長，然後新長出來的都是這個顏色。挺令人震驚，但過了一陣子，我決定把它當作一個機會。我想怎麼處理都行。一開始那幾年我有染髮，但最後我覺得我就喜歡它這個樣子。我喜歡它有點讓人摸不著頭緒。不是對我，而是對其他人。」

「什麼意思？」

「喔……就是讓人想到『老』的頭髮配上一張並不老的臉，讓很多人感到困惑。我發現有些人會因此高估我的真實年齡，有的人則是會低估。」

「妳幾歲？」傑克問。「也許我不該問。」

「不，沒關係。我可以告訴你，但你得先告訴我你覺得我多大。不是虛榮問題，單純好奇。」

她對傑克笑了笑，他藉機再好好把她看過一遍：蒼白的鵝蛋臉，垂在背後的縷縷銀髮，還有少女式的髮帶跟亞麻襯衫，搭上他在城裡到處都能看到的內搭褲，腳踩一雙黃褐色的靴子，看起來隨時都準備好出門，沿著破爛的木頭小徑健行。他發現年紀這點她說得對。他也不是特別擅長推測年齡，但安娜感覺從二十八到四十歲之間任何年紀都有可能。因為他得給個數字，他猜測跟自己差不多。

「妳是……三十到四十中間嗎？」

「是喔。」她笑。「想再多猜一次嗎？」

「嗯，我自己是三十七。」

「不錯。很不錯的年紀。」

「那妳是……？」

「三十五歲。更不錯的年紀。」

「的確，」傑克說。外頭下起雨來。「所以說，為什麼選電台？」

「噢，我知道，這很荒唐。在二十一世紀還做廣播是有點瘋狂，但我喜歡我的工作。嗯，也許今天早上沒有，但大多時候是。我也會繼續試著把小說加進節目裡。雖然我很懷疑有多少小說家會跟你一樣溫和有禮。」

傑克內心縮了一下。「溫和有禮」讓他立刻就想到另一個樣子的自己，曾經默默忍受加州來的自戀客座作家給他的抨擊：吵死的水管！爛三明治！不能用的壁爐！以及他永遠忘不了的：誰都可以當作家。

但另一方面來說，就是那句抨擊的話帶他最終走到這裡。而這裡很好。撇開過去幾個月來令人振奮的活動——歐普拉！史匹柏！——還有他的書讀者越來越多，讓他一直感到震撼，但此刻當下，跟這個銀髮女孩一起坐在木頭圍起來的咖啡店裡，他感覺比過去幾個月都還要快樂。

「我們大部分人，」傑克說，「我是說，大部分小說類作家，我們不太介意銷售量和排名和亞馬遜排行榜。我是說，我們在乎，我們跟其他人一樣都要吃飯，但光是有人、任何人在讀我們的作品，我們就好開心了。雖然妳老闆今天早上在節目上那樣說，但《搖籃》不是我的第一本小說，甚至也不是我的第二本。也許有個幾千人讀過我第一本小說吧，雖然它有好的出版社，也有些不錯的評論，但就連那樣都遠比我第二本書的讀者還要多太多。所以妳看，不管作品多好，實際上有多少人會去讀，從來就是無法預測的。如果沒有人讀，它就等於不存在。」

「樹倒在森林裡，沒人發現就等於沒發生。」安娜說。

「是個合適的西北部說法。但若是有人真的讀了，你永遠忘不了那種快感：有個你甚至不認識的人，花他們辛苦賺的錢，只為了讀你寫的東西？棒呆了。完全不敢相信。我在這些活動和人們碰面時，他們會帶髒兮兮的書過來，可能掉進浴缸、被咖啡潑到，或角落被折起來，那感覺最棒了。甚至比有人在我面前買一本全新的書還棒。」他停頓。「妳知道，我有個感覺，妳自己其實就有偷偷在寫作。」

「喔？」她看向他。「為什麼說偷偷？」

「啊，因為妳還沒提到。」

「也許只是剛好沒聊到。」

「也是。所以是寫什麼？小說？自傳？詩？」

安娜拿起她的杯子，往裡面看，好像答案在裡面一樣。「我對詩沒興趣，」她說，「愛讀傳記，但沒興趣挖我自己的過去來跟全世界分享。但我一直都很喜歡小說。」她抬頭看他，突然很害羞的樣子。

「喔？跟我講幾個妳最愛的作家。」他想到她可能會以為他在討人稱讚。「在場的人除外。」他試著打趣地補上這句。

「這個嘛……狄更斯，這不用說。薇拉・凱瑟、費茲傑羅。我喜歡瑪莉蓮・羅賓遜。我是覺得，能寫個一本當然是美夢成真，但我生命裡沒有半點東西讓我覺得我能做到。我要從哪想到點子？你的是從哪想到的？」

他差點哀嘆出來。他從腦中可接受的答案裡找到最明顯的一個，史蒂芬・金每次都用的一個。「由提卡。」

安娜盯著看。「什麼？」

「由提卡。在紐約州中部。有人問史蒂芬．金他都從哪裡獲得靈感的，他說由提卡。如果那對史蒂芬．金來說足夠，對我來說鐵定也夠了。」

「是喔。真有趣，」她說，看起來一點也不覺得。「為什麼你昨晚不回那句？」

他過了一下才回應。「妳昨晚有去啊。」

她聳肩。「我當然在那裡。我是粉絲啊，很明顯吧。」

而他心想，這麼漂亮的女人說自己是他的粉絲，感覺多震驚啊。過了一會，他聽到她問他想不想再喝一杯咖啡。

「不用，謝謝。我很快就得走了。歐提斯在電台那邊一直在斜眼我。妳大概有發現。」

「他不想要你錯過下個行程。完全能理解。」

「沒錯，不過我很樂意能有多點時間。不曉得……妳會去東岸嗎？」

她笑了。她的笑容很奇怪：雙唇用力閉緊，好像維持那表情幾乎讓她很不舒服。

「我還沒去過。」她說。

他們走到外面時他考慮過要吻她，覺得不妥，然後又再考慮一次，而在他猶豫不決的同時，她真的朝他伸出了手。她的銀髮柔軟地貼著他臉頰。她的身體驚人地溫暖，還是那股暖意是他自己的？他在那一刻，好篤定接著會發生什麼樣的事。

但接著幾分鐘後，他人在車上，發現了那第一封訊息。那是從他自己作者官網的聯絡表單（感謝您造訪我的網頁！對我的作品有疑問或評論嗎？請用這個表單！）轉寄過來的，時間差不多是他準備跟西雅圖老招牌蘭迪．強森一起上節目的時候。它已經在他自己電子信箱的收件匣裡待了九十分鐘。現在讀到這封訊息，讓當天早上發生的每件好事，還有過去一整年的生活，都在頃刻間墜落，在地上狠狠摔出一道回音不斷的裂縫。那個駭人的電子郵件地址是TalentedTom@gmail.com，儘管訊息本身只有短短四個字，它的意旨還是成功傳達到了。

你是小偷。

《搖籃》

傑克・芬奇・波納著
紐約：麥克米蘭出版社，2017／頁3-4

珊曼莎在微積分課時嘔吐在桌子上，才發現自己懷孕了。她當時正要整理完一組題目的筆記，在所有人離開後確認她拿的作業是正確的。（她有個理論，但佛提斯先生基本上就是個白痴，連算式都沒有實際看過；他只有確認題目跟他給的是同一個。）然後站起來，像肥皂劇裡的人那樣暈眩，雙手在桌上撐住自己，吐在她自己的筆記本上。她下一個清晰的想法就是：幹。

她十五歲，而且不是個白痴，真是謝了。或許她就是白痴，但她遇上這種事不是因為她無知或天真，或因為她認為不會有壞事（這就是壞事）發生在她身上。是因為一個徹頭徹尾的渾蛋跟她睜眼說瞎話。而且可能不止一次這樣。

嘔吐物黏糊糊的，有點偏黃色，看到這景象讓她又想再吐出來。她頭很痛，因為嘔吐的時候就是會頭痛，但她現在最擔心的是，她從頭到腳的皮膚感覺都有點像突然復活過來，但不是好的那種。那大概也是懷孕的徵兆之一，她想到。或只是憤怒的徵兆。她清楚自己現在兩者都有。

她撿起筆記本，帶到教室角落的金屬垃圾桶，在上面甩了甩；一坨黏液滑下去，然後她用袖口擦乾剩下的部分，因為老實說她已經不在乎了。她好幾年的人生目標就這樣，在過去三十秒裡消失無蹤。她懷孕了。她懷孕了。那徹頭徹尾的王八蛋。

珊曼莎不是運氣特別好的女生，這點她很有自覺。《獨領風騷》去年夏天在諾維奇的電影院播映；於是她知道有些跟她同年齡的女生會開車在比佛利山莊兜風，在電腦上設定自己的穿搭造型，她很明顯就不是那種人，但與此同時，她自己也並非遭受嚴重兒童虐待或極度貧困。家裡有東西吃，能供她上學，換句話說也有書，他們家有裝有線電視，她爸媽甚至帶她去過紐約市兩次，但兩次他們好像都著迷於那些到此一遊一定要做的事情：在旅館吃飯、導遊一直開奇怪玩笑的觀光巴士、帝國大廈（第一次去看可以理解，但第二次也去？）和洛克斐勒中心（同樣去了兩次，而且每次去都不是假日，所以……幹嘛去？）。她自己雖也不清楚這個全世界最棒的城市，能為這三個從紐約州中部（說是印弟安納州中央也差不多）來的鄉巴佬開什麼眼界。但她第一次去的時候才九歲，第二次是十二歲，所以實在由不得她。

她最主要擁有，而大部分人沒有的，就是未來。

她爸媽都在工作，父親在漢彌爾頓大學任職，職位聽起來很重要，像是「植物工程師」，但實際上他只會被叫去處理女生丟進馬桶的衛生棉。她母親同樣在打掃，但她工作的地點是學院旅舍：她的職稱就誠實多了，「房務員」。但她父親的工作具體代表了什麼，倒是得靠她跟他解釋，而不是反過來：他在這間學校服務了十四年，對她上大學和支付學費來說是很大的優勢。據她父親自己的員工手冊——他自己從沒讀過，但珊曼莎已經把它熟讀了好幾年——這間大學在招生時會特別考慮其教職員工的子女，經濟支援的部分還真的是白紙黑字寫得清清楚楚：80％獎學金，10％學生貸款，10％校內就業。換句話說，這對珊曼莎這樣的人來說，差不多就是巧克力棒裡的黃金入場券。

或至少到今天為止都還是。

她這鳥事不能怪厄維爾中學差勁的性教育，更別說希南戈郡了（這裡的地方機構想方設法，不讓年輕人知道寶寶是怎麼來的）；珊曼莎從五年級開始就完全清楚那些細節，那次是她爸在講兄弟會一次特別精采的週末聚會（那件事結果導致警方必須到場，還讓一個女生退學）。她很習慣自己去把事情查清楚，特別是那些家長明顯保持沉默的「你不該知道」的東西。接下來幾年，她同儕在基礎知識上跟上她的進度（一樣，完全不是校區或州政府正式法規的功勞，這兩方都真的拒絕過批准性教育），但她們的知識就只是基礎程度。她班上六十人裡面有兩個女生已經回去「在家自學」，還有一個去跟由提卡的親戚住。但那些女生很蠢。這種事應該只會發生在愚蠢的人身上。

她把剩下的東西收一收離開教室，以孕婦的身分。接著走到她的置物櫃，到外面跟其他人一起搭上公車，坐在她平常坐的後排座位，但現在是以一個孕婦的身分，意思是一個——如果她什麼都不做——最終會產出另一個人，因此不再能控制自己生命的人，可能永遠都會是如此。

但她當然不會什麼都不做。

11 天才湯姆

他沒有告訴任何人。這是當然的。

他去了舊金山，造訪了卡斯楚劇院，然後隔天去洛杉磯，在那裡開的會一如他所期望的順利（跟史蒂芬．史匹柏共處一室的興奮感讓他的消沉情緒麻痺了幾天），但他很快就回到紐約，回到西村那間布置草率的新公寓，埋首撰寫他的下一本小說。那時，他幾乎已經說服了自己，那封信只是某種幻影，來自他自己的疑神疑鬼，是演算法不帶意圖地控制某個隨機的機器人帳號發出的。但這持續不久。下飛機隔天，他在未鋪寢具的彈簧床墊上醒來時，伸手去拿手機，發現他的信箱收到第二條訊息，又是從傑克．芬奇．波納官網的聯絡表單功能轉來的，同樣寫著「你是小偷」，但這次還加上了一句：「我們兩個都知道。」

他的官網是從他以前的寫作家教網站修改而來，現在看起來就和大部分成功作家的官網如出一轍：一頁「關於我」、每本書各有一頁媒體書評整理、近期出席活動列表，還有一個聯絡表單，使用率自從去年《搖籃》出版之後就很高。都是誰在聯絡他呢？想要指正書中錯誤的讀者、想告訴他《搖籃》讓他們整夜沒得睡（是在好的方面）的書迷、希望邀請他演講的圖書館員、確信自己適合扮演珊曼莎或瑪莉亞的演員，此外還有一堆傑克以為已經失聯的舊識：來自長島、維思大學、他的寫作學程，甚至連他在地獄廚房的蠢蛋老闆們都來了。每次他在信箱裡看到這種訊息、看到話講半句吊人胃口的內容（「嗨！不知道你還記不記得我——」、「傑克！我剛看完你的——」、「哈囉，我參加過你的朗讀會——」），他的胸口就揪緊起來，直到看見訊息是來自以前的同學、他媽媽的朋友、他在密西根州某家書店幫忙簽過名的讀者，或是某個瘋子，覺得《搖籃》是人馬座一號星的生命體寫在柳橙皮上放進傑克碗裡的。

然後還有那些作家。向他求教的作家、請他寫推薦語的作家、請他把自己引介給他的經紀人瑪蒂達或編輯溫蒂（並且美言幾句）的作家。有人想知道他願不願意讀讀他們的書稿、給予意見，看是他們應該放棄畢生的作家夢或是「繼續堅持」。有人想請他驗證自己的理論是否正確，他們認為出版業界的反猶主義、性別歧視、種族歧視、年齡歧視等各種歧視，就是導致他們長達八百頁的實驗式非線性敘事無標點新種小說被全國各家出版社拒絕的真正原因。

新書被簽下之後的幾個月，傑克就（心懷感激地）正式拋下他的寫作學程和家教工作，但他完全明白，他現在負有一份特殊的責任，不能用惡劣的態度對待其他作家。惡劣對待自己同業的作家只會自作自受：社群媒體已經確保了這一點，而且他的精神健康現在有頗大一部分要仰賴社群媒體。他在推特上是相對資深的使用者，那裡是文人墨客的遊樂場，雖然他自己極少發推。（他是要跟他的七十四位「追蹤者」說什麼？「來自紐約上州的問候！我今天又沒寫了！」）臉書看起來安全無害，直到二〇一六年大選期間，他不斷被可疑的廣告和關於希拉蕊．柯林頓傳聞中惡行的民調疲勞轟炸。Instagram看起來想要他拍出美美的食物照和可愛的寵物，然而這兩者都不存在於他在科柏爾斯基的生活中。不過，《搖籃》簽約之後，他開始跟麥克米蘭的公關行銷團隊商議，他至少要在這三個社交網站平台上保持活躍熱情的人設，他可以選擇增加自己的帳號活動頻率，或是把這個任務交給出版社工作人員代勞。這是個比預期中更困難的抉擇。能夠不用再接收發推標記、私訊、「戳一下」等各種網路世界異想天開的聯絡行為，當然有其吸引力，但是到頭來他還是想要握有控制權，而且從他出書當天起，他每天第一件事就是先巡過他的各個社群媒體帳號、瀏覽他的Google關鍵字通知（「傑克＋芬奇＋波納」、「傑克＋波納」、「波納＋搖籃」、「波納＋作家」等等）。這是一項耗時且惱人的工作，途中布滿了兔子洞，大多都會直通往一座座為他個人帶來愁雲慘霧的迷宮。那麼，他為什麼不接受麥克米蘭的提議，把這份差事交給他們的實習生或是行銷助理呢？

顯然，就是因為這件事。

你是小偷，我們兩個都知道。

但是，「TalentedTom@gmail.com」這位發訊者還沒有在推特、臉書或Instagram這些公開戰場出手，也還沒有被Google關鍵字通知給捕獲。這傢伙完全沒有採取公開行動；他反而選擇了傑克的官網所提供的相對私密的聯繫窗口。這是否暗示了某種談判條件：**現在透過這個管道跟我談，不然之後我會無所不在**？或者這是一發針對他私人領域而來的砲火，警告他準備迎接迫近的特拉法加海戰？

從坐在汽車後座前往西雅圖機場途中那最初的一刻開始，傑克就知道那條訊息不是隨機亂傳的，「天才湯姆」不是善妒的小說家、失望的讀者，甚至不是主張他的知名小說來自人馬座一號星與柳橙皮（諸如此類的！）的精神異常者。許多年前，有派翠西亞．海史密斯這麼一號人物，為「天才」這個形容詞與「湯姆」這個名字綁定了永恆不滅的共生關係，改變了它的意涵，加入了某種自私自利、完全無視於他人的成分。那位天才湯姆同時是個殺人犯，而他的姓氏是什麼呢？

雷普利。

跟他與伊凡．帕克命運交會的雷普利學院一樣。

其中的意涵清晰到了粗暴的地步：不管「天才湯姆」是誰，他都知情，而且想要傑克知道他知情，想要傑克知道他是認真的。

這個人和他只隔著一個輸入鍵的距離，但是打開他們之間的這道孔隙，是個充滿危險的概念。如果傑克回覆了，就代表他害怕，代表他認真看待這項指控，代表他認為這個不知道是哪位的「天才湯姆」值得他的重視。況且，對這個心懷惡意的陌生人袒露出哪怕一點點的自我，都比未知的恐怖將來更讓傑克害怕。

所以，再一次地，他沒有回覆。他只是顫抖地將這第二封來訊歸檔到跟上一封同樣的位置，他筆電裡一個標示為「酸民」的資料夾。（這個資料夾其實是整整六個月前建立的，裡面已經收錄了數十則針對《搖籃》的低級攻擊，至少三則將他指為「深層政府」的成員，還有幾封信來自德州的某人，提到「血腦障壁」一詞，不知是要說傑克跨越了這個東西，或是他體內的這個東西被跨過了——那些訊息本身真的十分令人摸不清頭緒。）但即使是在做出歸檔動作的當下，他也知道此舉毫無意義；「天才湯姆」的傳訊是不同層級的事。不論這個人是誰，他都在眨眼之間成了傑克生活中最至關重大的人物之一，肯定也是最恐怖駭人的。

接到第二則訊息的幾分鐘後，傑克關了手機，拔掉路由器，在他從大學時期保留至今的舊沙發上蜷曲成胚胎姿勢。他在原地停留了四天，解決了布里克街上的「木蘭花蛋糕店」的十二個杯子蛋糕（其中幾個至少是健康的綠色糖霜口味），還有瑪蒂達售出電影版權之後送來慶賀的尊美醇威士忌。在那朦朧不清的幾十個鐘頭裡，穿插著幾段幸福的麻木空白，他完全忘了先前發生過什麼事，但更多時候是他想像著事態可能有的諸多發展所帶來的痛苦折磨：未來有各式各樣的羞辱在等著他，他所認識、欣羨、輕視、迷戀，或是（最近開始）合作過的每一個人都會對他反感至極。

有些時候，彷彿為了讓不可避免的結果加速到來、快快解脫，他會替自己撰寫充滿懲罰意味與自我控訴的新聞稿，激昂地公開宣告他的罪過。其他時候，他寫的是冗長而鬆散的辯解之詞，還有更冗長、更鬆散的道歉。這一切都沒能對他漩渦般的、高聲咆哮的恐懼產生丁點影響。

傑克最後重回人間，不是因為他想通了什麼或是擬定了任何計畫，只是因為他的威士忌和杯子蛋糕都沒了，而且他懷疑他剛開始聞到的一股臭味是從屋內產生的。他開了窗，洗了碗，把自己拖進淋浴間，讓手機和筆電重新和世界連線，他看到他爸媽傳了十二封越來越擔憂的簡訊，瑪蒂達寄了封假裝雀躍的電子信問他新書的事（又來了！），其他還有超過兩百則需要專心處理的訊息，包括TalentedTom@gmail.com這個信箱的第三封來信：

我知道你的『小說』是偷來的，也知道你是跟誰偷的。

出於某種原因，那個加了引號的「小說」讓他崩潰了。

他把那封信丟進「酸民」資料夾。然後他向無可逃避的需求屈服了，開了一個新資料夾，專放「天才湯姆」的三封信。過了片刻，他將資料夾命名為「雷普利」。

他費了一番努力，回到了電腦、手機和他的腦袋以外的世界，逼迫自己承認，在此當下還有許多其他的事情——包括很多美好的事——正在發生。拜他與歐普拉的讀書俱樂部訪談播出所賜，《搖籃》奪回了平裝書暢銷榜冠軍的寶座，他還登上《詩人與作家》雜誌的十月號封面（雖然雜誌的等級不比《時人》和《綜藝》，但這也是他念維思大學時就開始作的美夢了）。他接到飽查推理小說大會的演講邀約，他在海伊文學藝術節前後要展開的英國巡迴宣傳行程也傳來了更新。

很好，很好。

還有西雅圖的安娜．威廉斯，更是好上加好。

見面之後才沒幾天，連傑克也無法否認他和安娜建立的互動方式相當**熱絡**，除了他帶著杯子蛋糕和威士忌滯留在沙發上的那四天之外，他們每天都會互傳簡訊至少一次。現在，傑克對安娜在西雅圖西部的日常生活有了更多了解，包括她在KBIK電台（或大或小）的挑戰、她在廚房窗台上努力種活的酪梨盆栽、她為老闆蘭迪．強森取的綽號，還有她從華盛頓大學裡她最喜歡的傳播學教授那兒聽來的座右銘：**沒有別人能過你的人生**。他知道她很想養貓，但是房東不准；他知道她一週至少吃四次鮭魚；他還知道她喜歡她的古董咖啡機泡出來的東西，勝於西雅圖各家名店的產品。他知道她既關心目前處在奇異又高調的成功狀態的他，也關心在《搖籃》一炮而紅以前的傑克・波納。這對他而言就代表了一切，讓他下定決心。

他打掃了公寓。作為獎勵，他每天打一次Skype通話去西雅圖：安娜會坐在她的前門廊，他則在俯瞰阿賓頓廣場的客廳窗前。她開始讀他推薦的小說，他開始試喝她喜歡的酒。他回頭努力處理他的新小說，專注地工作了一整個月之後，他離完成第一版草稿只有一步之遙。好事一件接著一件來。

然後，十月底，又有一則訊息透過傑克・芬奇・波納的網站傳來：

歐普拉要是發現了你的底細，會怎麼說呢？詹姆斯・弗雷至少偷的只是自己的東西。

他把這則訊息和其他則一起放入之前在筆電上新開的資料夾。過了幾天，第五則訊息來了：

你可能會想知道，我上推特了。帳號是@TalentedTom。

他連過去看，的確有這麼個新帳號，可是還沒有實際發推，頭像圖是一顆有機蛋，追蹤者人數是零。簡介的欄位只有一個字：**作家**。

他甚至沒有設法找出對手的身分，就這麼讓時間流逝。這不是個明智的選擇。他懷疑「天才湯姆」準備進入到新的階段，而傑克沒有時間可以浪費了。

12

我是無名小卒。你又是誰？

開宗明義：伊凡・帕克死了。這一點沒有任何疑問。傑克三年前看到了他的死訊。他還看過他的紀念網頁，雖然內容不是非常多，但上面也有十幾個認識帕克的人，他們必定也都認為他已經死了。現在要再找出那個網頁也是易如反掌，他看到上面沒有新增的致哀留言時並不驚訝：

伊凡和我在拉特蘭鎮一起長大。我們一起打棒球、練摔角。他是天生的領袖，總能提振隊上的士氣。我知道他有過一段艱辛的掙扎，但本來以為他應付得很好。很遺憾聽到他出事。

我跟伊凡在拉特蘭社區大學一起上過課。他是個很酷的傢伙。這件事真令人不敢相信。安息吧。

我在伊凡一家人住的鎮上長大。他們的運氣真是糟到極點。

我還記得伊凡代表西拉特蘭鎮打棒球的時候。我不認識他，但他是個很棒的一壘手。很遺憾他有這種心魔。

再見了，伊凡，我會想念你的。安息吧。

我在雷普利的創意寫作學程認識伊凡。他是超有才華的作家，也是個很棒的人。他出了這種事真是令人震驚。

敬請亡者的家人和朋友接受我的哀悼，願他留給世人的回憶長存。

但他似乎沒有親近的朋友，也沒人提到他有配偶或伴侶。傑克還能從這裡發現什麼他本來不知道的事嗎？

伊凡．帕克在高中時是運動健將。他至少一度有過「掙扎」和「心魔」——也許指的是同一項事物？——而後來他顯然又再一次被纏上了。他和家人據說「運氣真是糟到極點」。雷普利至少有一個學生記得跟伊凡一起上課的事。這個學生對他了解有多深？有深到會聽過伊凡告訴傑克的同一套精采劇情嗎？會因此而關心「有人偷了他同學沒寫成的小說」嗎？

這個來留言的雷普利學生只署名了「馬汀」，並不特別有助於喚起傑克的記憶，但所幸他的電腦裡還有二〇一三年的雷普利創意寫作學程學生名單。他打開那份陳年的表單。露絲．史圖本或許一輩子沒有讀過一篇小說、一首詩，但她整理資料的偉大精神堅定不移，在每個學生的地址、電話、電子郵件信箱旁邊，還有一欄是記錄他們的主修文類：F代表小說，P代表詩歌。表上唯一的馬汀就是馬汀．普塞爾，來自佛蒙特州南柏靈頓，名字旁邊標註的字母是F。然而，瀏覽了普塞爾的臉書個人頁面，看了他的幾張笑臉照片之後，傑克還是認不得這個人，這可能代表他當時是被分配給小說組的其他任教作家，但也可能代表他單純就是讓人過眼即忘，即便對於認真有意認識學生的老師亦然（傑克並不是那種老師，他當時就已認清了自己這一點）。除了伊凡．帕克之外，他在這群學生裡記住的人，只有那個自己寫了新版《悲慘世界》要「糾正」維克多．雨果的傢伙，還有那個自創了「蜂蜜瓜」一詞的女人。剩下的人，都像他第三年、第二年、第一年教過的那些小說組作家一樣，長相和姓名皆不復記憶。

他對馬汀．普塞爾展開一番深入搜尋——其間唯一的停頓是點了「紅農場」的雞肉來吃，並且跟安娜互傳了二十則以上的簡訊（主要是關於蘭迪．強森最近出的糗，還有她去湯森港的週末旅行計畫）——他藉此得知對方是個高中老師，會自釀啤酒，支持紅襪隊，並且非常喜愛加州的經典老樂團《老鷹合唱團》。普塞爾教的科目是歷史，娶了一個名叫蘇西、似乎十分熱中於地方政治的女人。他在臉書上貼的內容多到荒謬，大部分都是關於他養的小獵犬喬瑟芬還有他的小孩，但是沒有任何貼文提到他目前的寫作計畫，也未曾提及任何作家朋友，沒說過任何他目前在讀或是過去欣賞的作者。事實上，若不是在學歷欄位有雷普利學院的這一筆，你從臉書上絕對看不出來馬汀．普塞爾有志於寫作，甚至不會知道他有在讀小說。

普塞爾的臉書好友多達四百三十八名，令人看了心一沉。在這麼多人當中，是誰跟他透過雷普利學院二〇一二或二〇一三年的半遠距創意寫作碩士學程搭上了線？傑克回到露絲．史圖本的表單，交叉比對出六個名字，然後開始探索這幾個來自雷普利學院的兔子洞。但他並不真的知道自己在找什麼。

朱利安．齊格勒，西哈特福鎮的一位律師，主要負責房地產，在一間事務所與其他六十位笑容可掬的律師共事，絕大多數是男性、白人。長相看起來完全不熟悉。

艾瑞克・晉傑・張，布萊根婦女醫院的血液科住院醫師。

保羅・布魯貝克，蒙大拿州比林斯市的「騷人墨客」。（就是那個要糾正雨果的傢伙！）

佩特・達西，巴爾的摩的一位藝術家，又是一張傑克發誓自己見都沒見過的臉孔。六週前，佩特・達西在一個叫作「隔間」的微型小說網站刊出了一篇極短篇。眾多的鼓勵和道賀之中，有一則是馬汀・普塞爾留的：

「佩特！好讚的故事！真是以你為豪！你有在學程專頁貼文嗎？」

學程專頁。

原來他們有這樣一個非官方的校友專頁，自二〇一〇年以來，有六屆的半遠距學程畢業生在上面交流作品、資訊和八卦。傑克不斷往前翻到更早的貼文：詩歌創作比賽、《西德州文學評論》充滿鼓勵之情的退稿信、首部小說獲得波士頓一間綜合出版社接受的消息、婚禮照片、二〇一一年詩歌組在布拉特伯勒鎮開的同學會、緬因州劉易斯頓市一間藝廊舉辦的朗讀會。然後，在二〇一三年十月，「伊凡」這個名字開始出現在貼文中。

他們就只寫「伊凡」。當然了，傑克猜想這就是他一開始搜尋「伊凡・帕克」時沒有找到這個校友專頁的原因。很自然地，這裡講到的伊凡不需要連名帶姓，至少對認識他的人來說是如此。拯救受擄開瓶器的救世主伊凡。雙手緊緊抱胸坐在研討會桌邊的伊凡。這種討厭鬼，每個人都會認得。

各位，不敢相信，伊凡上週一過世了。真的很遺憾要跟大家分享這個消息。

不太令人意外，這條消息的張貼者是馬汀．普塞爾，二〇一一至二〇一二年在學的雷普利校友。

天啊！什麼？

幹！

媽的，太慘了。馬汀你知道什麼詳情嗎？

我們上星期天原本約在他的酒館見面，我要從柏靈頓南下。他後來就不回我訊息了。我想他是放我鴿子或是忘記了之類的。過了幾天，我打電話給他，就聽到門號終止服務語音。我有股不好的預感，所以去Google搜尋了，這個消息立刻就跳出來。我知道伊凡以前有過一些問題，但他原本已經戒癮成功一段時間了。

噢，老天，太可憐了。

這是我第三個死於藥物過量的朋友了！拜託，他們什麼時候才要承認？這是一場浩劫。

這樣啊，傑克心想。這確實印證了他猜測中「意外」、「掙扎」、「心魔」所代表的意思。

傑克的手機震動了。

西雅圖螃蟹鍋，安娜的訊息寫道，附上的照片裡有一團糾結的蟹腳和切段的玉米，遠處的窗外是一座碼頭。

傑克回到筆電上搜尋「伊凡 帕克 酒館」這組關鍵字，出現了一篇《拉特蘭先鋒報》的報導：位於拉特蘭鎮的國家街上的帕克酒館，是個看起來不甚高級的場所，來自西拉特蘭的店主伊凡・帕克經營多年之後過世，酒館於是易主。傑克看著那棟建築物，是破敗的維多利亞式風格，你在新英格蘭地區大部分城鎮的主要街道上都能看到類似的樓房。它一度是某個人的溫暖家屋，但現在前門上掛了個「帕克酒館：餐加酒」的綠色霓虹燈板，還有個看起來像是手繪的招牌，寫著「三到六點，狂歡時段」。

他的手機上出現單單一句：**哈囉？**

傑克回覆道：**真可口**。

夠兩個人吃喔，她立刻寫道。

在《拉特蘭先鋒報》的報導中，來自西拉特蘭的新店主傑瑞與唐娜・海斯廷希望保留酒吧的傳統內部裝潢、多樣的酒類選擇，而最重要的是讓它繼續以溫暖開放的氛圍作為地方民眾與過路旅客的同樂地點。他們被問到為何保留「帕克酒館」的名稱時，傑瑞・海斯廷表示這是出於尊重：已故前店主的家族五代以來都定居佛蒙特州中部，而伊凡・帕克本人在不幸早逝以前也耗費多年心力讓酒館獲得如今的成功。

好喔！安娜傳來訊息。**看來你現在不太想聊天吧。沒關係！或者你搞不好在跟繆思女神交流喔。**

他又拿起手機。**沒有繆思女神，也沒有「靈感」這種東西啦，寫作這回事是很不靈性的。**

喔？你那句「每個人都有獨一無二的聲音，還有唯獨自己能夠說出的故事」跑哪裡去了？

它跑去跟雪怪和大腳怪和尼斯湖水怪一起住在亞特蘭提斯了。但我現在其實是在工作。我們晚點聊好嗎？我會帶瓶梅洛紅酒。

你怎麼知道要帶哪一支？

我會問妳啊，當然嘍。

他回頭從露絲·史圖本的表單裡找出馬汀·普塞爾的電子郵件地址，打開Gmail，然後寫道：「嗨，馬汀，我是雷普利寫作學程的傑克·波納。抱歉突然就寫信給你，但不知道我能不能打電話跟你問一件事？請再告訴我你什麼時候方便說話，或是你有空隨時打給我都行。祝順心。傑克。」

他在信末附上他的電話號碼。

那傢伙立刻打來了。

「噢，哇，」傑克一接聽，他就這麼說，「真不敢相信你寄了信給我。這不是在幫雷普利募款的什麼活動吧？我現在真的無法。」

「不，不，」傑克說，「完全不是。是這樣的，我們可能有見過，但是雷普利學院的檔案不在我手邊，所以我不確定你當初是不是分到我班上。」

「我很希望我是分到你的班。我被分配到的那個導師，只會叫我們寫場景，整天就是場景、場景、場景。就是一沙一世界那套，他是那個路線的。」

他講的一定是布魯斯·歐萊利，柯爾比學院的退休教授，作品以緬因州為核心的小說家，傑克以前每年會跟他在雷普利酒館喝一杯啤酒。傑克已經許多年沒有想起布魯斯·歐萊利。

「真糟。如果他們可以讓學生輪流換班就好了，這樣每個人都有機會一起合作。」他也已經許多年沒有想起制式化的創意寫作教學方式。他對此並不懷念。

「我一定要跟你說，我超愛你的書。天啊，那個逆轉，我真的是看得大喊『哇靠』。」

傑克注意到他沒有特別強調「那個逆轉」，並且大大鬆了一口氣。他肯定沒有在暗示：**我很清楚你那個逆轉是從哪裡來的。**

「嗯，你這麼說真是人太好了。但我聯絡你的原因，其實是我聽說我的一個學生過世了。我看到你在雷普利的那個臉書專頁貼的文，就想說——」

「你說的是伊凡，對吧？」馬汀·普塞爾說。

「對。伊凡·帕克。他是我的學生。」

「噢，我知道。」傑克可以聽見馬汀·普塞爾的嗤笑一路從北佛蒙特州傳來。「而且很遺憾，他不是你的粉絲。但如果是我的話就不會太往心裡去。伊凡不認為雷普利學院的任何人有資格當他的老師。」

傑克花了片刻慢慢梳理這句話。「我懂了。」他說。

「在校的第一天晚上，只過了一兩個小時，我就看得出伊凡不會從學程得到多少收穫。要學到東西，你必須有好奇心才行，而他沒有。但一般相處起來，他還是個很酷的傢伙，很有魅力，很有趣。」

「你顯然有跟他保持聯絡。」

「噢對。有時候他會上來柏靈頓，聽演唱會之類的。我們一起去聽過《老鷹合唱團》。我記得他也來聽過《幽浮一族》。有時候是我開車南下。他在拉特蘭有一間酒館，你知道的。」

「嗯，其實我不知道。你能再多告訴我一些事嗎？我到現在才聽說這消息，感覺真的很糟。事發時我應該要寫信給他家人致意的。」

「嘿，等我一下下好嗎？」馬汀．普塞爾說，「我去跟我老婆說我在講電話。馬上回來。」傑克等他。「希望我沒有害你放下什麼重要的事情。」他在普塞爾回來時說。

「一點也沒有。我跟她說有個知名小說家在和我通話呢，這可大大勝過勸我們十五歲的女兒別去參加派對。」他停下來為他自己的妙語發笑。傑克也勉強自己跟著笑。

「所以說，你對伊凡的家庭了解嗎？我猜現在寫弔唁信已經太遲了。」

「嗯，就算不遲，我也不知道你要寄給誰呢。他的父母很久以前就死了。他有一個妹妹，在他之前過世。」他停頓一下。「嘿，如果這樣講太沒禮貌，我很抱歉，但我以前從來不覺得你們有多麼……要好。我自己也是教書的，所以不管任何人遇到難纏的學生，我都很同情。我就不會想當伊凡的老師。每個班上都有這麼個人，在椅子上坐得歪七扭八，眼睛直瞪著你看，好像在說：『你他媽以為你是誰？』」

「還有『你以為你教得了我什麼該死的東西？』」

「完全沒錯。」

傑克草草寫下筆記：父母、妹妹——已故。

這都是他看訃聞就知道的。

「對，那個班上的這種人肯定就是伊凡。但我已經習慣了每個班上的伊凡。我第一年教書的時候，如果有人問我『你他媽以為你是誰？』，我的答案會是：『我是無名小卒。你又是誰？』」

他聽到馬汀的笑聲。「狄金生的詩。」

「對啊。我也被逼出教室過。」傑克說。

「跑去廁所哭。」

「嗯。」傑克皺眉。

「我是說我跑去廁所哭啦。我第一年當實習老師的時候。你就是得強硬一點，但大部分那些孩子，其實都是膽小鬼，而且本身的生活過得非常不幸。有時候最讓你擔心的就是這種人，因為他們沒有自我感受，沒有自信。但伊凡不是那樣。我看過很多虛張聲勢的人——伊凡也不是。他絕對相信自己有能力寫出一本偉大的書。或者更精確地說，是他覺得寫出一本偉大的書沒有那麼難，那他怎麼會做不到呢？我們大部分人都不像他那樣。」

傑克在這裡接收到了作家之間常見的暗示，要向馬汀問起他自己的作品。

「老實說，自從學程結業之後，我就沒有多少進展。」馬汀說。

「對啊，每天都是一場挑戰。」

「你看起來就應付得很好。」馬汀說，語中微微帶刺。

「我手邊在寫的書可不好。」

他聽到自己這麼說也很驚訝。他驚訝的是，比起對他的編輯和經紀人，他對於馬汀・普塞爾，這個來自佛蒙特州柏靈頓、跟他素昧平生的陌生人，反而透露了更多的脆弱。

「嗯，真是遺憾。」

「不，沒事的，只是需要加把勁完成。嘿，你知道伊凡的書當時進度如何嗎？他離校之後有沒有什麼進展？我想他當時才剛下筆，至少從我看到的那幾頁來說是如此。」

馬汀一語不發，傑克經歷了有生以來最漫長的幾秒鐘。最後，馬汀道了個歉。「我只是在回想他有沒有談過這件事。我想他沒有跟我說過他的進度如何。但是，如果他又開始嗑藥，照那樣看，我很懷疑他怎麼還會坐在桌子前一頁一頁接著寫。」

「那麼，你覺得他寫了多少頁呢？」

那陣令人不安的停頓又出現了。

「你在打算為他做些什麼嗎？我是說，為他的作品？那樣的話你真是太好心了，尤其他又不是什麼乖乖牌模範生，你懂我的意思嗎？」

傑克喘了口氣。他當然不配得到這番讚許，但他想他也只好將計就計了。

「你知道的，我只是在想，如果有個完整的短篇，我也許可以替他寄去哪邊投稿。我想你這邊是沒有嘍。」

「沒有，但你懂的，我們說的也不是像納博科夫留下未完成的小說那種大作。我覺得你可以就把伊凡·帕克未動筆的小說送進歷史的洪流，不用有太多罪惡感。」

「抱歉，什麼？」傑克倒抽一口氣。

「身為他老師的罪惡感。」

「噢。是啊。」

「因為我記得我曾經這麼想——雖然我還算是喜歡他這個人，但他談論他那本書的方式真是瘋得離譜。他講得好像它是《鬼店》和《憤怒的葡萄》和《白鯨記》加在一起，還說它會變成多麼成功的鉅作。他是給我看過幾頁內容，寫的是有個女生很恨她母親，或者也許是她母親恨她。是寫得還不錯，但你知道，它也不是《控制》那種等級。我就只是看著他，想說，**好喔這位先生，隨你怎麼說**。我不知道，我只是覺得他自滿到了荒唐的程度。但你可能也遇過很多像那樣的人。天哪，」馬汀·普塞爾說，「我講話真像個討厭鬼。我是挺喜歡他的。你想要幫他，也真的是很高尚的行為。」

「我只是想做點好事，」傑克盡可能輕描淡寫地說，「既然他沒有別的家人……」

「這個嘛，可能有個外甥女。我想我在訃聞裡有看到。」

我也是，傑克沒有把這句話說出來。事實上，他從馬汀·普塞爾這邊聽到的事，沒有一件是那篇貧乏的訃聞沒涵蓋到的。

「好吧，」傑克說，「那個，謝謝你跟我聊。」

「嘿！謝謝你打來。還有……」

「怎麼了？」傑克說。

「嗯，如果我不問你這件事，我五分鐘後一定就會悔不當初，但是……」

「什麼事？」傑克說，他很清楚會是什麼事。

「我是在想，雖然我知道你很忙，但你會不會願意看看我寫的一些東西？如果能得到你誠懇的意見，那就太好了，對我來說意義重大。」

傑克閉上眼睛。「當然好。」他說。

《搖籃》

傑克・芬奇・波納著

紐約：麥克米蘭出版社，2017／頁23-25

當然了，他們想知道**孩子是誰的**，更甚於**她以為自己他媽的在搞什麼？**也顯然更遠勝**他們作為父母是哪一點失敗了？**不論細節如何，這都不是**他們的錯**，也不會是**他們的問題**。但**孩子是誰的**並不是一項珊曼莎樂意透露的資訊，所以她有兩個選擇：一是保守祕密，二是乾脆說謊。在廣泛的原則性層面上，她不特別介意說謊，但是說謊的問題（至少針對這件事而言），在於有檢測可以驗證——除非你從來沒看過傑瑞・史賓格[8]的節目，否則不會不知道。不管她供出誰的名字（就是不說出真正的罪魁禍首），最後都有可能被證明為假，導致她的謊言曝光，一切又要從頭開始：**孩子是誰的？**

所以她選擇保守祕密。

「聽我說，這不重要。」

[8] Jerry Springer，1944-2023，跨足政壇的美國電視主持人，以聳動的八卦脫口秀聞名。

「我們十五歲的女兒懷了孕，是誰害的難道不重要嗎？」

是喔，珊曼莎心想。

「就像你們說的，這是我的問題。」

「對，沒錯。」她父親說。他看起來不像她母親那麼生氣，比較處於他慣常的封閉狀態。

「那麼，妳有什麼打算？」她母親說，「這幾年來人家都跟我們說妳有多聰明，結果妳跑去搞出這種事。」

她無法直視他們暴怒的臉，於是她跑上樓，在背後把門甩上，把書包往舊書桌旁的地板一扔。她的房間位於屋子後半部，俯瞰下坡的波特溪，溪床在森林中的這一段狹窄而多石，南北兩段拓寬，同樣布滿石子。他們的房子很老了，有超過一百年的歷史，原本屬於她的父親和他的父母，再之前則是屬於她的曾祖父母。她猜想這代表房子終有一天也會屬於她，但過去她從來不在乎，現在亦然，因為除了必要的時間以外，她絕不會在這裡多住哪怕只是一分鐘。實際上，這一直是她的計畫，現在也還是，只要她能處理掉這個問題，修完學分，拿到獎學金去上大學。

孩子是誰的這問題的答案是一個叫作丹尼爾．威博屈的人，也就是她母親在學院旅舍的老闆、旅舍實質上的持有人，繼承自他的父親，那間旅舍是「三代家傳！」——招牌、信紙，甚至每間客房裡的紙杯墊都這樣標榜。丹尼爾．威博屈已婚，育有三個活蹦亂跳的男孩，他們必定會成為學院旅舍的下一代持有人。這個可惡的騙子當初再三保證他做過輸精管結紮手術。不，她還沒跟他說她懷孕了，未來也不會告訴他。他不配知道。

就她所知，丹尼爾．威博屈已經盯上她至少一年，也或許從更久以前她尚未留意時就開始了。她每次在旅舍走道上跟他擦身而過，或是他來高中看他的其中一個寶貝兒子的某種運動比賽在走廊上遇到她時，她都感覺到他散發的熱度，察覺到他的注意力鎖定在十五歲的自己身上。當然，他太狡猾了，不會直接出手。他引起她的注意，然後進一步給予稱許和一點成人式的真心讚賞：**珊曼莎跳級了啊——可不是太出色了嗎！聽說珊曼莎得了個什麼獎——真是個聰明的女孩子，肯定前途無量！**她如今難過地承認，這些策略不無效果。畢竟，丹尼爾．威博屈在她的世界裡算得上是高雅精緻的代表。一來，他去過康乃爾讀飯店管裡，那可是常春藤盟校呢，而且他還會讀城裡的報紙，不是只讀由提卡的《觀察家傳訊報》。有一次，她在旅館大廳等母親下班時，兩人針對《紅字》一書有了一番意外深入的討論，該書是珊曼莎八年級的英文課讀物，丹尼爾．威博屈提出的一個論點被她寫進報告，最後恰如其分地拿了個A。

所以，當珊曼莎終於想通，她媽媽的老闆是在放長線釣大魚，而她就是那條魚時，她的訝異稍微超過了應有的程度。然後，她用新的眼光檢視這一切。

當時，她讀十年級，比那一屆最小的學生還小了整整一歲。她的大部分同學——所有的男生，可能只除了最害羞內向的那些——都忙著幫女生破處，而且沒有人對此特別表示意見，除了兩個惡名昭彰、已經離開學校的女孩以外。這種時刻總會讓年齡差異加倍成為焦點，雖然珊曼莎在六年級跳級時再高興不過，但她並不怎麼喜歡比其他人都小的感覺。再說，那檔事本身沒有什麼特別的意義——更別說有何浪漫了——就像丹尼爾．威博屈的企圖和他達成企圖時嘗試的手段，都沒有含蓄之處。

不過，這都是她的決定。當時，代價看起來並沒有那麼高昂。如果她什麼也不做，丹尼爾．威博屈可能會繼續奉承她、調戲他，直到她離家的那一天，那一天來臨時，他只會聳聳肩，把目光轉向下一個房務員的女兒，或是下一個房務員本人。但她越想越喜歡這個點子。從實際的角度而言，她對學校的每個男同學都反感至極，而丹尼爾．威博屈也不能說是沒有魅力。況且，他是個大人，又當過幾次爸爸，代表他做那檔事的時候一定搞得懂自己在做什麼。再說，不像她同年級那些管不住嘴巴的男生，丹尼爾．威博屈絕對不會走漏消息。最後，她讓他把她帶進芬尼摩套房（她母親打掃完還不到一個鐘頭）時，他還強調自己在老三出生之後就結紮了。基本上，這讓她下定了決心。

所以說，也許她其實不像大家想像中的那麼聰明，更不如她自己想的那麼聰明。她不知道要怎麼擺脫她的問題。她甚至不知道她剩下多少時間可以想辦法。但她知道時間是不夠的。

13 儘管投吧

「你是了解我的，我不喜歡當那種愛催稿的經紀人，但是……」事實上，瑪蒂達全身每一個分子都是愛催稿的經紀人，這正是傑克多年來都夢想能夠給她代理的原因。在他經過有生以來最狂熱的寫作期間完成《搖籃》之後，他就單單只聯絡了瑪蒂達．沙厄特一人，寄了一封這輩子寫得最小心的投稿信：

雖然《奇蹟的發明》一書另有代理，且這本被《紐約時報》書評稱為「新鮮且值得注目」的小說也將永遠令我驕傲，但我這次是帶著一本非常不一樣的作品重返文壇：劇情導向、高度懸疑、情節扭曲，並且有一位強大而複雜的女性主角。我想要重新開始，找一位徹底理解像這樣的一本書有多少潛力的經紀人，且要能夠處理國際市場和影視業界的接洽。

瑪蒂達——或更可能是她的助理——回信請他寄上書稿，自此之後，一切都以令人滿意的速度進行。傑克不只興奮不已，更深感得到救贖；瑪蒂達旗下的作者是普立茲獎和國家書卷獎得主組成的全明星陣容，高檔的機場書店總是有他們的書（其實不那麼高檔的其他機場書店也有），有的是評論行家眼中的文學寵兒，有的是再也不需要多寫一個字的昨日之星。

「但是？」現在的他說。

「但是我接到溫蒂的電話。她和麥克米蘭的人在想你的新書趕不趕得上截稿日。他們不想給你壓力，與其寫得快，不如寫得好。但又快又好就是最棒的了。」

「是啊。」傑克淒慘地說。

「你知道，親愛的，現在這件事看起來好像不可能，但到了某個時間點肯定會發生：也許到了那時，全國已經沒有人沒看過《搖籃》了，但在某個時刻，這些人會想要讀一本別的書，我們只是希望那本別的書也是你寫的。」

他點了點頭，好像她能看得到他似的。「我知道。我在努力了，別擔心。」

「噢，我沒有擔心。我只是問問。你有看到我們又要再刷了嗎？」

「呃……有。太好了。」

「再好不過了。」她停頓一下。傑克聽到她中斷對話去跟她的助理說了些什麼。然後她回來了。「好了，寶貝。我有通電話得接。可不是每個人都像你這麼滿意自己的出版社。」

他向她道謝，他們掛斷通話。然後，他在舊沙發上的同一個位置又待了二十分鐘：雙眼緊閉，一股怖懼流遍他全身，像是某種與冥想相反的效果，專門要蝕盡他的平靜心情。然後，他起身走進廚房。

他這間新公寓的前屋主做過一次廚房家具升級，裝上了灰色花崗岩檯面和亮晶晶的不鏽鋼爐台，適合給烹飪程度高過傑克五個等級的人使用。其實，目前為止，他連一道菜都沒煮過（除非你把重新加熱也算入煮菜），他的冰箱裡只放著各式各樣的外帶餐盒，有的還是空盒垃圾。在他把既有的家當搬進來之後，他布置公寓的努力就無疾而終了。即使他曾經有心處理幾項較為迫切的家具需求——床需要床頭板、沙發要換新、臥室窗戶要掛窗簾——這些念頭也在「天才湯姆」闖進他的生活之後就離他而去。

他想不起來自己進廚房來做什麼，於是倒了杯水，回到沙發上。在他離座的短暫期間，安娜就傳了兩條訊息。

嗨你好啊。

過了幾分鐘後則是：

在嗎？

嗨！他輸入回應。**抱歉。剛剛在講電話。怎麼啦？**

在看智遊網，她寫道。**飛紐約的機票驚人地便宜耶。**

太好了。我正想去呢。聽說那裡霓虹燈無比燦爛。❾

一時之間，沒有人回應。然後：**我想去看齣百老匯的劇呢。**

傑克露出微笑。**他們規定沒看過百老匯的劇不能離開紐約市喔。恐怕妳別無選擇了。**

看起來她有休假時數，隨時可以用掉。

❾引用了流浪者樂團的〈百老匯大道上〉的歌詞。

但是講真格的，安娜寫道，**你對我去這一趟作何感想？我想確定我不是一頭熱地橫越整個國家對你投懷送抱。**

傑克嚥下一大口水。**我的感想是：儘管投吧。拜託。我很希望妳來，就算只待兩天也好。**

你可以放下工作休息？

他其實不可以。

當然可以。

他們約好了，她會在月底過來，待一個禮拜。聊完之後，傑克上網訂了床頭板和臥室窗簾，

這其實一點都不難。

14
小說般的情節

安娜在十一月下旬的一個週五抵達，傑克下樓去接搭計程車過來的她。西村這棟公寓大樓前面還架著警用路障，她下車時，他看到她盯著路障看，樣子頗為緊張。

「是拍戲用的，」他說，「昨晚在拍《法網遊龍》。」

「噢，那我就放心了。我還想說，我才剛到紐約，立刻就遇上犯罪現場了嗎？」片刻之後，他們尷尬地擁抱，接著又再抱了一下，這次比較不尷尬了點。

她的頭髮剪短了一兩吋，這項小小的改變隱含著一種脫胎換骨的暗示：從西雅圖的搖滾咖化身為某種版本的紐約女郎。她穿著風衣、黑色牛仔褲、比銀髮淺了幾階的灰色毛衣，頸上的鍊子串著單顆不規則形珍珠。他好幾週以來都拿不定主意自己再見到安娜時會有什麼感覺，而現在他無比寬心；她很美，她就在這裡。

他帶她去他喜歡的那間巴西餐廳，吃完飯後她想散散步，往南到世貿雙子星大樓的舊址，再往東去南街海港。他單純靠著模糊的方向感引路；他對這一帶不熟，令她覺得好笑極了。他們在中國城走進一間甜品店，分食一份加了八種料的刨冰，上面還插了一片金葉子。他提議要送她回旅館。

她對著他笑了出來。

回到公寓裡，他拿出備用的被子和枕頭放到沙發上。「給我睡的，」安娜過來站到他身邊時，他如此表示。「我的意思是，我不想預設些什麼。」

「你真可愛耶。」她說，然後就領著他進了他自己的臥室，那間不論如何總算是有了窗簾的臥室。這也是好事一樁。

隔天，他們鎮日沒有踏出公寓一步。

再過一天，他們終於出門去「紅農場」吃了午餐，但是吃完後立刻回家，接下來的半天又是足不出戶。

對於佔用她來城裡的時間，他道了一兩次歉。她來紐約這一趟，想要的肯定不只是這番親密接觸與共享的愉悅（根據他的判斷）吧？

「這正是我來這一趟想要的。」安娜說。

但隔天早上，她留他面對工作，自己出門探索，這成了他們當週接下來的固定節奏。他盡量在她出門之後拚個幾小時，然後傍晚出門跟她會合，不管她跑去什麼地方：紐約市博物館、林肯中心、布魯明黛百貨。她無法決定要看百老匯的哪一齣劇，於是在她行程的最後一晚，他們跑去參與某個奇怪的表演，每個人都在暗暗的巨大倉庫裡戴著面具跑來跑去，據說這東西是由《馬克白》改編的。

「妳覺得如何？」他們走向戶外切爾西區的夜色時，他對她問道。她的班機時間是明天一大早，而他已經在害怕她離開的時刻來臨。

「嗯，跟《奧克拉荷馬》真是完全不一樣！」

他們走到最近新潮起來的肉品市場區，看了幾家餐廳，終於找到一間環境安靜的。

「妳喜歡這裡。」服務生幫他們點完單後，傑克發表了他的觀察。

「這裡看起來很棒啊。」

「不，不是，我說的這裡是紐約。」

「恐怕沒錯呢。這個地方，真的是令我傾倒。」

「嗯，」傑克說，「老實講，我對此也並非不高興。」

她沒再說話。服務生送來他們的酒。

「所以說，有個只跟你見過一次面、相處過一個小時的女人，從整個國家的另一頭跑來待了幾天拜訪你，還開始嚷著有多麼喜歡紐約，你難道一點都沒有嚇到嗎？」

他聳聳肩。「有一大堆東西都會讓我嚇到。但挺奇怪地，這件事倒不會。我只是還在適應妳竟然喜歡我到願意搭飛機跑來。」

「所以你在假設，我搭飛機來是因為喜歡你，而不是因為其他的原因，例如我剛好訂到便宜機票，或是我本來就一直想假裝成二十二歲的年輕人、戴著面具在倉庫裡跑來跑去？」

「妳若要裝成二十二歲完全能過關啊。」他停頓了一下之後說。

「但我為什麼要裝？今天晚上那整場表演，根本就是國王的新衣嘛。」

傑克仰頭大笑。「好吧，妳就這麼失去了成為千禧世代的資格啦。」

「我才不在乎。就算是在我真的還年輕時，我也不覺得自己年輕，而那也是好久以前的事了。」

服務生過來上菜了，他們點的是相同的餐：烤雞佐蔬菜。傑克看著兩個餐盤，不禁猜想他們吃的是不是分成兩半的同一隻雞。

「那麼，為什麼妳就算在真的年輕的時候也感覺不年輕？」傑克說。

「噢，說來又臭又長。簡直像小說般的情節。」

「我希望聽妳說，」他看著她。「談起來會令妳難過嗎？」

「不，不會難過。只是說出這件事對我來說還是有點重大。」

「好吧。」他說，「我相應地感到榮幸。」

她先開動吃了一會兒，喝了杯中的酒。

「總而言之，我妹妹和我流落到愛達荷州、我們媽媽小時候住的鎮上。我們當時都還很小，對媽媽的記憶不深。她很不幸地自殺了，開車衝進湖裡。」

傑克呼出一口氣。「噢，我很遺憾，這太可怕了。」

「然後，我們媽媽的妹妹過來照顧我們。但她這個人非常奇怪。她連照顧自己的方式都學不會，更別說要照顧其他人、照顧兩個小孩。我想，我妹和我都明白這一點，但我們應對的方法不一樣。上高中之後，我可以感覺到她們倆離我越來越遠。我是說我妹妹和我阿姨，」她補充說明。「我妹妹幾乎不去上學，我則幾乎不回家。我的老師羅伊斯小姐了解我家的狀況之後，就問我想不想去跟她住，我說我想。」

「但是……沒有任何單位介入嗎？我是說，社工呢？警察呢？」

「警長來跟我阿姨談過幾次，但她始終沒有聽進去。我覺得她真的很想要勝任我們的家長，但這偏偏超出了她的能力範圍。」安娜稍作停頓。「是說，我對她完全不抱任何惡感。有些人會畫畫、會唱歌，而有些人不會。她這個人就是沒辦法跟我們其他大部分人用同一種方式處世。但我當時倒是希望……」她搖了搖頭，伸手去拿酒杯。

「什麼？」

「就是，我想要讓我妹妹跟我一起搬走，但她拒絕了。她想跟我們的阿姨待在一起。然後，有一天，她們倆就這麼離開了鎮上。」

傑克等著她繼續說，越等越坐立難安。

「然後呢？」

「然後呢？沒有半點消息。我不知道她們在哪裡，她們現在可能在任何地方。可能在天涯海角，也可能就在這間餐廳裡。」她四下瞥視。「好吧，不在這裡。但總之事情就是這樣，我留下來，她們走了。我念完高中，上了大學。我的老師——我後來習慣說她是我的養母，但我們從沒有辦過正式程序。她過世了，留了一點錢給我，這還不錯。但至於我妹妹，我就完全不曉得她怎麼樣了。」

「妳有試過要找她嗎？」傑克問。

安娜搖搖頭。「沒有。我想，我們的阿姨來照顧我們——或說來嘗試照顧我們——之前就過著很邊緣的生活。我想，如果她們還一起生活，她們應該不會付房租、用ATM，更別說上臉書了。但是我用臉書和Instagram主要就是為了這個原因，如果她們想要找我，不管在國內哪個圖書館用公共電腦按幾個鍵就能找到了。如果她們有聯絡我，我的信箱會接到自動通知。我都盡量不要去想，但是……每次我打開電腦或手機，心裡有一部分都在想：會不會就是今天呢？你一定無法想像那種感覺，等待著某一條訊息傳來，讓你的人生天翻地覆。」

其實，傑克完全能夠想像。但他沒有這麼說。

「這是不是……我是要說，這一切是不是讓妳很憂鬱呢？在青少年時期？」

她似乎對這個問題沒有太嚴肅看待。「可能吧。大部分的青少年都會憂鬱，不是嗎？我不覺得我小時候有想這麼多。而且坦白說，我當時也沒有太遠大的志向，所以倒也不會覺得自己被排除在什麼我真心渴望的事物之外。後來有一天早上，在我高中最後一年的秋天，我在學校輔導室外面的長椅上拿起了一份申請手冊，是華盛頓大學的，封面上印著松樹，我就覺得……你知道的，那裡看起來真不錯，有家的感覺。所以我立刻就在輔導室用他們的電腦填了申請書。三個星期後，我收到了錄取信。」

服務生回來收走他們的空盤。他們都婉拒了甜點，但是續點了酒。

「妳知道嗎，」傑克說，「仔細想想，妳的適應力真是好得驚人。」

「噢，是喔。」她翻翻白眼。「我在一座小島上離群索居了將近十年。我都要三十五歲了，還沒有認真交往過的男朋友。過去三年來，我投身的工作是讓一個徹頭徹尾的白痴在廣播節目裡聽起來稍微有些智力和知識。你真的覺得這是好得驚人的適應力嗎？」

他對她微笑。「如果同時考慮到妳經歷過的事？那我覺得妳簡直是神力女超人了。」

「神力女超人是虛構的。我想我比較樂意當個真實的平凡人。」

他心想，她絕對不平凡。這個從西北部森林裡跑出來的灰髮美女，不著痕跡地融入了全市最擾攘的區域裡忙亂擁擠的餐廳，光是她的存在就顛覆了常理，猶如天外飛來一筆。但他發覺，最讓他驚愕之處在於，他是如此平心靜氣地面對她的一切。打從傑克有記憶以來，他就在拿他寫作中的書折磨自己，然後他自我折磨的理由變成他沒有寫的書和那些成就超越他的人。他懷抱著如此深沉而慘烈的恐懼，怕他在他唯一想做好的這件事上做得不夠好——甚或一點都不好。況且，他身邊所有的同齡人都在彼此邂逅、湊對、互許終身，甚至共同創造下一代，但他自從跟詩人愛麗絲．洛根分手之後，甚至找都找不著一個他喜歡到想交往的女人。而現在他每個目標都達成了：突然地、平靜地達成了。

「首先，」傑克說，「讓老闆聽起來比實際上聰明——大多數人的工作內容就是這樣。再來，我覺得惠德比島是個度過近十年時光的好地方。至於沒有認真交往的男朋友這一點嘛，妳顯然是在等我出現嘍。」

他說話的這段期間，她都沒有抬眼看他，而是低頭看著自己的手和手裡的杯子。但現在她抬起頭來了，片刻過後，她露出微笑。「也許我是在等你，」她說，「也許我讀你的小說的時候，心裡就想，**認識認識這樣的腦袋也還不錯**。也許我在西雅圖參加你的新書活動、看到你時，我想的是，**隔著早餐桌看著對面的這個人，感覺不至於太淒慘**。」

「早餐桌啊！」傑克露齒而笑。

「也許我跟你的公關人員聯絡時，我想的不只是要邀真材實料的作家上節目。也許我是在想，**那個，如果我能跟傑克·波納見面，其實也不是多糟糕的事嘛**。」

「嗯，所以，現在計畫成功嘍。」

即使在餐廳不充足的光線下，他仍然看得出她臉紅了。

「嘿，沒事的。我很高興妳這樣安排。我高興得不得了。」

安娜點頭，但是沒有對上他的視線。

「你確定你一點都沒有被嚇到嗎？我因為煞到一個知名作家，就做出這麼不專業的行為。」

他聳聳肩。「我曾經有一次千方百計在地鐵上想要坐到彼得·凱瑞的隔壁，因為我幻想我可以跟澳州當今最偉大的小說家相談甚歡，我們會每週日共進早午餐，討論小說文類的現狀，他會把我寫作中的小說轉給他的經紀人……諸如此類的。」

「嗯，你有嗎？」

傑克啜了一口酒。「我有什麼？」

「坐到他隔壁。」

他點頭。「有啊。但我一個字都說不出來。反正，他大概兩站之後就下車了。沒有對話、沒有早午餐、沒有介紹經紀人。我就只是地鐵上的又一個書迷。如果妳跟我一樣畏縮的話，我們可能也只是那樣。但是妳真的為了妳想要的事物主動爭取了，就像妳在長椅上拿起那份申請書填了。我很欣賞。」

安娜一語不發，她看起來激動難平。

「就像妳以前的教授說的，沒有別人能過妳的人生，對吧？」

她笑了。「沒有別人能過你的人生。」

「聽起來很像我們以前寫作學程的教條。**只有你能用你特別的聲音說出你獨一無二的故事。**」

「這難道不是真的嗎？」

「當然不是。總之，妳盡情享受人生就是再好不過的事了。妳不虧欠任何人。妳的養母不在了。妳的妹妹和阿姨主動退場，至少目前為止如此。妳值得擁有每一分降臨於妳的幸福。」

她越過餐桌握住他的手。「我完全同意。」她說。

《搖籃》

傑克・芬奇・波納著
紐約：麥克米蘭出版社，2017／頁36-38

她的決定是：她要墮胎。這應該是很直截了當的一件事，畢竟她的父母似乎跟她一樣不想要家裡再添新成員。但有個不幸的狀況是，她的父母都是基督徒，不是主張「耶穌愛你」的那種（雖然她在諾維奇團契禮拜堂的座席上度過了數百個週日早晨，但她完全不屬於任何一種基督徒），反而會說「地獄裡有你專屬的位置」。而且，紐約州的法律規定他們的否決權凌駕於珊曼莎，也凌駕於位在她肚臍以下幾吋的受精卵。他們會視這顆受精卵為親愛的外孫，或是上帝珍愛的孩子嗎？珊曼莎很懷疑。她猜想事實正好相反，他們的目的是讓她學會某種「教訓」作為她罪惡的代價，就像《聖經》裡說的「妳生產兒女必多受苦楚」。要是他們肯同意載她去伊薩卡的診所，事情就簡單多了。

輟學本來也不在她的計畫之中，但是懷孕的狀況就為她下了這個決定。到頭來，珊曼莎並不是那種可以大著肚子繼續日常生活，照常應付大小考試、作業、報告，只偶爾衝進女廁吐一下，參加舞會直到九個月的女生。不，她四個月的時候就被診斷出高血壓，醫生勒令她臥床安胎，她被迫中斷十年級的學業，而她的雙親都沒有半點異議。她也沒有任何一個老師多費一點點力幫助她讀完那個學年。

餘下煎熬的五個月裡，她經歷了難受的妊娠反應，多半時間都平躺在她童年的床鋪，一張柱頂有圓球的四柱床，原本屬於她母親的父親或是她父親的母親。她不情願地接受她母親送到房間來的食物。她讀遍房子裡有的任何書——起初讀她自己的書，然後是她母親從歐尼昂塔市外的基督教書店買來的書。但珊曼莎已經察覺到自己腦子的構造受了干擾：句子自己攪成一團，文章段落的意義讀到中間就逐漸流失，彷彿她身體裡負責閱讀的部位也被不請自來的寄居者給搞壞了。她的父母都已放棄逼她說出使她受孕的人是誰；也許他們斷定珊曼莎也不知道。（他們以為她跟多少個男生睡過？可能以為全天下的男生她都睡遍了吧。）珊曼莎的父親不再跟她說話，但她過了一段時間才發覺，因為他原本話就不多。她的母親仍然每天都有話要說——或者更精確而言是有話要吼。珊曼莎想不透她是哪來的精力。

但至少這一切總會有個終點，因為這件事、這場磨難，終究是有期限的。它必定會結束。為什麼呢？

她不想當個十六歲的母親，正如她不想當個十五歲的孕婦，至少在這一點上，她膽敢相信她的父母和她有同感。所以，等到時機成熟，這個嬰兒會被送去給人領養，然後她這個宿主就可以回去念高中，儘管要和那些她在六年級時曾經拋下的愚鈍同學為伍，而且離她上大學、脫離厄維爾的目標又多了一年要努力，但至少她能回到軌道上。

唉，年輕人真是天真。或者她是錯在膽敢相信她的父母，覺得他們也許有一天會發覺，跟他們共度十五年的是個具備心智的人類，有自己的計畫和取捨和志向？她擁抱著這個可能性，甚至還採取行動，聯絡了《觀察家傳訊報》後頁廣告中的所謂「墮胎諮商師」（雖然她知道他們不是真的做「墮胎諮商」）。廣告上寫著：「為你的寶寶找個有愛心的基督徒家庭！」但她母親看也不看他們寄來的小冊子。

結果，她的罪惡的代價是直到永遠的刑期。

等一下！她對他們大叫。**我不想要這個小孩，你們也不想。我們就讓想要小孩的人去養它，這有什麼問題？**

顯然，問題就在於這是上帝的旨意。他給了她試煉，而她未能通過，所以這就是必然的結果。

這讓人氣憤、逼人發瘋，更糟的是還毫無邏輯。

但她只有十五歲。所以這就是必然的結果。

15

她為什麼會改變心意？

那個推特帳號本來從建立之後就慈悲為懷地毫無動作，但是在十二月中旬突然開始發推——沒有製造出巨大聲量，倒像是對著虛無深淵呻吟：

@傑克芬奇波納 不是#搖籃 的作者。

推文下方完全沒有互動，傑克看了鬆了一口氣。或許是因為也沒人能跟他互動，「@天才湯姆」這個帳號出現在推特上的六週以來，形象就只是一顆雞蛋，沒有個人簡介，所在地點也不明。他只吸引到兩個追蹤者，看似都是遠東地區的機器人帳號，不過他好像一點也不因為缺乏觀眾而喪氣。往後的幾個禮拜，這些小小的聲明持續地穩定出現，彷彿一滴一滴的腐蝕性液體：

@傑克芬奇波納 是小偷。

@傑克芬奇波納 是剽竊犯。

安娜回去西雅圖一趟處理事情。等她回來，傑克開車載她去長島，跟他父親的手足與他的堂親共度了傳統的波納家光明節。他先前從來沒帶客人來過節，這次引來堂親的些許注目，不過安娜帶來的那道板烤鮭魚博得了眾人的驚豔與感激。

技術上而言，她還沒有真正告別她前一階段的生活——她在西雅圖西區的公寓轉租出去了，她的家具搬去倉儲空間——但她立刻在紐約中城區的一間播客錄音室找到了工作，另外還在一檔SiriusXM上的科技產業報導節目兼職製作人。雖然她生長於愛達荷州小鎮，卻能瞬間跟上每個紐約客在街上疾行的速度，她回到城裡不出幾天，就成了又一個過勞的本地人，永遠在趕時間，壓力值的基準線恐怕會讓紐約市五個行政區以外的人驚嚇不已。但她很快樂，真格的、溢於言表的快樂。她的每一天的開始是跟他四肢交纏、親吻他的脖頸。她了解他的食物偏好，順利接手了餵飽他們兩人的任務（傑克非常慶幸，因為他始終沒學會怎麼好好餵飽自己）。她一頭栽進紐約市的文化活動，也帶著傑克一起，很快地，他們就很少有閒待在家的夜晚，而是出去看表演或音樂會，又或在法拉盛到處尋找她讀到過的某家餃子攤。

@傑克芬奇波納 的出版社最好趕快準備幫他們賣出的每一冊#搖籃 退款。

有人得去告訴@歐普拉 她又遇上了一個造假的作者。

安娜想要養貓，顯然已經想了許多年。他們去動物收容所，領養了一隻生性淡定的小傢伙，牠全身漆黑，只有一隻腳掌是白色。牠迅速在公寓裡繞了一圈，死盯著一張傑克以前看書時喜歡坐的椅子，然後窩到上面久久不離。（牠的名字取作惠德比，跟那座島同名）她想看百老匯的劇——這次要看貨真價實的劇。他透過瑪蒂達一個有人脈的客戶，幫他們拿到了《漢彌爾頓》的票，還有圓環劇院的會員資格。她想去下東城的美食之旅、翠貝卡區的歷史導覽漫步、哈林區的福音音樂表演，全都是土生土長（或至少「久居於此」）的紐約客不屑一顧的活動，他們寧願自大而勢利地對自己的城市保持無知。當她的工作狀況允許時，她開始陪他出席朗讀會和講座──去了波士頓、蒙克萊、瓦薩學院，有一次他參加邁阿密書展之後，他們還在佛羅里達待了兩天。

他開始發現他們之間一項根本的差異：她面對陌生人時懷著開放的好奇心，他則是懷著懼怕（他成為「知名作家」以前便是如此──「知名作家」真是個自相矛盾的詞，他受訪時總習慣這樣說，作為一種謙遜的表現。他先前被輻射光圈般的失敗紀錄所環繞時，心中的懼怕更未消減。）他們的生活中開始有新面孔加入，傑克多年以來第一次和不是作家、不是出版從業人員，甚或也不是專職小說讀者的人展開對話，話題的範圍也不再僅限於誰用多少錢簽下了誰的書、誰的第二本小說銷量慘跌、哪個編輯為了哪個被過譽的小說家超支預算之後退出業界、哪位部落客在某個夏季寫作會上的「不當接觸」控訴風波中支持哪一方。原來，在寫作的世界之外，還有那麼多豐富的話題可以討論：政治、美食、世上的有趣人物和他們的作為、喜劇的黃金年代、電視、餐車、現正進行中的社會運動，這一切都發生在他周圍，只是他過去都幾乎沒意識到。

他的作家朋友逐漸跟她碰面第二次、第三次之後，他注意到他們給予她溫暖的歡迎，有時候還先跟她吻頰或擁抱才來搭理他。安娜會記住他們的名字、他們父母的名字、他們寵物的名字（和物種）、他們的工作與他們對工作的抱怨，她會天南地北地提問，傑克則在一旁面帶緊繃的微笑，納悶她怎麼能在這麼短的時間內摸清他們的這麼多事。

他慢了幾步才想到：因為她會問問題。

他們和他的父母每個月在城裡共進一次早午餐，亞當．普萊特評介過的一間港式點心餐廳

（藏身於曼哈頓橋下）成為他們固定的去處。現在他和安娜在一起，跟父母見面的頻率更高了，高過他單身且理論上不用配合他人行程的時期。冬季來了又走，他看著她和兩老建立了深厚而熟稔的關係，她熟悉他母親在高中的工作、他父親為公司合夥人吃的苦頭，也知道他們對街隔兩戶的鄰居的悲慘遭遇：那一家的雙胞胎青少年自甘墮落，也把全家人一起拖下水。等天氣暖和一點，安娜想跟傑克的母親一起去車庫拍賣（這是傑克從小就拚命避免的活動）；她和他父親一樣是愛美蘿・哈里斯的長年歌迷（還當著他的面一起查了哈里斯的巡迴行程，計劃夏天要去納蘇體育館看演唱會）。有安娜在場，他的父母談了更多自己的事，包括他們的健康情形，甚至還有他們對傑克功成名就的感受，比他們和他獨處時還能聊，他為此惴惴不安，雖然他也明白這對他們所有人而言都是很好很好的。他一直以來都只是把他們對他的愛當成一項單純的事實來接受，但那比起隨機的情感表達，更像是習慣性的預設狀態。他是他們的小孩，然後又給了他們絕對值得驕傲的資格，這個狀態便合理地獲得了鞏固。然而，安娜不是他們的小孩，也不是全球暢銷作家，他們喜歡她——不，是愛她——就只是因為她這個人本身。

一月底的一個星期天，他們照例享用港點大餐之後，他父親在莫特街上把他拉到一旁，問他有何計畫。

「這個問題不是女方的爸爸才該問的嗎？」

「這樣啊，那也許就當我在代替安娜的爸爸問嘍。」

「噢，真好笑。那麼，我該有什麼計畫？」

他父親搖了搖頭。「你是認真的嗎？這個女孩子太棒了。她美麗、善良，又為你神魂顛倒，如果我是她的爸爸，絕對要偷踢你一腳。」

「你的意思是說，趁她改變心意以前趕快把握她。」

「也不是，」他父親說，「我比較想問的是，**你在等什麼？**她為什麼會改變心意？」

傑克不能說原因，不能大聲說出口，當然也不能對著他父親說，但隨著「天才湯姆」繼續對著一片虛空發表侮辱言論，他其實每天都在思考這個原因。傑克每天早上都不停點選他的Google通知，自我折磨地對著網路拋出新的搜尋關鍵字組合：「伊凡＋帕克＋作家」、「伊凡＋帕克＋波納」、「搖籃＋波納＋小偷」、「帕克＋波納＋剽竊」。他就像個受制於清潔行為的強迫症患者，或是那種要檢查爐子二十一次才敢出門的人。每一天他都要花更久的時間才能獲得足夠的安全感和之後的平靜感，才能撰寫他的新小說。

誰認為@傑克芬奇波納 竊取另一個作家的書是沒問題的？

@麥克米蘭出版社 為什麼還在銷售#搖籃 這本被作者從另一個作家手中偷來的書？

她為什麼會改變心意？

顯然就會是因為這件事。

自從他們在西雅圖相遇的那一天，更自從安娜千里迢迢來紐約與他相伴以後，傑克一直都在做心理準備，等著他的女友終於對他提起那些推特貼文的那一天到來。也許她會完全合理地追問，為什麼他沒有早點把這件事告訴她。安娜當然不是反科技分子——她可是做媒體工作的耶！——但她只把臉書和Instagram當作給失蹤的妹妹和阿姨聯繫她的管道，她的兩個帳號都已經久未更新，成了化石。安娜的臉書個人檔案中有大約二十位好友，還有一個華盛頓大學班級群組專頁的連結，置頂貼文是瑞克·拉森二〇一六年競選國會議員的宣傳。Instagram帳號的第一篇也是唯一一篇貼文則是二〇一五年的，內容很老套地是一張咖啡拉花畫的松樹。她在播客錄音室的工作之一，就是管理他們的Instagram帳號，張貼主持人和來賓使用錄音設備的照片，但是她個人顯然沒有興趣追逐點讚、分享、轉推或追蹤，更絕對沒有在監控他的網路人氣的高低起伏。顯而易見，安娜更偏好真實世界，以及真實的面對面互動：吃美食、品美酒，還有跟滿屋子的真人身體一起在瑜伽墊上揮灑汗水。

然而，還是有這麼個令人不安的可能，如果某人知道她跟《搖籃》的作者同居，也許會提起他們在網路上偶然看到的某則指控或攻擊，又或是禮貌性地問起傑克面對這件事的反應如何。每一天，「天才湯姆」帶來的感染都有可能滲入他的真實生活與真實戀情。每一晚，她都可能突然說道：「嘿，有人傳給我一則關於你的奇怪推文。」安娜下班回家、做完瑜伽跟他吃晚餐、整天和他在城市裡漫遊時，他們天南地北無所不聊，偏偏就是沒談傑克生活中最重要的一件事。當然，是除了她以外最重要的。

每天早上她出門工作之後，他就癱坐在書桌前，來回點擊臉書、推特和Instagram，每過一個小時就搜尋自己一次，看看有沒有什麼驚爆消息，觀測自己是真的在害怕，或只是對害怕感到害怕。信箱收到新郵件的每一聲提示音都嚇得他跳起來，每次有人標記他的時候，推特的嗶聲和

Instagram的鈴鐺聲也會驚動他。

我知道全地球上就是我最慢看@傑克芬奇波納 的#搖籃，但我要謝謝大家沒有劇透我，因為我看完的反應真的是三小？？？？！

山米的媽媽推薦：#伯青哥（我字有選對嗎？）、#孤兒列車、#搖籃。我該先看哪一本？

讀完@傑克芬奇波納 的搖籃。就還行。下一本：#金翅雀（天啊超級無敵長）

他不止一次考慮要聘請專業人士（或者就只找某個熟人的青少年子女）來查清這個推特帳號和「TalentedTom@gmail.com」這個信箱的持有者是誰，或至少辨識出這些訊息是從世界上的哪個地區傳來，但是想到要把另一個人帶進他的這座私人地獄，感覺就是件不可能的任務。他也考慮過向推特抗議，但推特可是允許了總統本人暗示一位女性參議員用口交來換取他的支持的貼文——他怎麼還會認為這個平台願意舉手之勞幫他一把？到頭來，他沒辦法讓自己採取任何行動：不論是直接、間接或逃避性的。他反而一再地退縮到毫無根據的意念之中，認為自己若是繼續置之不理，這場劫難某一天就會消失不見，屆時，他就可以無痛回歸到不受質疑的生活——不論是他的父母、經紀人、出版社、成千上萬的讀者，還有安娜，任何人都不會有理由懷疑他做過什麼事。每天早上，他都帶著完全不理性的想法醒來，覺得這一切也許都會就這麼……停止，但是，他的電腦螢幕浮出的黑暗會讓他再次趴伏在逐漸接近的驚濤駭浪前，只能等著被淹沒。

16 只有最成功的作家

然後，到了二月，傑克發現那個推特帳戶的簡介裡多了一條臉書連結。他懷著一股如今已相當熟悉的恐懼感，點開了那個連結：

名稱：天才湯姆
任職於：小說正義修復所
曾就讀：雷普利學院
居住地：美國某處
來自：佛蒙特州，拉特蘭鎮
朋友數：0

他的首篇發文很簡短，完全不假辭色，徹底簡明扼要：

《搖籃》的情節大逆轉讓你傻眼嗎？再來一個：傑克・芬奇・波納的小說是從別的作家手裡偷來的。

基於某種傑克永遠無法理解的原因，這則貼文成了消息像癌細胞般擴散的起點。

起初的回應普普通通、不以為然，甚至帶點嘲諷：

什麼鬼？

欸，我也覺得那本書過譽了，但你也不該這樣亂扣人家帽子吧。

哇，你這廢物是眼紅人家了吧？

但是，過了兩天，傑克的推特關鍵字通知抓到了一位小牌讀書部落客的轉貼文，她還附上了自己的提問：

有人知道這是怎麼回事嗎？

有十八個人回覆，沒有一個人知道是怎麼回事。之後的兩天，他保持著孤注一擲的希望，期待這件事也會船過水無痕。然後，接下來的週一，他的經紀人打來問他當週稍晚有沒有空跟麥克米蘭出版社的團隊開個會，她的語氣中隱含著些什麼，讓他覺得這場會要談的不是配合平裝版推出的第二輪巡迴打書行程，甚至也不是他預計於秋季推出的新小說。「怎麼了？」他說，但心裡已經知道答案。

瑪蒂達會用一種非常特別的方式來傳達壞消息，彷彿那只是她靈光一閃想到的某項有趣見解。她說：「噢，你猜怎麼著？溫蒂說他們的客服收到一個怪咖傳來的訊息，說你不是《搖籃》的作者。這代表你真的是大作家了。只有最成功的作家會吸引這種怪人。」

傑克一點聲音都發不出來。他看著手機，它就擺在他面前的咖啡桌上，開了擴音。最後，他像被掐住喉嚨般擠出一句：「什麼？」

「噢，不用擔心。每個有點成就的人都會遇上這種事。史蒂芬．金、J．K．羅琳，甚至連伊恩．麥克尤恩都有！還有個神經病指控過喬伊斯．卡洛．奧茲開著飛船飛過他家，拍下他在電腦上寫作的內容。」

「太瘋了，」他喘了口氣。「可是……那個訊息說了什麼？」

「噢，就是很具體的說了些什麼你的故事其實不是屬於你的。他們想要找法務來稍微聊一下，讓大家都了解最新狀況。」

傑克點點頭。「OK，很好。」

「明天十點你可以嗎？」

「好。」

他窮盡全身每一絲意志力，才沒有讓去年秋天的那一波自我隔離行動立刻重演：手機關機、蜷縮成胚胎姿勢、吃杯子蛋糕、狂飲威士忌。這次他知道自己不久後就要進入某種負責可靠的狀態，所以他不能墮落，或者至少不能墮落到萬劫不復。隔天早上，他跟瑪蒂達在他的高級出版社大廳碰頭時，他仍然覺得自己衰弱無力，頭腦昏沉且氣味難聞，儘管他兩個小時前才強迫自己沖過澡。他們兩人一起搭電梯上十四樓，傑克跟著他編輯的助理走過走廊，忍不住回想起他過去幾次來到他們辦公室的情景：競價後的慶祝、緊鑼密鼓（但相當刺激！）的編輯過程、跟行銷公關團隊第一次的震撼會議——那時他才首度理解到，出版社會對《搖籃》大施魔法，那是他先前的作品未能享有的待遇。之後的幾次來訪都見證了一個又一個驚人的里程碑：銷量突破十萬冊、首週登上《紐約時報》暢銷書排行榜、歐普拉讀書俱樂部選書。都是好事，有的是令人安心的好，有的是扭轉人生的好，但一向都是好事，直到今天為止。

今天可就不好了。

他們在其中一間會議室裡，跟傑克的編輯和行銷公關人員一起入座，還有一位公司法務部門的律師，一個名叫亞歷山卓的男子，他跟大家說他剛從健身房過來，傑克荒唐地把這當作情況樂觀的象徵。亞歷山卓的頭髮禿光了，室內上方的日光燈照得他頭頂閃閃發亮。還是說那是汗嗎？傑克偷瞄了一下。不是汗，在場流汗的人只有傑克。

「所以說，親愛的，」瑪蒂達開口，「就像我告訴過你的，被酸民提出一些惡毒的指控，不是什麼少見的事情。你知道的，連史蒂芬．金也被告過抄襲。」

還有J．K．羅琳，還有喬伊斯．卡洛．奧茲。他知道。

「而且你應該會注意到，這個傢伙是匿名指控。」

「我沒注意，」傑克謊稱，「因為我一直避免去想這件事。」

「嗯，這樣很好，」他的編輯溫蒂說，「我們希望你專心想著新書，別管這齣鬧劇。」

「但我們討論過，」瑪蒂達說，「溫蒂、我和整個團隊，我們認為現在也許該請奎利斯先生——」

「叫我亞歷山卓就好，」律師說，「拜託了。」

「——來跟我們解說一下。看看我們是否可以採取什麼行動。」

亞歷山卓發下來一份表單，傑克驚恐至極地發現那是「天才湯姆」至今為止的線上活動全紀錄：每一則推文和每一篇臉書貼文都仔細標註了日期，並且按照發表時間排序列印。

「這是什麼東西？」瑪蒂達盯著那頁表單說。

「我叫我的一個助理挖了一下這傢伙的底細。他從十一月就開始活動了，雖然起先很低調。」

「你有發現嗎？」溫蒂問。

傑克感到一陣想吐。顯然，他現在就要說出他在這場會議上第一句赤裸裸的謊言了。這是無可避免、出於必須，但仍然非常折磨。

「沒有。」

「嗯，也好。」

助理探頭進來，問有沒有人需要吃喝什麼。瑪蒂達要了杯水。傑克想不到他能把什麼東西送下喉嚨而不會噴得到處都是。

「聽我說，」溫蒂說，「我知道你會原諒我非這樣問不可，因為這是基本的處理，我們只是需要確切聽到你的答案。我知道這都是狗屁，他的話都是模糊其詞、亂槍打鳥，但你對這個小丑說的事情有沒有任何一點了解？」

傑克環顧周圍的眾人。他的嘴巴像砂紙一樣乾，要是剛才有要水來喝就好了。

「呃，沒有。我的意思是，就像妳說的，這真是……怎樣，難道我是小偷？我偷了什麼？」

「嗯，就是說啊。」瑪蒂達說。

「他在一些貼文裡用了『剽竊者』這個詞。」亞歷山卓熱心地說。

「是呢，說得真妙。」傑克苦澀地說。

「但《搖籃》沒有剽竊。」瑪蒂達說。

「沒有！」傑克差點用吼的。「《搖籃》的每一個字都是我自己寫的，我用了二〇一六年的冬天、春天和夏天，拿著一台奄奄一息的筆電在科柏爾斯基寫出來的。」

「很好。雖然不一定會走到這一步，但我想你也有保留草稿、筆記之類的東西吧？」

「我有。」傑克說，但他一邊說手一邊發抖。

「我很訝異他自稱為『天才湯姆』，」溫蒂說，「我們應該就此推斷他本身也是個作家嗎？」

「還是個天才作家呢。」瑪蒂達帶著滿滿的嘲諷說。

「我看到這個的時候，」名叫羅蘭的行銷公關人員說，「你們知道的，我自動就想到：雷普利。」

毫無防備的傑克感覺到一股熱流湧上臉龐。律師說：「那是誰？」

「湯姆．雷普利。《天才雷普利》的主角。你知道那本書嗎？」

「我看過它的電影。」亞歷山卓說。傑克緩緩吁出一口氣。顯然在座沒有人把「雷普利」跟他任教過幾年的三流寫作學程聯想在一起。

「其實我覺得這有點毛，」羅蘭繼續說，「就好像他在罵你是剽竊者的同時，也在暗示：『我做得出遠比這更狠的事。』」

「嗯，不過他只是偶爾講出剽竊者這個詞，」溫蒂說，「其他時候他只是指控你偷了這個故事。『不屬於你的故事』，這到底是什麼意思？」

「很多人不懂，你是不能對情節本身主張著作權的，」過了很久，亞歷山卓終於如此說。

「對作品標題也不能，要在這一點上做主張就容易多了。」

「如果情節有著作權，世界上就根本不會有小說了，」溫蒂說，「想像看看，如果有人擁有『男孩遇上女孩，男孩失去女孩，男孩贏得女孩』這種情節的著作權，或是『沒沒無聞的英雄發現自己是史詩級權力鬥爭中的關鍵人物』。我是說，這有多荒謬啊！」

「嗯，這個嘛，平心而論，這本小說的情節非常獨特。溫蒂，我想妳自己也說過，妳以前從沒有看過這樣的情節，不只是在投稿中沒有，在妳身為讀者的經驗中也沒有。」

溫蒂點點頭。「真的。」

「你呢，傑克？」

又一次令人頭昏腦脹的喘息，又一個謊言。

「不，我沒有在任何作品裡讀到過。」

「而且，如果你看到了一定會記得！」瑪蒂達說，「如果一份寫了這種情節的稿件寄到我的辦公室來，我一定隨時會用當時回覆傑克的方式給對方回覆。而就算我不是那位作家選擇接觸的經紀人，其他任何一位經紀人也都會為一本有著這樣情節的書興奮不已。還有最後一點：如果真有那麼一本書存在，我跟大家一定都會聽說過。」

「也許只是沒被寫出來。」傑克聽見自己說。

其他人紛紛看著他。

「你的意思是？」亞歷山卓說。

「呃，我想確實有可能是某個作家同樣想到了這個小說的靈感，但是沒有真正寫出來。」

「還真感人呢！」瑪蒂達舉起雙手。「現在每個想到靈感但沒有把小說寫出來的人，也都有作家的資格了嗎？你們知道有多少人跑來找我，說他們想到超棒的小說情節嗎？」

「我大概知道。」溫蒂嘆著氣說。

「那你們知道我怎麼跟他們說嗎？我說：『太棒了！等你一寫好，就快寄到我辦公室來吧。』猜猜看有幾個人真的寄了？」

我猜是零個，傑克心想。

「我當經紀人將近二十年來，一個也沒有！所以，姑且假設說真的有某個人想到了一模一樣的情節——只是假設喔！只不過他沒有真的把他自己那本該死的小說寫出來，現在他不高興了，因為有另外一個人、一個真正的作家寫了，而且可能還寫得遠比他可能寫出的程度更好。真難纏啊。下次何不就乖乖下功夫去寫呢。」

「瑪蒂達啊，」溫蒂又嘆了一口氣。（目前陷入挫折的她們倆其實是老朋友了。）「我完全同意。所以我們才會在這裡，想辦法保護傑克。」

「但是，我們阻止不了別人在網路上講垃圾話，」傑克鼓起勇氣說，「不然就根本不會有網路這種東西了。我們是不是應該不要理它？」

律師聳聳肩。「我們目前都沒理它，這傢伙也沒有要歇手的樣子。也許**不要**不理會它比較好。」

「呃，那麼**不要**不理會它又是什麼狀況呢？」傑克說。他的語氣聽起來有點兇，好像他生氣了。嗯，他當然生氣啊！「我是說，我們都不會想故意去戳一頭熊，對吧？」

「如果那真的是熊。坦白說，這種人比起熊多半更像車頭燈前面的鹿。你打燈照他們一下，他們就跑了。有些眼高手低的人很會當鍵盤戰士，但如果他主張或暗示的內容可證實為悖離實情，而不只是發表意見觀點，那就構成毀謗了。他們不會想要自己的姓名被公開，也絕對不會想挨告。然後他們就再也不會出聲了。」

傑克感到一陣微弱的希望。

「你會怎麼做？」

「我們用一些聽起來很正式的說法回覆。毀謗、侵犯隱私、不實描述──都是可行的訴訟事由。同時，我們會聯絡網站管理者和網路服務供應商，請他們自主移除貼文。」

「他們就會照辦嗎？」傑克渴望地說。

亞歷山卓搖了搖頭。「通常不會。一九九六年的《通訊端正法案》表示他們不需為第三方做出的毀謗言論負責。技術上來說，他們是其他人行使言論自由所用的工具，所以他們是免責的。但是他們都有內容管理規範，而且都不會想要為了捍衛一個可能沒付半毛錢的匿名魯蛇而搞到自已破產。我們會想盡量讓網站管理方站在我們這一邊，因為就算貼文移除了，我們還是要清除後設資料。現在，如果你在Google搜尋『傑克・芬奇・波納』加上『小偷』，排序最前面的搜尋結果就是這個。如果你搜尋傑克的名字加上『剽竊』，結果也一樣。搜尋引擎的最佳化功能可以減少損害，如果網站管理方肯幫我們，事情就容易多了。」

「可是，等等，」負責行銷公關的羅蘭說，「如果你不知道他是誰，你要怎麼暗示你想告他？」

「我們會針對『無名氏』提出告訴。這樣就可以傳喚了。我們也可以嘗試透過網路服務供應商取得這個人的註冊資料，或甚至IP位址。如果他用的是公用電腦，例如圖書館的，就算我們倒楣，但我們還是有機會拿到有用的資訊。也許訊息的來源是某個鳥不生蛋的地方，而傑克剛好認識住在那裡的某個人。也許你在大學時代搶了他的女友之類的。」

傑克試圖點頭同意。他這輩子其實沒有搶過任何人的女友。

「如果他用的是工作電腦，就是天大的好消息了，因為那樣一來我們不但可以把他的姓名放在告訴狀上，還可以放上他的雇主名字，那可是很有力的籌碼。沒有人知道他是誰的時候，他很大膽，但如果他覺得我們會去告他的老闆，你大可相信他就會閉上嘴巴自己消失了。」

「是我的話一定會！」羅蘭雀躍地說。

「嗯，這真是……令人振奮，」瑪蒂達說，「因為要傑克面對這件事，真是太不公平了。對我們所有人來說都是，但尤其是傑克。我知道他在為這件事操心。雖然他沒有說，但我知道。」

一時之間，傑克覺得他都要哭出來了。他迅速搖頭，彷彿要否認，但他覺得他們沒有上當。

「噢，別這樣！」溫蒂說，「傑克，我們會處理的！」

「沒錯，」律師說，「我會去做好我的事。你很快就會聽到車頭燈前的鹿逃進森林裡的聲音。」

「太好了。」傑克用虛偽到誇張的熱情語氣說。

「親愛的，」他的經紀人說，「就像我告訴過你的，這種現象很可悲，但也是一枚榮譽勳章。任何人只要是這輩子達到了某些成就，有人就會死命想要把他拉下來。你一點也沒有錯，別把這想成你的問題。」

但他確實是那樣想，而這也確實是他的問題，就是這麼回事。

《搖籃》

傑克・芬奇・波納著

紐約：麥克米蘭出版社，2017／頁43-44

珊曼莎的父親只載她到醫院前門，她母親則伴著她走到大廳，但也不肯再陪她走更遠了。這就像電視上的《ABC課後特輯》[10]，只不過她的身體處在強烈無比的疼痛之中。她希望有人能給她用點藥，但醫院的護士似乎格外以一種懲罰性的態度來處理她的分娩。她什麼也沒得到，最後才有人跟她說時間已經太遲了，而後又是什麼都沒有。更糟的是（她實在不需要更糟的情況了），她有個同學的母親同時也來生產，也就是說那個男同學，那個青春痘長得很兇的摔角手，人就在現場，在他母親的病房進進出出，陪她走在走廊上，每次經過珊曼莎敞開的房門時，都偷投以饒富興味的眼光。

那是漫長又新奇的一天，穿插著侮蔑、痛苦，以及醫院社工們新鮮而迷人的關注。他們對於她要如何填寫表格上的「嬰兒父親」一欄尤其深感興趣。

[10] 一九七〇至九〇年代的美國電視單元劇，常呈現青少年與兒童相關的爭議主題。

「我可以寫說是比爾・柯林頓嗎？」她在陣痛之間的空檔問道。

「如果不是照實填寫就不行。」那個女人笑也沒笑地說。她不是厄維爾本地人，看起來是出身自有錢人家，也許是庫柏斯鎮來的吧。

「還有，妳打算在孩子出生後繼續住在家裡。」這是一個陳述句。有可能是問句嗎？

「我一定要嗎？我是說，我可以離開家裡嗎？」

那個女人放下寫字夾板。「我可否問問，妳為什麼想要離開家裡？」

「就是，我父母對我的志向不支持。」

「妳的志向是什麼？」

把這嬰兒塞給別的某個人，然後讀完高中。但她沒把這句話說出口，因為下一波陣痛像塊巨石般撞擊她，然後監測器上的某個東西開始嗶嗶作響，兩個護士進了病房來，在此之後她就記不得多少了。疼痛停止時，她剛醒過來，外面是半夜，她的床邊放著某個像是攜帶式水族箱的東西，裡面有個又紅又皺、大聲啼哭的生物。看樣子，那就是她的女兒瑪莉亞。

17

成功帶來的不幸副作用

會議過後大約一週，傑克出版社的律師在「天才湯姆」幾度現身的網頁回覆串中加入了以下的聲明：

敬告在此及其他網站以「天才湯姆」身分貼文之人士：

我是代表麥克米蘭出版社及其旗下作者傑克．芬奇．波納的律師，您針對該作者惡意散布不實資訊及無端指控的行為，既不請自來且不受歡迎。根據紐約州法律，刻意發表缺乏事實基礎的言論損害他人聲譽，屬於違法。此則提告前聲明，要求您立即停止您透過所有社群媒體平台、網站、任何通訊管道所進行的言語攻擊。若未能配合，您及社群媒體或網站，或其餘涉事者將面臨訴訟。此社群媒體之代表人亦已分別接獲通知。

亞歷山卓．F．奎利斯律師敬上

祥和的沉默維持了幾天，他對「傑克＋芬奇＋波納」設的Google關鍵字通知就只跳出了讀者評論、關於史匹柏改編電影版的選角傳聞，以及Page Six[11]竟真的發了一則「捕獲」他在筆會募款活動中跟一名烏茲別克流亡記者握手的報導。

然後，週四早上，天下又大亂了：「天才湯姆」發出了訊息，這次仍然是透過電郵寄到麥克米蘭的讀者服務部門，但同時也張貼在推特、臉書，甚至還有一個全新的Instagram頁面上，並加了許多實用的分類標籤，以吸引書評部落客、產業觀察員、《紐約時報》和《華爾街日報》出版線記者的注意：

我很遺憾要告訴傑克·芬奇·波納的眾多讀者，《搖籃》這本小說的「作者」並不是這個故事的正當所有人。波納剽竊的行為不應受到酬賞。他自取其辱，理所當然該遭到揭發與譴責。

「車頭燈前的鹿」理論實在沒什麼用。

這一天由此展開，成了糟透的一天。

片刻之內，他的作者官網聯絡表單功能就轉寄了六個書評部落客來訊要求他做出回應，還有《眾聲喧譁》線上文學雜誌的採訪邀約，以及某個叫作喬伊的傢伙有欠邏輯但不乏惡毒的訊息：「我就知道你的書很爛。現在我曉得是為什麼了。」《百萬》文學雜誌在下午發了某些跟他有關的推特內容，《翻頁翻不停》也緊跟在後。

瑪蒂達倒是保持著樂觀，或者她努力表達出這種感覺。她再一次說，這都只是成功帶來的不幸副作用，這個世界——尤其是作家們的世界——充滿了怨毒之人，深信某個人虧欠了他們某些東西。那種人的思維大概是這樣的：

如果你寫得出一個句子，你就有資格自認為作家。

如果你想到一個小說的「點子」，你就有資格自認為小說家。

如果你真的寫完一份書稿，你就有資格讓人幫你出版。

如果有人幫你出版，你就有資格獲得二十個城市的新書宣傳行程，還有在《紐約時報書評》登全版廣告。

如果在這道自命不凡的梯子上，前述的任何一項待遇沒有實現，錯一定就是錯在某些人事物不公平地阻礙了你：

你的日常生活——因為它讓你沒有機會寫作。

「專職」作家或「已成名」作家——因為他們只是佔了某種特權優勢才比你更快達成目標。

經紀人和出版商——因為他們只會排擠新人作家，好維護和增添他們旗下作者的名聲。

出版產業整體——因為他們（在某種唯利是圖的邪惡演算法的引領之下）只砸錢投資寥寥幾位知名大咖作家，而把其他人都給消音。

「簡而言之，」瑪蒂達說——由於她並非天生擅長安慰人，聽出來的效果很勉強且不對

⓫《紐約郵報》的名人八卦版面。

勁——「拜託，別擔心這個了。再說，你會從你的同業們那裡得到排山倒海的同情，那些人的看法才是你應該在意的。就等一等吧。」

傑克等了。當然，她說得沒錯。溫蒂寄了一封給他加油打氣的電郵，還有一封是他在史蒂芬．史匹柏西岸辦公室的聯絡窗口寫來的，另外一些則來自他在紐約時曾相熟的幾位作家（比他更早錄取那個知名的創意寫作學程的那幾位）。他收到了緬因州的布魯斯．歐萊利的訊息（「老天，這是什麼白痴垃圾？」），還有以前的幾位客戶也傳訊來。霍普金斯大學的愛麗絲．洛根很熱心地列出了幾則詩壇的抄襲醜聞，並順帶提到她和新婚夫婿即將迎接寶寶誕生。來訊的還有他的父母，代替他感到備受冒犯，以及寫作學程的幾位同學，其中有個人也在對付他自己的跟蹤狂：「她斷定我的第二本小說是關於我們戀情的編碼簿，但我們根本就沒有什麼戀情。別擔心，他們這種人會自己消失。」

當天下午四點左右，佛蒙特州的馬汀．普塞爾捎來訊息。

「有人在我們的雷普利臉書社團貼文，」他在電郵中寫道，「你知道是誰在講這東西嗎？」

我在想，也許你會知道？傑克暗忖。但他當然沒有那樣說。

《搖籃》

傑克・芬奇・波納著

紐約：麥克米蘭出版社，2017／頁71-73

幾乎就在整整兩年後，珊曼莎的父親在柯蓋德大學中央總務辦公室的停車場裡倒下，在救護車趕來之前就死了。此事之後，珊曼莎生活中最大的改變，就是財務狀況的急轉直下，以及她母親開始糾結於她父親生前外遇了好幾年的某個女人。（她不知為何等到丈夫死了才揭露這一切，實在毫無道理，至少珊曼莎這樣認為。現在不管要採取什麼行動，不是都太遲了嗎？）但另一方面，珊曼莎得到了父親留下的車子，是一台速霸陸。這真是幫了她一個大忙。

此時，她的女兒瑪莉亞已經會做各種正常的動作，像是走路、說話，她也有幾個舉動是珊曼莎覺得不太正常的，像是不管走到哪裡都在唸字母，還有在珊曼莎講話時假裝沒有聽到。從她生命最初的那幾天起，她就滿腹牢騷、口無遮攔，且總是把別人推開（主要是推開珊曼莎，但也包括她的外公外婆、和小兒科醫生）。不久，她就進了幼兒園，是個躲在角落看書的陰沉小孩，不肯跟隔壁同學玩（當然更不肯參加團體遊戲），在說故事時間發表意見打斷老師，而且除了果凍和抹在超市麵包邊上的乳酪起司以外什麼也不吃。

至此，珊曼莎十年級的同學全都已經走出掛著縐紋紙裝飾的體育館，拿著捲成筒狀的畢業證書，四散分飛了——有些去念大學，其他人去工作，剩下的人不知去向。她若是在超市或二十號公路沿線的國慶日遊行碰到他們，都會感覺到一股怒火往上直衝到她口中，灼燒她的舌頭，她得咬牙忍受才有辦法進行禮貌性的對話。那些同學離開一年之後，她六年級時因為跳級而告別的那群原本的同學也畢業了，她所有的憤怒似乎也都隨著他們而去。之後剩下的只有一種低等的失望，而隨著年復一年過去，她甚至不再有能力想起她是在失望些什麼。她母親在家的時間越來越少；丹尼爾．威博屈——出於好心，或也許出於某種噁爛的父執輩責任感——幫她增加了她在「三代家傳」學院旅舍的工作時數，她也加入了教會裡的一個團體，會去女性健康診所[12]騷擾病人和員工。珊曼莎大部分的時間就只有女兒相伴，照顧嬰兒、幼兒、稚齡兒童的重擔填滿了她生活中的每個角落、每個時刻。她像自動機械一般照料瑪莉亞：餵食、洗澡、穿衣、脫衣，她的陣地隨著每一天過去逐漸敗退。

[12] 特指協助人工流產的診所。

18
又一天的謊言

有些日子，他能夠寫他的新小說寫上一兩個鐘頭，但在更多其他的日子裡，他做不到。通常，早上安娜離開公寓之後，傑克就繼續待在他們鋪著波斯毛毯的新沙發（安娜挑了這張來替換家裡破爛的舊沙發）上，來回於手機（推特和Instagram）與筆電（Google和臉書）之間，一再檢查有沒有新動態，也追蹤那些陰魂不散、捲土重來的舊貼文。他受困其中、飽經折磨，完全無力找到出路。

過了兩週，麥克米蘭出版社的群組會議透過視訊通話重新召開，「天才湯姆」對警告信的回應讓會議上瀰漫懊惱情緒，大家普遍想不到還有什麼點子可以嘗試。不過，負責公關宣傳的羅蘭報告說書評網站和部落客似乎放過了這條消息，主要是因為缺乏細節資訊，沒有什麼可寫，而且坦白說，也是因為匿名發文者的語氣，聽起來就像是那種只要有人寫了暢銷大書就會把他引出籠的狂人。（此外，傑克也受益於威廉斯堡一對寫小說的離婚夫妻在完美時機展開的大戰——女方的第一本書和男方的第三本書在數週之內先後出版，都在為他們失敗的婚姻懷恨提出控訴，只不過反派角色各不相同。）

「我當然希望可以有更好的結果，」律師說，「但總也有可能，這就是他最後一次出聲。他知道有人在盯著他了。他先前還不需要這麼小心。也許他會判斷這樣做並不值得。」

「肯定是這樣的，」溫蒂說。在傑克耳中聽來，她好像拚命想表現出樂觀。「何況，傑克．芬奇．波納就要推出全新作品了。到時候這個混帳還能怎麼辦？說傑克把他寫的每一本書都給偷了嗎？對於這一切狗屁倒灶的事情，最好的解決方式就是盡快讓新書進入出版流程。」

每個人都贊同這一點，而且沒有人比傑克更贊同。自從那則「我很遺憾要告訴……」開頭的訊息憑空出現之後，他就一個字都寫不出來了。但通話結束以後，他好好振作了起來。這些人是站在他這邊的。假使他們知道《搖籃》完整的起源故事，他們應該還是會站在他這邊！畢竟，和作家共事的人都非常明白，虛構作品在作者腦海裡生根發芽的方式有多麼千奇百怪：偶然聽見的隻字片語對話、經過改編的神話片段、Craigslist上的自我剖白、高中同學會上的流言蜚語。也許外行人以為小說都是在繆思女神的造訪之後誕生的——搞不好這些人也相信小寶寶是送子鳥帶來的呢。但那又怎樣？作家、編輯，還有任何肯花不止億萬分之一秒思考的人，都理解書的創作究竟是如何起始的，而且到頭來，他真正應該在乎的就是這些人。夠了！現在他該摒除外界噪音，寫完他自己的書稿。

而令他訝異的是，他竟然真的能夠做到這件事。

不到一個月後，他將新小說的第一版書稿按下「寄出」。

過了一週，溫蒂正式接受了這份書稿，只要求些微的修改。

這本新書是關於一位檢察官，在初出茅廬的階段一度收受賄賂搞砸自己手上的一樁案子，當時看來牽涉的只是一次無關緊要的臨檢，發現後座乘客正在享用粉紅酒。然而，這個小小的決定在主角日後事業成功、躊躇滿志時又回來糾纏他，為他和他的家人帶來了無法預料的傷害。這本小說不像《搖籃》那樣有雷霆萬鈞的劇情逆轉，但是的確有許多處轉折讓溫蒂和麥克米蘭出版社的團隊猜不透，雖然傑克知道這部作品無法帶給他跟《搖籃》一樣的現象級成果（從溫蒂到她的下屬都沒有人這樣認為，由此就可看出端倪），但它看起來仍然是前景可期的一部新作。溫蒂對它很滿意。瑪蒂達對溫蒂的滿意感到滿意。她們兩人都對傑克很滿意。

傑克顯然對自己不滿意，但他有生以來始終是如此，不只在他事業失敗的漫長年歲裡，也包括過去這兩年令他頭暈目眩的成功時光，他的恐懼和自我懲罰只是從原本的形式換成另外一種。每天早上，他在安娜溫暖的觸感之下醒來，然後幾乎立刻就意識到另一種感受：如同鬼魅不請自來，提醒他今天可能會有一則新的訊息出現，足以摧毀他的世界裡所有一切。然後，在接下來的幾個小時裡，他就坐等這樁恐怖之事發生，逼他對安娜、對瑪蒂達、對溫蒂從實招來；逼他坐在歐普拉節目上的沙發、跟詹姆斯．弗雷一樣的位置，「等著聽史蒂芬．史匹柏怎麼說」；逼筆會取消他的作家指導委員資格；逼他低頭過街，死命不想被認出來。每天晚上，他都沉陷在欺騙帶來的疲憊之中，讓又一天的謊言纏繞住他，將他拉進無眠之境。

「我在想說，」五月的某天晚上，安娜對他說，「你知道的，就是你都還好嗎？」

「什麼？我當然好啊。」

這件事選在那天晚上提起，格外令人擔心，因為那是安娜來到紐約滿六個月的日子。他們重訪他在第一天約會當晚帶她去的巴西餐廳，卡琵莉亞雞尾酒才剛端上來。

「這個嘛，你很明顯有心事。我晚上回家的時候都感覺你好像很費力的樣子。」

「費力不一定是壞事啊。」傑克說，想讓語氣顯得輕鬆。

「我的意思是，你好像很費力讓自己高興看到我。」

他感到小小一陣警戒。

「噢，但這樣說就不對了。我總是很高興看到妳。只是，妳知道，我有點忙不過來。溫蒂要求我修改一些地方，我應該有跟妳說過。」這當然不是假話，但那些修改其實都是小事，花費的時間不會超過兩週。

「或許我可以幫忙。」

他看著她。她似乎很認真。

「我走的路是很寂寞的喔。」他說，仍然試圖拿這件事開玩笑。「我是說，不是只有我，所有的作家都是。」

「如果你們這些作家全都走在同一條寂寞的路上，就不會那麼寂寞了。」

話中的反詰之意令人無法忽視。安娜從來不是那種會用力敲門的人，要求闖進來看盡他的思緒和煩憂。事實上，從他們相遇的那一刻起，她就在默默提供他知道自己錯失的許多事物——陪伴、情感、稍較優質的家具和大為改善的飲食，而一次也沒有問過他那個致命的、毀滅性的問題：「你在想什麼？」然而，現在連安娜的好心似乎也用到了極限。

或者也有可能，她過了這麼久，終於在上班偷閒時將他的名字輸入搜尋引擎，或是做完瑜伽去喝咖啡時有個朋友跟她說：「嘿，妳不是跟那個傑克．芬奇．波納同居嗎？他們對他做的事真是太誇張了。」

目前為止，那樣的事還沒有發生過，但是如果到時候真的發生了（肯定在某個時間點會發生的），她會接受瑪蒂達那種安撫說法（「對啦，是我，我被指控抄襲了！應該就是代表我真的有紅。」），或是相信他不希望讓她受傷的心痛說詞嗎？

他想道：不，她不會接受的。到了那時，她會真的看透他是什麼樣的人，不只是個遭到惡毒指控的對象，更對她有所隱瞞，整段交往期間都瞞著她。然後他們就會這麼完了，這名心中充滿愛的美麗女子會離開，回到這塊大陸上離他最遠的彼端，就此待下。

於是，他仍然不告訴她實情，並且將這個選擇合理化：她怎麼會理解？她又不是作家。

「妳說得對，」傑克現在如此告訴她，「我不該這麼走藝術家風格。只是現在我感覺有點——」

「對，你說過了，你忙不過來。」

「我的意思是——」

「我知道你的意思。」

服務生來了，送上傑克的側腹牛排和安娜的淡菜。她在服務生離開時說：「我要說的重點是，不管是什麼事讓你感覺這麼忙不過來，你要不要考慮跟我分享呢？」

傑克皺起眉頭。他的答案當然是：**幹，才不要**。但他有許多個高明的理由讓他不要這麼說。他舉起杯子。他希望話題能回到比較適合交往紀念日的正軌。「我想感謝妳。」

「感謝我什麼？」她有點狐疑地問。

「就是，妳放下一切搬到紐約來，這麼勇敢。」

「嗯，」她說，「我從一開始就有很好的預感。」

「妳還跑到西雅圖藝術講座來看我，」他打趣道，「工於心計地安排我去妳的廣播電台。」

「你希望我沒有嗎？」

「不！我只是不敢相信自己竟然值得妳花這麼多工夫。」

「嗯，」安娜微笑道，「那時候很值得。更重要的是，現在的你也很值得。哪怕你走的是一條寂寞的路。」

「我知道我有時候滿掃興的。」

「重點不是你掃不掃興，問題是你心情低落。我自己的情緒我可以照顧，但對於你，我就有點擔心了。」

在那非常不舒適的一刻之間，他都不知道自己是不是要哭出來了。她一如以往地解救了他。

「寶貝，我不是要刺探你的隱私。只是在我看來很清楚，有些狀況不對了。我只想說，有沒有我能幫忙的？或是如果我幫不上忙，我能不能至少聽你分享？」

「不用了，沒有什麼狀況不對。」傑克說著拿起刀叉，彷彿這個動作能佐證他的論點。「妳這樣關心我真是太體貼了，但我過得很好，真的。」

安娜搖了搖頭。她甚至沒有裝出有食慾的樣子。

「你是應該過得很好。你身體健康，有美滿的家庭，財務安全無虞。而且你在你唯一想要做的事情上也成功了！想想那些還沒得到你這種成就的作家。」

他有想。他常常都在想那些人，用一種不太好的方式。

「如果你不快樂，那麼這一切又有什麼意義呢？」她問。

「但我是快樂的啊。」他堅稱。

她搖搖頭。他突然有個可怕的念頭，覺得她要在此刻說出某些至關重大的話，像是這種：「我大老遠跑來，是為了一個在我心目中充滿活力、創意和欣賞力的人，最後卻發現他是個難搞的傢伙，動不動就在想讓自己的幸福打折扣。所以我要回原本住的地方去了。」他的心怦怦直跳。如果她真的要回去怎麼辦？他們現在一起在這裡，而他偏偏是這麼個笨蛋，不懂得珍惜他顯然擁有的一切：成功、健康、安娜。

「我是說，我很抱歉，如果我看起來像是不懂感恩……所有這些美妙的事物。」

「和人物。」

「對。」他熱切地點頭。「因為我真的不想……」

「不想什麼？」她一面說一面打量他。

「我不想……沒有表達出我多麼感激……」

她銀色的頭搖了一搖。「感激。」她語帶鄙夷。

「我的人生，」傑克說著說著，跌跌撞撞地誤入了英語這門語言中一座陌生的叢林裡。「有了妳之後……變得好太多了。」

「喔？這個嘛，從實際的觀點來看，我不懷疑。但我得承認，我還有更多期待。我是說，」安娜說，她沒有繼續盯著他了。「我覺得我當初立刻就知道了自己的感覺。我承認，離開西雅圖可能是件瘋狂的事，但現在我們都同居六個月了。也許不是每個人都像我那麼快了解自己的感覺，但我覺得這段時間也夠長了。我是說，如果你還是不知道你想要什麼，也許答案就不言自明。這就是我煩惱的事，如果你想知道的話。」

他直盯著她，一股不適感湧遍他全身。他們在八個月前相遇，在六個月前成為同居伴侶，一起探索這座城市，收養了一隻貓，見過他的家人和朋友，拓展共同的社交圈……他是怎麼回事？他難道就這麼被網路上的惡意潑糞攪亂了心思，差點要錯過了餐桌對面這個真正會改變他一生、完全真實的人？這頓晚餐沒有他以為的那麼簡單，不只是他們交往六個月的紀念，而是安娜私自認定的試用期期終考核。而傑克正在搞砸這次考核，或者已經搞砸了，又或註定會搞砸，如果他不做些什麼……到底要做什麼？

他向她求婚。

只過了短短幾秒，她就燦笑起來，再過幾秒，他也報以笑容。安娜．威廉斯的足跡遍布愛達荷、西雅圖、惠德比島，又回到西雅圖，而今落腳紐約，在一分鐘之內，跟她結為連理的這個概念就再也不陌生，成了一件令人興奮鼓舞且無比篤定的事。他們的手懸在仍冒著熱氣的餐盤上方，彼此交握。

「哇。」安娜說。

「哇，」傑克附和。「我沒有求婚戒指。」

「嗯，沒關係。是說，我們可以買個戒指吧？」

「當然。」

一個小時之後，他們多喝了幾杯卡琵莉亞，再也沒有提起先前的話題，離開餐廳時已是一對醉醺醺且濃情密意的未婚夫妻。

19 唯一能去的方向

安娜一點也沒有興趣把婚事辦得大費周章，他們兩個也都覺得不用多等，於是去了鑽石區，她挑了一只所謂的「古董」戒指（也就是「二手」比較好聽的說法，但那戒指戴在她手上的確很漂亮），不到一個星期以後，他們就到市政府跟其他的新人一起坐在硬椅子上排隊等候。一位戴著眼鏡名叫蕾娜的市府官員宣布他們結婚之後，他們就走了幾個街區去中國城，前往他們的新婚派對。（傑克的出席親友：他的父母、兩位堂表親、兩三個他在維斯大學和寫作學程的朋友。安娜的出席親友：一個播客錄音室的同事、兩個她在瑜伽課認識的女生。）他們在莫特街的一家餐館坐滿兩張圓桌，桌上有餐桌轉盤。傑克和安娜買了香檳。

接下來的那週裡，瑪蒂達帶他們去新開的聯合廣場餐廳慶祝，傑克遲到了幾分鐘，到場時發現他的經紀人和新婚妻子正在交頭接耳，一面喝著杯緣抹上粉紅鹽的瑪格莉特，一面閒聊八卦，彷彿已經相識多年。「噢，老天爺啊，」他進到卡座裡坐在安娜旁邊時，聽見她們其中一人說道。他甚至不確定說話的是誰。

「什麼？」

「傑克！」他的經紀人用他前所未聞的斥責語氣說，「你都沒告訴我，你太太在蘭迪・強森那裡工作。」

「呃……對，」他同意道。「怎麼了？」

「蘭迪・強森！我少女時代的背景音樂！你知道我是在貝爾維尤市長大的吧！」

他知道嗎？其實不曉得。

「我見過他一次，」瑪蒂達繼續說，「我跟一個朋友上過他的節目，因為我們當時為了某個理念在辦趣味長跑比賽。老實說，那個理念可能只是『考上常春藤名校』，但別管這個。我爸開車載我們去電台，我想應該不是他現在待的那個。」

「可能是KAZK電台。」安娜說。

「對，有可能。總之，他分別跟我們調情，在直播節目上耶！我們那時候才十六歲！」

「眾所皆知的色胚。」安娜評論道。

「我爸人就在錄音室裡呢！」她舉起做了美甲的雙手，表示震驚。她奶油金色的頭髮經過昂貴的保養，每一吋看起來都是忙碌、成功、高收入的曼哈頓女性該有的樣子。在她旁邊，綁著銀色髮辮、指甲素淨、穿著休閒毛衣的安娜，顯得格外年輕且涉世未深。

「換成如今的他，可能就不會那樣做了，」安娜說著，「他會等到妳爸去廁所。」

「拜託，這個傢伙怎麼還沒遭到Me Too指控？」

「這個嘛，我想是有過啦。其實我知道有。我在職的期間，就有個實習生出過事。但她後來否認，他也草草帶過。再說，他也是有權有勢。不好意思啦，傑克，你得包涵一下，我們聊天有夠吵的。」

「我剛認識你太太，」瑪蒂達說，「我想跟她永遠吵下去。」

「妳人真好，」安娜說，「我一直聽說妳是個不假辭色的人。」

「噢，沒錯！」瑪蒂達說。同時，傑克跟服務生點了和她們一樣的餐點。「但只限辦公室內。這是我的祕密喔。要不是已經有人用了『餓狼』這個綽號，大家就會那樣叫我的。但我不是真的愛吵愛鬥，我只是熱愛為我的客戶而戰鬥，因為我愛我的客戶。這次呢，我則可以很高興地說，我也愛我的客戶的新婚配偶。」她向他們兩人舉杯。「我真是太開心了，安娜。我不知道妳是打哪來的，但我很高興妳在這裡。」

她們倆碰碰杯子，傑克也舉起水杯加入。

「她是從愛達荷來的，」他熱心地說，「一個小鎮——」

「對啦，很無聊的地方，」安娜說，並且在桌子下碰了碰他的腿。「我真希望我跟你一樣是在西雅圖長大的。我一到那裡上大學，就覺得……對，就是那些新科技，還有那種氛圍。」

「還有食物。」

「和咖啡。」

「更別說音樂了，如果你對這有興趣的話，」瑪蒂達說，「雖然我沒有。我實在不適合穿法蘭絨襯衫。但是音樂表演真的帶有一種興奮的情緒。」

「還有水濱和渡輪、碼頭的日落。」她們倆互相對視，顯然在分享喜悅的一刻。

「跟我說點妳的事吧，安娜。」傑克的經紀人說。於是這一晚大部分時間，他們都在聊她在惠德比島上的那幾年，以及之後的電台生涯，當時她給了自己一份使命，要為蘭迪・強森臭不可聞的錄音室帶入一些文化內容——文學、表演藝術、思潮。他們聊了安娜愛讀的書、她偏好的酒類，還有她初到紐約這幾個月裡完成的事情。傑克並不意外，瑪蒂達固定收聽安娜協助錄製的至少兩個播客節目。傑克看著自己的妻子拿出手機，記下其他幾個她應該收聽的節目名稱，以及瑪蒂達另一個客戶的聯絡資訊，對方一直吵著要開自己的播客，需要一位非常聰明且意志力強大的製作人協助。

「我明天就跟他聯絡。」安娜確認道。「我從大學就開始看他的書呢。真是太刺激了。」

「他要是能跟妳合作，真是幸運得不可思議。我也相信你不會忍受他的男性說教。」

安娜咧嘴而笑。「拜男性說教的王者蘭迪・強森所賜，我絕不會忍受。」

聽著她們對話不無樂趣，也十分新奇。他認識瑪蒂達的三年來，只有這頓晚餐不是以傑克・芬奇・波納作為唯一（或是首要比例的）話題重心。直到上甜點時，瑪蒂達才像是想起了他還在場，問他新書的修改什麼時候會完成。

「很快就會好。」傑克說。他瞬間希望他們可以回頭聊聊西雅圖。

「他很拚命了，」安娜說，「我看得出來，每天晚上我回到家，他看起來壓力都很大。」

「這個嘛，考慮到各種狀況，我不覺得意外。」瑪蒂達說。

安娜帶著疑問的表情轉向他。

「第二本小說，」他簡短地說，「我的意思是，嚴格來說是第四本小說。但因為我在《搖籃》之前沒沒無聞，這次就算是我的第二次登台。非常嚇人。」

「不不，」瑪蒂達說，同時毫無表示地從服務生手中接過咖啡。「別想這個。要是我能讓客戶們別再為自己的職涯憂慮，他們就可以寫出多兩倍的書，整體也快樂許多。妳恐怕不會相信，像這樣的關係裡有多少諮商治療的成分。」她對安娜說，彷彿傑克這個理論上的諮商治療對象並沒有在現場與她們同桌。「我沒有執照啦！我在普林斯頓修過心理學導論，我受過的相關訓練就這樣了，不開玩笑。但我可是要為許多人脆弱的自我負責呢！我不是說妳先生，但是有些人……有時候他們寄東西給我看，我過了幾天沒有回覆，可能是因為要看的篇幅長達五百頁，或是遇到週末，或是我在處理別的客戶的競價，或是有人得了國家書卷獎，或是有人拋棄配偶跟研究助理私奔了，那可萬萬不行！他們會拿刀抵在手腕上跟我講電話。當然了，」她也許是察覺到自己說了什麼，於是表示，「我愛我的客戶，每一個都愛，包括難搞的那些人，但有些人真的是自尋煩惱。何必呢？」

安娜明智地點點頭。「我知道傑克在起步的階段有多艱難，在妳加入合作、《搖籃》成功暢銷之前。要堅持下去很需要勇氣，我真是為他感到驕傲。」

「謝了，寶貝。」傑克說。他感覺自己像在插嘴。

「我也為他驕傲。尤其是過去這幾個月以來。」

安娜再一次帶著困惑的神色轉向他。

「噢，沒事啦，」他聽見自己說。「會過去的。」

「我早就跟你說了。」瑪蒂達說。

「我會把書稿完成，然後再寫下一本。」

「下一本！」她高呼。

「因為這就是作家會做的事，對吧？」

「這就是你會做的事。感謝老天！」

他們離開餐廳時，他發現她跟安娜擁抱的時間比跟他更長，但是他深深慶幸自己成功避免「天才湯姆」的話題入侵這場晚餐，所以今晚在他看來不論如何都是一大勝利。很明顯，他的經紀人跟其他許多人一樣相當欣賞他的新婚妻子。

在實際層面上，傑克的婚後生活並沒有太大的變化。安娜決定做出一項調整，也就是正式冠姓為安娜．威廉斯－波納，她填了二、三十份必要的表格，在若干機關排隊了若干次之後，取得了新的駕照和護照。他們有了共同的銀行帳戶、信用卡和醫療保單，並且找了律師規劃遺囑。安娜淘汰了傑克最後幾件大學時期前後留下的家具——仿皮扶手椅、裝框的Phish樂團海報、大約購入於二〇〇二年的Bed Bath & Beyond破地毯，並且重新粉刷了客廳。他們去紐奧良度了個簡短的蜜月，大啖生蠔，晚上欣賞爵士樂（安娜喜歡的）、藍調（傑克喜歡的）和柴迪科舞曲（他們倆都不喜歡）。

他們回到市內的那天晚上，安娜去送一盒果仁夾心糖給幫他們餵貓的鄰居，傑克自己進到公寓裡，把滿手的信件擱到廚房桌面。他的目光立刻發現了那東西：一只不起眼的信封，夾在安娜的《簡單生活》和他的《詩人與作家》雜誌中間，滑落到花崗岩台面上，帶給他的卻是一生中最深沉的戰慄。

信封正面中央寫著他的地址，更精確來說，是他們的地址。

左上角寫的名字是「天才湯姆」。

他看著信封，那是漫長而驚駭的一刻。

然後他抓起信封，奔向浴室，打開洗手台的水龍頭，鎖上背後的門。他撕開信封，用發抖的雙手拿出裡面的一張紙。

你知道你做過什麼事。我知道你做過什麼事。你準備好讓所有人都知道了嗎？希望如此，因為我在準備告訴全世界。之後你就好好享受你的職業生涯吧。

所以，他一面聽著自己夾雜在水流聲中的呼吸一面想，這就是更糟的狀況。這個人穿過了螢幕，來到真實世界，現在傑克拿著的物品，就是「天才湯姆」也曾經拿在手中過的。一股嶄新而銳利的怖懼油然而生，彷彿這張紙本身就承載了所有傑克不該遭受的惡意與憤怒。這一切總和的重量壓得他喘不過氣，他定在原地久久不得動彈，直到安娜來到浴室門外問他是否還好。

他一點都不好。

最後，他把那張紙塞進他的Dopp Kit旅行包的一個口袋裡，脫了衣服，進去淋浴間。他嘗試用自己剩餘的認知能力通盤思考，但即使在開到最熱的水流下站了半小時後，這仍然是不可能的任務。之後的幾天裡，他一樣無法思考，他的網路監控行動原本就陷入偏執，現在又多了這封鬼鬼祟祟的信。他就是想不出他要怎麼往前走，而十足諷刺地，這讓他明白，唯一能去的方向就是往後。

他知道雷普利，這是他唯一確定的一點。和他目前危機有關的某件事，是在雷普利發生的，這很明顯，也很容易理解；寫作學程——即使（或說尤其？）是那麼不熱門的學程——中高漲的友伴情誼對那些無法在日常生活中以作家身分「出櫃」的人影響特別強烈，他們或許甚至無法告訴自己的朋友和家人。聚集在大半空蕩的校園裡時，可能是他們有史以來第一次被同道中人所圍繞，能夠跟這些剛認識，也只會短暫密集相處的人討論故事、情節和角色。伊凡・帕克也許會拒絕在傑克主持的正式工作坊這種號稱「安全」的環境裡分享他完美無缺的小說劇情給其他學生聽，但學程裡完全可能有其他人跟他搭上線，也許在他們去雷普利酒館共飲的期間，也許在學校餐廳吃完飯後的逗留之際。或也有可能在更之後，在伊凡・帕克或其他人的家裡，又或透過那些寄來寄去、附上徵求「評論」的正式書稿的電子郵件。

不管「天才湯姆」是誰，他都明顯地掌握了傑克和他過往學生之間的交流（儘管解讀錯誤！），這代表他也跟那個圈子有所關聯，或至少跟其中的某個人有過交集。但是，傑克的調查落後了佛蒙特州柏靈頓市的馬汀．普塞爾。現在這個混帳東西直接聯絡他的住家，不再是透過社群媒體，或者他的官網和出版社，而是真的找上了他實際的居住地，他和妻子共有的住所。這是太痛苦、太強勢的靠近，代表「天才湯姆」的行動前所未見的激化升級。絕對不可接受。

防守從來就不是最好的策略，在這次事件之後更不再是個可行的選擇。他必須回到他確知的基礎——雷普利學院——並且從那裡開始從頭來過。

去年秋天，馬汀．普塞爾的書稿裝在大信封裡寄來時，他沒有費神打開。它就一直放在他床底下的箱子裡，和其他的書稿（由他真正的朋友寄來，尋求他的「意見」）以及試讀樣書（出版社寄來向他邀約推薦語的）一起積灰塵。現在，傑克將那個箱子拉出來，在裡面翻找。找到普塞爾的信封之後，他撕開一端，拿出裡面的附函：

親愛的傑克（若你不介意我如此稱呼），

你同意幫我看看這些短篇小說，真是令我不勝感激！太謝謝你了！如果你有時間，我會非常樂意和你討論。不管是多小……或多大的意見我都歡迎！我一直把這想成由多篇短篇故事組成的長篇小說，但也可能是因為寫一本長篇小說是個太龐大也太嚇人的念頭。我真不知道像你這樣的小說家是怎麼辦到的！總之，請你讀完之後不吝給我寄封信或打個電話，再次感謝。

馬汀．普塞爾

傑克估計信封裡有六十頁的書稿。他覺得自己應該有空確實讀完。他回到客廳，坐在蓋著織毯的沙發上，打開筆電。名叫惠德比的貓跟著他，在他左大腿旁邊伸展身體，開始打呼嚕。

嗨，馬汀！我在讀你的稿子了。哇——真是優秀的作品。有很多點值得討論。

才過了兩分鐘，普塞爾就回覆：

太棒了！再跟我說討論時間！

時值傍晚，格林威治大道上方的太陽正在西沉。他不久後就應該出發，去安娜的錄音室附近一家他們的日本料理愛店。

他寫道：

我其實過兩天要去佛蒙特州。我們何不碰個面呢？也許當面比較方便討論。

真的假的？你來佛蒙特州幹嘛？

為了摸清你的底細啊。（傑克沒有把這話寫出來。）

有一場朗讀會。但我想待個一兩天，有些工作要做。而且我想念佛蒙特州！

他才不想念佛蒙特州。

朗讀會在哪？我要去！

呃，可不是嗎，他當然要去了。這場虛構的朗讀會該在哪裡？

其實是個私人活動，辦在個人住家。在多塞特鎮。

多塞特是該州較為新潮時髦的城鎮，就是那種可能有人找外地的知名作者去辦活動的地方。

噢，真可惜。

但我們可以約在拉特蘭市？如果不會讓你跑太遠的話。

他知道不會。傑克早已發現，就算不是為了參與暢銷作家私下的免費改稿諮詢，佛蒙特州居民也似乎都隨時願意在州內到處開車行動。

當然不會。就在七號公路上。

他們約好週四晚上在「鳥瞰」餐館碰面。馬汀說他真是太好心了，傑克說沒有啦，這並不是謊話，甚至也毫無誇大成分。馬汀．普塞爾是他通往「天才湯姆」誕生地的最佳路徑，就這麼回事。

而且，現在他也該更仔細地看看伊凡．帕克誕生的這個城鎮。其實他早就該這麼做了。

《搖籃》

傑克・芬奇・波納著

紐約：麥克米蘭出版社，2017／頁98

珊曼莎的母親並不信任醫生，她覺得他們其中之一會企圖說服她相信右乳中增長的腫塊是癌症。當珊曼莎親眼看到那個腫塊時，它已經從胸罩扣帶裡凸出來，事態當然早已惡化到無法收拾了。十歲的瑪莉亞正在讀五年級，她試圖說服外婆接受漢彌爾頓社區紀念醫院的腫瘤科醫師所建議的放療加化療，採取焦土戰略，但她外婆覺得化療太不舒服，做完第二輪後就宣告她要跟上帝賭一賭。上帝給了她再四個月，珊曼莎希望她滿意了。

葬禮過後一個月，她搬進父母的舊臥室，那是全家最好的房間，她挪空的舊臥房則讓給瑪莉亞。舊臥房位於走廊的遠端，她曾在房裡的圓柱床上幻想著逃離、鬱鬱不樂地度過孕期。她們往後共處的歲月基本上就這麼定了調。珊曼莎找到一份兼職工作，在巴賽特醫療服務網的一個分支機構處理帳單。她在廚房邊的小房間架好公司電腦，上完訓練課程後，她就可以在家工作了。瑪莉亞打從六歲就每天早上自己起床，八歲時就會弄早餐穀片吃並且打包午餐。到了九歲，她會自己準備晚餐，列購物清單，提醒珊曼莎繳稅。她十一歲時，老師請珊曼莎參加一個會議，因為他們想讓瑪莉亞跳一級。她跟他們說絕對不行。她絕不讓這些人稱心如意。

20 沒有人會來拉特蘭

為了讓他的藉口發揮一魚兩吃的用處，他告訴安娜說他要去佛蒙特州幾天，出席私人活動，並完成溫蒂要求的改稿工作。很自然地，她想要跟他一起去。

「我很想去佛蒙特州看看！」她說，「我沒有去過新英格蘭地區呢。」

片刻之間，他真的考慮要讓她一起來，但這當然是個餿主意。

「我覺得如果我自己找個地方窩著，我可以卯足勁把該做的事情拚完。如果妳跟我一起去，我就會想要花時間跟妳相處啊。我只是……我想交出一些東西給溫蒂之後，再來享受兩人時光，不用擔心還有別的事情得做。」

她點頭。她似乎理解了。他希望她理解。

傑克取道七號公路，開車穿過康乃狄克州西部，在曼徹斯特停下來吃午餐，然後在五點左右抵達他在拉特蘭投宿的旅舍。他躺在硬得像石頭的四柱大床上，終於開始讀起馬汀．普塞爾的短篇小說，寫得真是鬆散又毫無重點，充滿過眼即忘的角色。普塞爾對於那些在青春期和成人生活之間跌跌撞撞的年輕人格外感興趣——或許這也不令人意外，畢竟他是個高中老師——但他似乎沒有能力提出穿透膚淺表面的洞見。其中一個角色因傷而無法完成原本大有可為的田徑季賽事。另外一個角色未能通過考試，而有失去大學獎學金之虞。有一對感情深厚（至少以青少年的標準而言算是深厚）的情侶，女方懷孕之後，男方立刻拋棄了她。（傑克納悶於普塞爾主張這是——或本來想寫成——短篇連作小說的說法。這是他在自己的第二本書《混響》使用過的手法。傑克當初沒能用這個手法唬過任何人，普塞爾現在也一樣。）最後，對於故事該如何推進，他想到了相當顯而易見的一點建議——聚焦在那對年輕情侶上，讓其他篇故事的角色退居背景，然後他就去餐館見馬汀．普塞爾了。

佛蒙特州有點錢的人都住在胡士托、曼徹斯特、夏洛特、多塞特、米德伯里這些地方，就是不住在拉特蘭。雖然拉特蘭比佛蒙特州多數城鎮都大上不少，如今給人的感覺卻像是個低潮灰暗的得來速車道，許多雄偉的老房子都改建成了保釋代理人辦公室、墮胎「諮詢」所和福利補助代辦處，點綴著商店街、保齡球館和巴士站。傑克的旅舍離「鳥瞰」餐館不到半英里，但他開了三分鐘的車前往。他一進門，就有個男人從室內中間位置的卡座裡站起來招手。傑克也招手回應。

「我不確定你會不會記得我的長相。」馬汀．普塞爾說。

「噢，我認得出你，」傑克謊稱，並溜進了卡座。「不過，你知道，我開車來這裡的時候心裡還在想，我應該在網路上找一下你的照片，免得到時候坐到別人的位子上。」

「網路上的照片，都是我站在一群機器人阿宅後面的樣子。我在學校當他們社團的指導老師，十年內拿了六次全州冠軍呢。」

傑克試著擠出熱情的態度來恭賀他。

「還特別開車過來，你人真是太好了。」他說。

「嘿，你肯幫我看稿子才真是太好了！」普塞爾說。他興奮極了。「我還震驚未平哩。我跟我太太講了這件事，我覺得她不相信我說你肯幫我這個忙。」

「噢，沒什麼啦。我也很想念教書。」這也是個謊言。

「鳥瞰」餐館是一間典型的小餐館，有著水藍與黑色相間的地磚、閃亮的不鏽鋼吧檯和高腳凳。傑克點了漢堡和巧克力奶昔，普塞爾要了一碗雞湯。

「但你知道，我很驚訝你要跟我在拉特蘭見面。沒有人會特地來拉特蘭，大家都只是經過拉特蘭。」

「除了住在這邊的人以外吧，我猜。」

「對啊。不知道是哪個天才都市計畫人員決定讓全州最繁忙的公路穿過這個鎮的主街，真應該抓起來公開處刑。」普塞爾聳聳肩。「也許當時這個主意看起來還不錯吧，我不曉得。」

「這個嘛，你不是歷史老師嗎？你應該比較會用鑑往知來的觀點看待事情吧。」

此人皺起眉頭。「我跟你說過我是歷史老師？大部分知道我在寫故事的人，都預設我教的是英文科。但我告訴你一個黑暗的祕密：我不愛看小說，別人的小說。」

這對我來說倒不是祕密，傑克心想。

「是嗎？你比較喜歡讀歷史？」

「我比較喜歡讀歷史和寫小說。」

「那你在雷普利一定覺得很辛苦，要讀你那些同學的作品。」

女服務生送來傑克的奶昔，裝滿了一個玻璃杯和半個不鏽鋼隨行杯。奶昔的味道非常棒，直灌進他肚子深處。

「喔，還好啦。我覺得遇到這種狀況，也就只能調適。如果我要請工作坊裡的人敞開心胸仔細閱讀我的作品，我就也必須為他們這樣做。」

傑克覺得此刻正是個好時機。「遺憾的是，我自己的學生不作如此想。我已逝的學生。」

普塞爾聽了，發出一聲讓傑克頗感氣餒的嘆息。「我才在想我們過多久才會講到伊凡．帕克呢。」

傑克立刻退守，但態度不太有說服力。

「嗯，我記得你說過他是這地區的人。從拉特蘭來的，對吧？」

「沒錯。」普塞爾說。

「我看我今天就是動不動會想到他。我記得他在這裡開過間什麼店是吧？某種酒吧？」

「酒館。」普塞爾說。

女服務生回來了，放下附著花飾的餐盤。他的漢堡看起來碩大無朋，薯條堆成高高一座山，還在盤子上桌時灑了出來。普塞爾的湯雖然在菜單上分類為前菜，卻也是裝在排餐用的大碗裡。

「這地方的人肯定懂吃。」傑克在女服務生離開後評論道。

「要捱過寒冬嘛。」普塞爾說著拿起了湯匙。

對話退居次要位置，留出空間給他們用餐。

「你們兩個能保持聯絡真是太好了。我是說在雷普利學院的工作坊結束後。在這麼孤立的情況下。」

「呃，佛蒙特州又不是育空。」普塞爾說，語氣中顯然帶著點刺。

「不，我是說，我們這些作家所處的孤立情況。我們的工作是這麼孤獨。嘗到有伙伴的感覺，你就會想好好把握。」

普塞爾熱切地點頭。「那就是我在雷普利尋求的收穫。就只是跟其他做著我想做的事情的人建立連結，也許更勝過跟授課老師。所以我當然有跟幾個人保持聯絡，包括伊凡。他以及我有兩個月互寄一些東西給對方看，直到他過世。」

傑克聽了，在心裡瑟縮一下，雖然他當下不清楚造成這個影響的是那兩個作家之間互寄的「一些東西」，還是「他以及我」這個不順的說法。

「我們都需要讀者。每個作家都需要。」

「噢，我知道。所以我才這麼感激——」

但傑克不想談到那部分。至少非到別無選擇時都不想。

「所以你寄給我看的同一批短篇，你也有寄給他嘍？然後他也把他的作品寄給你？我老是在想他生前在寫的那部小說怎麼樣了。」

當然，這是一著險棋。他很肯定，如果普塞爾真的讀過伊凡．帕克進行中的作品，他早就會提起它跟《搖籃》的相似性了。但不論如何，這正是他跑這麼遠來想搞清楚的事。

「這個嘛，我當然是有把我的稿子寄給他，他過世的時候，已經收到我寄了兩篇，他本來要附上修訂意見寄回給我，但對於他自己寫的東西，他挺保密的。我只看過兩三頁。有個女人和她女兒一起住在舊房子裡，開了個靈媒專線吧？我記得的就是這樣。你看到的部分可能比我多得多了。」

傑克點頭。「他在工作坊提到自己的創作時，話也很少。他交出來的也就只有你說的那幾頁。我看到的肯定就只有那些。」他刻意說。

普塞爾在挖碗底的雞肉。

「你覺得他在課程裡還有交到其他能跟他聊的朋友嗎？」

那名教師抬起視線，跟傑克四目相對的時間長了那麼一點。「你的意思是，他還有把作品給其他人看嗎？」

「噢不，不必然是指這個。你知道，我只是覺得，他從課程得到的收穫這麼少真是太可惜了。因為一個好的讀者一定能給他幫助，就算他不想要我的協助，他還是可能跟其他的導師搭上線吧。例如布魯斯．歐萊利？」

「哈！也太不挑了吧！」

「或是另一個小說指導老師。法蘭克．里卡多。他是那年的新人。」

「噢，里卡多。伊凡覺得那是個可悲的傢伙。他不可能去找這兩個人的。」

「那麼，也許是其他的學生嘍。」

「我無意冒犯，也絕沒有要反對你的成功經驗，如果跟作家同儕建立關係對你有幫助，那很好，而且我自己也贊同，不然我就不會去參加雷普利工作坊，也不會請你讀我的稿子了。但是伊凡對作家社群從來就不感興趣。跟他去聽演唱會很棒，一起吃飯也很好，但是你知道，在寫作這種事情上跟人親親熱熱？在關於我們各自的獨特聲音，只有我們自己能講出的故事上？那完全不是他的作風。」

「好吧。」傑克點點頭。他帶著一股嚴重的不適，發覺到他跟伊凡．帕克除了共享《搖籃》的情節之外，還有其他的共通點。

「還有那些所謂『寫作技巧』、『創作過程』等等的東西？他講都沒講過。我跟你說，伊凡不愛分享的，不管是作品或是感受。就像那首歌的歌詞：他是頑石，他是孤島⓭。」

這真是讓傑克聽了大鬆一口氣，但他當然沒有說出來。他說的是：「這樣有點悲傷。」

那名教師聳聳肩。「他沒有給我悲傷的印象。他就是那樣的人罷了。」

「但是……你不是說他家人全都不在了嗎？他的父母和妹妹？他又還那麼年輕。真是太慘了。」

「是啊。他父母很久以前死了，然後他的妹妹，我不知道是在什麼時候出事的。太悲劇了。」

「對啊。」傑克附和。

「還有他的外甥女，訃聞裡提到的那個。我覺得她甚至沒出席告別式。我沒碰到任何自稱是他親戚的人。起立致詞的只有他的員工和客人。還有我。」

「真是遺憾。」傑克說，並且把他沒吃的半個漢堡推開。

「嗯，他們一定不親吧。他從沒跟我提過她。還有那個死掉的妹妹，天啊，他是恨之入骨。」

傑克看著他。「恨之入骨是個很強烈的詞。」

「他說她不擇手段。我想他不是指好的方面。」

「噢？他是指什麼方面？」

但現在這傢伙用明顯的懷疑表情看著他。花點時間談一個彼此都認識的人——尤其是這個人近期才在附近死去——並不奇怪。但現在這樣？難道《紐約時報》排行榜暢銷小說家傑克．波納來到拉特蘭，不是只為了跟一個徹底的陌生人討論對方的短篇小說？還有什麼可能的原因？

「我不知道。」普塞爾最後說。

「噢。當然。嘿，抱歉問了這麼多問題。只是就像我說的，我最近老是想到他。」

「是。」

傑克覺得自己最好就此打住。

「總之，我想談談你的故事。這幾篇很強勁，關於故事可以如何往前推進，我有一兩個點

⓭ 出自賽門與葛芬柯二重唱的〈I Am a Rock〉一曲。

子。我是說，如果你不介意我跟你分享的話。」

很自然地，普塞爾看起來對談話方向的轉變甚感喜悅。

傑克用接下來的七十五分鐘還這筆人情債，最後還記得負責幫餐費買單。

21 嗚嗚，好可憐喔

在停車場道別之後，他看著馬汀．普塞爾上了車往北開回柏靈頓，然後他在自己的車上等了幾分鐘，只是為了保險起見。

帕克酒館就在四號公路旁，位於拉特蘭與西拉特蘭之間的中途，從街上老遠就能看見「帕克酒館：餐加酒」的霓虹招牌。傑克開進那裡的停車場時，看到了另一個他記得在《拉特蘭先鋒報》的報導裡見過的招牌，手繪的「三到六點，狂歡時段」。停車場很滿，他花了幾分鐘才找到車位。

傑克不是愛泡酒館的人，但他對於這種場合該有的表現具備基本的概念。他進去在吧檯找了個座位，點了杯酷爾思啤酒，然後拿出手機滑了一會兒，以免態度顯得過於積極。他選了張左右都沒人的吧檯凳，但不久後就有個人坐到他旁邊，對他點了點頭。

「嗨。」

「嗨。」

「你要點吃的嗎？」酒保再次經過時問。

「不用了，謝謝。但也許再來杯酷爾思吧。」

「沒問題。」

一組四人的女客走了進來，他猜她們都是三十幾歲。傑克左邊的那傢伙轉身背向他，肯定是在留意那桌女人。另一個女的坐了他右邊的座位。他聽到她在點單。過了一會兒，他聽到她咒罵一聲。

「抱歉。」

傑克轉過去。她跟他年齡相仿，塊頭很大。

「不好意思？」

「我說抱歉。因為我罵髒話了。」

「噢，沒事的。」不只是沒事，還讓他免去了要設法開啟對話的負擔。「妳在罵什麼啊？」

那女人拿起手機。螢幕上的照片裡有兩個天使般的女孩，臉頰貼著臉頰，兩個都咧著嘴笑，但是她們的頭被一行螢光綠底色的簡訊通知給截掉了，訊息裡寫著「幹你媽的」。

「真可愛。」他說，假裝沒看到訊息。

「嗯，是很可愛，在她們拍這張照片的時候。現在她們都上高中了。我想我是應該感恩啦。她們的哥哥念完十年級之後就離家不肯回來了。他跑到特洛伊鎮去，不知道在搞什麼鬼。」

傑克不知道該如何回應，但他不打算將這位口沒遮攔的鄰座女士拒於千里之外。

雖然傑克沒有確切聽到她點單，但這會兒她的酒送來了，是某種帶有過多熱帶風情的東西，插著一片鳳梨和一把小紙傘。

「謝了，帥哥。」那女人對酒保說。然後她一大口就喝下了半杯，傑克覺得這樣對她身體肯定不好。她提振了精神，轉過來向傑克做自我介紹。

「我是莎莉。」

「我叫傑克。那杯是什麼啊？」

「噢，是他們給我的特調配方。這店是我姊夫開的。」

得分，傑克心想。雖然是不勞而獲，但他欣然接受。

「妳姊夫就是帕克嗎？」

那女人看著他的樣子，彷彿遭受了他的侮辱。她的金黃色頭髮很長，色澤明亮到可疑的程度，髮量稀疏，隱隱露出一塊塊頭皮。

「帕克是之前的店主。但他已經死了。」

「噢，太不幸了。」

她聳肩。「我不算太喜歡他。我們兩個，都是在這裡長大的。」

傑克問了莎莉幾個她顯然希望他問的問題。他得知莎莉在幼年從新罕布夏州搬來拉特蘭，有兩個姊姊，其中之一已經過世。她說她撫養了那個過世的姊姊的孩子。

「一定很辛苦吧。」

「沒啦。他們都是好孩子，只是被養爛了，拜他們老媽所賜。」她舉起空杯，半是做致敬的手勢，半是對酒保示意。

「所以，妳跟這裡之前的店主，算是一起長大的？」

「就是伊凡．帕克。他比我高兩個年級，跟我姊姊交往過。」

傑克小心避免做出反應。「真的啊？世界真小。」

「是這個鎮真小。而且，他幾乎不管跟誰都交往過，如果『交往』這個詞適用的話。如果你要聽實話，我都不確定他是否真的是我外甥的爸。倒不是說這有什麼要緊啦。」

「嗯，這真是……」

「吧檯後面就是他的老位子。」她拿起已經半空的玻璃杯，比向室內遠端。「進來的每個人他都認識。」

「嗯，酒吧的店主勢必要有社交性格，聽別人談他們的問題，也是工作的一部分。」

她對他咧了咧嘴，但那一點也不是開心的笑容。「伊凡．帕克？聽別人談他們的問題？伊凡．帕克才不鳥別人的問題。」

「這樣嗎？」

「這樣嗎，」莎莉嘲弄地學他講話。他注意到她講話時非常輕微地口齒不清，這才想到，那杯熱帶調酒並不是她今晚喝的第一杯。「是啊，就是這樣。是說你幹嘛關心這個呢？」

「喔，這個嘛，我剛跟一個老朋友吃完晚餐，我們都是作家，我朋友告訴我這間酒吧以前的店主也是。他生前在寫小說。」

莎莉仰頭笑了起來。她的笑聲之大，讓附近兩組客人停下對話，眾人紛紛轉頭察看。

「那個王八蛋還會寫小說呢。」她笑完了，最後搖著頭說。

「妳好像很驚訝。」

「拜託，那傢伙搞不好連看都沒看過一本小說，也沒念大學。等等，也許念過社區大學啦。」她傾身靠向吧檯，往盡頭看去。「欸，傑瑞，」她喊道，「帕克有念過大學嗎？」

一名身材魁梧、蓄深色鬍鬚的男子中斷了對話，抬起頭來。

「伊凡．帕克？我想他念的是拉特蘭社區大學吧。」他大喊。

「那就是妳姊夫？」

莎莉點頭。

「嗯，也許他上了個寫作課什麼的，就決定試試看。妳知道，人人都能當作家。」

「是喔。那我本人寫的就是《白鯨記》了。你呢？」

他笑道：「我肯定寫不出《白鯨記》。」

他發現她口齒不清的程度更嚴重了，「記」念成了「企」，「本人」念成「本倫」。過了一會兒，他說：「如果他真的寫了小說，我會很好奇故事內容。」

「可能是在寫晚上偷溜進女孩子房間的事吧。」她的眼睛半閉了起來。

他決定在她完全茫掉以前試試別的問法。

「如果你們是一起長大的，他全家人妳一定也都認識吧。」

她悶悶地點頭。「對。他爸媽死了。在我們高中的時候。」

「雙親都死了？」傑克裝作不知道地問。

「同時。在他們家裡。等等。」她又靠向吧檯。「欸，傑瑞？」她喊道。

她那個姊夫從另一頭看過來。

「伊凡．帕克他爸媽，他們死了，是吧？」

傑克實在希望他們別這樣大呼小叫帕克的名字，他看到那個姊夫舉起手來時，真是鬆了一口氣。過了一會兒，他結束了他那邊的對話，跑到他醉醺醺的小姨子這裡來。

「我是傑瑞．海斯廷。」他對傑克伸出手。

「我是傑克。」傑克說。

「你在問伊凡的事啊？」

「不算是啦。只是問問酒館名字裡的『帕克』是打哪來的。」

「噢。他們家族在這裡很久了。以前西拉特蘭的那座採石場是他們的。一百五十年後，他們手上的東西從豪宅變成了針頭。我想佛蒙特州就是這種地方吧。」

「這是什麼意思呢？」傑克說，儘管他很清楚這是什麼意思。

傑瑞搖搖頭。「我不是要瞧不起人。他本來已經戒癮很久了，但顯然又故態復萌。很多人都挺訝異的。有些毒蟲每天都會讓你覺得，搞不好今天就是他的最後一天了。其他有些人則是每天起床上班、做生意，所以他們的噩耗來得就像晴天霹靂。但就我所知，這家店本來生意就不是那麼好。他也跟一些人說過，他想把房子賣了，好投注資金進來。」他聳肩。

「他聽說帕克死的時候有在寫小說。」莎莉告訴她姊夫。

「是喔？虛構的那種小說？」

可惜不是呢，傑克心想。如果伊凡．帕克的小說真是虛構的就好了，但很不幸，它十分真實。

「真好奇他的小說在寫什麼？」傑克說出聲來。

「你幹嘛在乎呢？」莎莉帶著點挑釁的意味說。「你根本不認識他那個人。」

他舉起杯子。「妳說得完全沒錯。」

「妳要問他父母的什麼事情？」傑瑞說，「他們都死了。」

「我知道他們死了，」莎莉的話中飽含嘲諷。「不是他們家發生了瓦斯外洩什麼的嗎？」

「不是瓦斯外洩。是一氧化碳中毒，爐子造成的。」他在莎莉頭頂上小心比著某種手勢給酒保看——如果傑克解讀正確，他的意思是**別讓她再喝了**。「你知道我說的是哪間房子嗎？」他問傑克。

「他怎麼會知道？」莎莉翻翻白眼。「你在今天晚上之前是有看過他這個人嗎？」

「我不是本地人。」傑克補充確認。

「好啦。就是，西拉特蘭的一間大房子。大概有一百年歷史了喔。就在大理石街上的採石場旁邊。」

「奧格威五金行對面。」莎莉說，她顯然忘了自己稍早強調的重點。

「好的。」傑克說。

「那時候我們還在上高中。等等，伊凡可能已經畢業了，但他妹妹跟妳同班，對不對？」

莎莉點頭。「是個賤人。」她明確地說。

傑克努力嘗試做出自然的反應。

但傑瑞笑了起來。「妳當時就不喜歡那個女生。」

「她是個討厭鬼。」

「等一下，所以，」傑克說，「父母在家裡死了，但那個女兒沒死？」

「賤人。」莎莉又說一次。

這回傑克忍不住瞪了她。他們在討論的，可是個高中時代就父母雙亡的年輕女孩子耶？她父母還是在家裡死的，就在她的家裡？

「就像我說的嘍。」她的姊夫對傑克露出笑容。「她不喜歡那個女生。」

「沒有人喜歡她。」莎莉說。她的聲音現在聽起來悶悶不樂。也許她已經想通，自己被吧檯拒絕服務了。

「她也死了，」傑瑞對傑克說，「帕克的妹妹。幾年前的事而已。」

「燒死的。」莎莉說。

他不確定自己有沒有聽錯。他請她再說一次。

「我說了，她是燒死的。」

「噢，」傑克說，「哇。」

「我是這麼聽說的啦。」

「真是恐怖。」

的確是，顯然是很恐怖，但即便如此，傑克也無法對伊凡・帕克家的這些附屬成員擠出多於基本層次的同理心，不只是因為他不真正在乎這些人，更是因為目前討論的這些事件——他妹妹慘烈的早逝、數十年前發生在老屋裡的一氧化碳中毒，甚至還有伊凡・帕克本人鴉片類藥物過量致死——跟他當下的、緊迫的問題都沒有任何實質的關聯。此外，這些事情也都不是新聞了。網路上伊凡・帕克的訃聞裡就明明白白寫著「他的父母和妹妹已經先他而去」，那是好幾年前了，他在紐約州柯柏爾斯基鎮的自家書桌上讀到訃聞，當時《搖籃》一個字都還沒寫下。

其實，他已經恨不得趕緊離開帕克酒館了。他筋疲力盡，有點醉，而且傑瑞和莎莉告訴他的話都未能提供他幫助——或是在任何方面改善他的人生。而且，那兩個人現在交頭接耳地好像在討論什麼私事，是針對某個他們都明顯抱有反感的話柄，聊得非常起勁。傑克試圖回想他們的最後一個話題——伊凡・帕克的妹妹，那個討厭鬼，以便在離開前講些勉強算是回歸正題的話，但是一切回想起來都非常遙遠且完全不重要。他慢慢站起來，拿出皮夾，在櫃檯上放了一張二十美元。

「嗯，真是悲傷，」他對著莎莉的後腦勺說，「對吧？全家人都死了。」

「除了那個妹妹的小孩。」他聽到她說。

「什麼？」

「你不是說『嗚嗚，好可憐喔，全家人都死了』嗎？」

他懷疑這不是他確切使用的字眼，但此刻看來也不太重要了。

「可是那個**小孩**，」莎莉十分惱火地說，「她早就跑得不見人影了。她一到能夠離家的時間就走了。有那種媽媽，誰能怪她呢？我想她甚至沒等到高中畢業。要走就快走吧！」

然後，彷彿是為了配合她最後那句話，她轉向別處去了。現在，他看到她姊夫也閃人了，她則跟隔壁座位的客人交起朋友來。**等等**，他說。但是他其實恐怕根本沒說出聲來，因為他們兩人看起來都沒注意到。所以他不得不再說一次：「等等。」

莎莉轉回來看著他。她似乎需要一會兒時間才能搞清楚狀況，或是想起來他是誰。「等什麼？」她說，態度非常敵意。

等等。那是伊凡・帕克唯一在世的親屬。就是這個。

「那個外甥女住在哪裡？」傑克勉強說了出來。

她用充滿輕蔑的眼神死盯著他。「我他媽的怎麼知道？」她說。這真的就是他們對話的結束了。

《搖籃》

傑克・芬奇・波納著
紐約：麥克米蘭出版社，2017／頁43-44

就像古人的諺語說「有其母必有其女」：她們都聰明、好強，都有很高的企圖心，絕不要在紐約州的厄維爾終此一生。連帶地，她們的外觀也很相似——又瘦又高，留著薄薄的深色頭髮，明顯有駝背的習慣，相似到珊曼莎再怎麼努力都看不出這女孩身上有任何一點丹尼爾・威博屈的影子。但是看著瑪莉亞長大的同時（她幾乎就只是負責看而已），兩人有幾個關鍵的不同之處還是顯現了出來。對比於熱切計劃著離家的母親，瑪莉亞似乎不太費力地就往目標飄去，更少表現出擔憂。她甚至沒有珊曼莎易於安撫（甚或服從）他人的輕微傾向，拒絕索討任何好處，且完全不在乎她生活中那些想要鼓勵她走向康莊大道的成人（尤其是學校裡的）。珊曼莎在學業上勤勤懇懇，小心不要搞砸（偏偏有了個大例外！），瑪莉亞卻是自己想交作業時才交，如果課堂引不起她的興趣，她就走人，要是她覺得老師誤解了（或可詮釋為：笨到無法理解）教材，她就公然頂撞他們。

此外，瑪莉亞是個女同志，也就代表不管發生什麼事，她都不太可能像她母親一樣，偏偏在抵達目標前鑄下大錯。

她的同學之中，有柯蓋特大學教授的孩子，也有在這裡落腳的畢業生（大部分是從事有機農業或藝術創作）的孩子，還有郡裡最古老的幾個家族（酪農、郡政府公務員、上州的老隱士）的後代，不過他們的圈子是用另一種標準劃分：決心要把高中生活過成生涯高峰的人，和期待日後體驗到遠遠更多樂趣的人。對所有人來說都顯而易見的是，瑪莉亞游離於這兩群人之間。她在各個小圈圈之間飄來蕩去，對她沒聽說的派對，或是班上不同社交團體之間的衝突毫無關切，即使她就是衝突團體中的一員亦然。她曾經兩度徹底拋下整群的朋友，讓那些人既困惑又受傷。（珊曼莎對這些社交行為渾然不知，直到其他同學的媽媽打電話跟她抱怨。）有一個女孩好幾年來都常到她們家裡玩，瑪莉亞卻突然就不跟她講話了，這一次的關係破裂明顯到讓珊曼莎也知情了，不用旁人告訴她。瑪莉亞被問起時，就只說：「我就是沒辦法跟像那樣的人繼續下去了。」

十三歲時，她自學開車，開的是新的那台速霸陸（在她外公的那台終於退役時換上的替代品），還自己開去諾維奇的監理所領學習駕照。十五歲那年一場《金髮尤物》的排演上，她跟一個叫拉娜的高年級生在燈控室親熱。幾個月後，拉娜畢業了，立刻搬到佛羅里達州，瑪莉亞整個夏天都鬱鬱寡歡。或者至少是到她在漢彌爾頓的書店認識嘉比為止，在那之後她就不再消沉了。

22 待客之道

隔天上午，他從四號公路往西開，前方是塔科尼克山脈，後照鏡裡是綠山。他要去找伊凡．帕克家人生前所住的房子。沒有確切的地址，他不知道那房子會有多難找，但他一在西拉特蘭下公路，就發現這個鎮上根本也沒有多少東西；肯定比大部分有著經典式廣場和村落綠地的新英格蘭小鎮貧乏。傑克輕鬆找到了大理石街，就在老舊磚造的鎮公所再過去一點，沿路經過了修車廠、超市和採石場的舊址，現在成了一個藝術中心。開了一英里之後，他看到那間奧格威五金行，於是放慢車速。結果，右手邊的那間房子，有著完全不可能忽視的存在感。他停了車，從座位上探出身子上下細看。

那是一幢義大利風格的三層樓房，有著大理石地基，座落在路旁遠處，壯觀驚人：高大、潔淨、新漆成黃色，周圍是園藝造景，和他這個週末看到的許多朽壞建築形成鼓舞人心的對比。不管裡面現在的住戶是誰，都很細心地修剪樹籬，而且傑克還看得出屋後有一座正式花園的輪廓。他正在嘗試將眼前相對豪華的景觀和伊凡．帕克據聞陷入的經濟困境並列檢視，此時一輛綠色的 Volvo 在他旁邊減速，轉彎開進車道。傑克伸手抓住點火器裡的鑰匙一轉，但是那輛車的駕駛已經下了車來對他揮手，態度全然友善。那是個跟他年紀相當的女人，背後垂著一條豔紅的長髮辮，雖然穿著寬鬆的外套，身材卻顯然非常削瘦。她喊了些話。他搖下車窗。

「抱歉？」他說。

現在她朝傑克的車走來，傑克內心的紐約客尷尬了一下：誰會這麼冒險跟一個停車在你家外面的陌生人互動啊？顯然，佛蒙特州的人就會。她走得更近了。傑克開始搜尋一些能夠解釋他為何在此的理由，但他什麼也想不到，這也許讓他最後只能說出某種版本的實話。

「不好意思，我想我認識的某個人以前住在這裡過。」

「喔，是嗎？那一定是帕克家的人了。」

「對，的確是。是伊凡．帕克。」

「果然。」那女人點點頭。「你知道吧，他過世了。」

「我聽說了。總之，抱歉打擾妳了。我只是開車經過鎮上，然後想說來致意一下，妳懂的。」

「我們不認識他，」那女人說，「節哀順變。」

有人為了伊凡．帕克的死對他致上慰問，這般諷刺讓他差點當場坦承實情。但他還是發出了合宜的回應。「謝謝。其實我是他的老師。」

「喔，是嗎？」她又說了一次。「高中的老師？」

「不，不是，是寫作班的。在雷普利學院，東北王國裡面？」

「嘿啊。」她說，聽起來像個如假包換的佛蒙特州人。

「我叫傑克。妳的房子真是美侖美奐。」

她聞言開懷而笑。他注意到她的牙齒呈現一種特殊的灰色，應該是香菸或四環黴素造成的。

「我還在遊說我家那口子重新粉刷線板呢。我不喜歡那個綠色，我覺得我們得改成深一點的色調。」

他過了片刻才明白過來，她是真的想要他提供意見。「妳可以改深一點的色調。」他最後如此說，這似乎是正確的答案。

「我就知道！我家那位呢，她有個週末趁我不在就請了油漆工來，擺了我一道。」她說得笑容滿面，也就代表她對此事並不記恨。「我是貝蒂。你要進屋子來看看嗎？」

「什麼？真的嗎？」

「有何不可？你總不會是利斧殺人魔吧？」

血流衝上傑克的腦門，他在短得不能再短的一瞬間裡，納悶自己是否真的是殺人魔。

「不。我是個作家。我在雷普利就是教這個的。」

「是喔？你有出版過什麼作品嗎？」

他關掉車子引擎，慢慢踏出車門。「對，出過兩三本，有一本叫作《搖籃》的？」

她睜大眼睛。「真假？我從圖書館借了那本書耶。我還沒看，但是一定會看的。」

她握了握他伸出的手。「太好了。希望妳會喜歡。」

「老天爺，我妹會興奮死。她跟我說這本非讀不可，絕對猜不到故事轉折。我就是那種，會在電影院裡靠過去跟別人說五分鐘後會怎麼演的人。簡直是個詛咒。」她笑道。

「的確是個詛咒。」傑克表示同意。「嘿，妳邀我進去真是太好心了。我是說，我很樂意進去看看。妳確定沒問題嗎？」

「當然！真希望我那本書不是圖書館借的！如果我有自己買的書，就可以給你簽名了。」

「沒關係。我回家就寄一本簽名書給妳。」

她看著他的眼神，活像是他剛剛承諾要送她莎士比亞的《第一對開本》。

他跟著她走上整齊的車道，穿過高大的木質前門。貝蒂開門時先喊道：「西薇亞？我們有客人喔。」

他聽見房子後半部某處傳來收音機聲。貝蒂彎下腰撈起一隻巨大的灰貓，回頭向傑克說「等我一下」，然後就朝走廊走去。他努力把屋裡的一切盡收眼底，貪婪地記錄每個細節。中央走廊十分豪氣，漆成了令人腸胃翻攪的粉紅色，連著一道寬敞的木質樓梯。他右手邊打開的門後有一間大客廳，左邊的拱門後則是一間更正式的起居室。這裡的空間和細節——齒狀簷口飾條、偏高的踢腳板——都以一種相當刻意的方式展現著財力，但是貝蒂和西薇亞用嬉皮風的裝飾標語把殘存的貴氣給扼殺殆盡：「你只需要愛……和一隻貓！」，樓梯往上的牆壁上是「瘋狂愛貓女子」，客廳的壁爐上方則是「愛就是愛」。此外還有各種顏色過於鮮豔的毯子湮滅了實木地板，傑克不管往哪裡看，一切都太多、太過頭了：餐桌上放滿小擺飾，花瓶裡的花朵健康而豔麗到了不真實的地步，許多椅子圍成圓圈像在等待整團客人到訪，或是有這麼一群人剛離開。他試圖想像自己過去的學生住在這裡：從樓梯上走下來，跟隨著貝蒂的腳步走向據他推測位於走廊底端的廚房。他無法想像。這兩個女人在過去和現在之間築起了一道層層疊疊的俗麗屏障。

貝蒂回來了，身邊少了貓，但多了一個戴蠟染頭巾的深膚色壯碩女子。「這是西薇亞，我的伴。」她說。

「天啊，」西薇亞說，「不敢相信！知名作家耶。」

「知名作家是個矛盾概念。」傑克說。這是他百搭的自謙說法。

「天啊。」西薇亞重複道。

「妳們的房子真是太美了，裡外都是。妳們在這裡住多久了呢？」

「兩年而已，」貝蒂說，「我們剛搬來時房子很破爛，你一定不敢相信。每樣東西都得換新。」

「有些還得換兩次，」西薇亞說，「過來後面這邊喝點咖啡吧。」

廚房也有專屬的標語：爐子上方掛著「西薇亞的廚房（以愛增香）」，餐桌上方是「家常幸福」，桌巾是一塊沾滿貓毛的豔藍色防水布。「你喜歡榛果風味嗎？我們專喝這個。」

不管哪種風味咖啡都討厭的傑克表示他喜歡。

「西薇亞，圖書館的那本書在哪啊？」

「我沒看到。」西薇亞說，「要加奶油嗎？」

「好，謝謝。」

她把馬克杯遞給他。杯身是白色，上面用黑色線條畫了一隻貓，並寫著「感覺他喵的讚」。

「還有甜甜圈喔，」貝蒂說，「我剛剛去買的，你知道鎮上的瓊斯甜甜圈嗎？」

「呃，不知道，」他說，「我完全不熟這個鎮，真的只是路過而已。我沒想到佛蒙特州的待客之道這麼熱情！」

「我得承認，」西薇亞說著端來一盤特大的糖霜甜甜圈。「我在手機上偷偷Google了一下。你跟你自稱的身分是符合的，不然我就要打電話叫警察了。怕你以為我們只懂好客，沒有常識。」

「噢。」傑克點頭。「這樣很好。」他慶幸自己剛才在車上沒有說謊，慶幸自己近期說謊的習慣還沒有完全取代他據實以告的本能。

「我真是難以相信這個地方曾經破爛過，現在完全看不出來！」

「我就知道，對不對？但是不騙你，我們搬來的第一年整個都在補土和油漆、剝掉舊壁紙，那時候房子已經好幾年沒有認真維護了。是說也不意外啦，這房子裡面真的因為維護不善而死過人。」

「是完全沒有維護。」貝蒂說。她端著自己的咖啡回來了。

「什麼意思？像是火災嗎？」

「不。是一氧化碳外洩，煤油爐造成的。」

「真的喔！」

那隻大灰貓跟著貝蒂進了廚房，現在跳到她腿上窩著。

「你會覺得恐怖嗎？」她看著傑克。「這麼老的房子，有人在裡面死掉過也是合理。在家生產，在家過世。以前都是這樣的。」

「我不覺得恐怖。」他試喝了一口咖啡。難喝到令人髮指。

「雖然我不樂意這麼說，」貝蒂表示，「但你以前的學生也死在這裡。在樓上的其中一個房間。」

傑克肅穆地點頭。

「嘿，我就問問，」貝蒂說，「跟歐普拉見面是什麼樣的感覺啊？」

他告訴她們歐普拉節目的事。她們兩個都是歐普拉的鐵粉。

「他們會幫你的書拍電影嗎？」

他也談了談這方面。談完之後，他終於可以試著把話題引導回伊凡．帕克，雖然在此同時他並不確定這份努力是否值得。她們倆是住在帕克家的房子沒錯，但那又怎樣？她們根本連他的面都沒見過。

「是說，我以前那個學生是在這裡長大的。」他最後這麼說。

「那家人從房子蓋好的時候就住在這裡，採石場也是他們開的。你開車過來的時候可能有經過那座採石場。」

「我想是有。」他點頭。「一定是很富有的家族吧。」

「以前那時候是，」貝蒂說，「但是維持得不久。我們跟州政府領了一小筆修復房子的補助，只需要同意整修完成之後在聖誕節開放參觀。」

傑克四下環顧。他從進門之後就沒看到任何和「修復」兩字相符的東西。

「聽起來很好玩呢！」

西薇亞發出不悅的聲音。

貝蒂說：「當然嘍，上百個陌生人跑進來，把雪踩進你家房間。但我們既然領了錢，就得盡到我們這方的義務。西拉特蘭周邊有好多人超想看看這房子裡面是什麼樣，而且原因和我們的修復工程完全無關。那些人從小到大都認識這間房子，還有住在裡面的那家人。」

西薇亞說：「那家人真是倒楣到極點。」

又來了，又是這句話，只不過如今聽在傑克耳裡已經一點也不驚人。現在他掌握到了相關資訊：伊凡．帕克、他妹妹和他父母，一家四口都死了，其中三人就是死在這間房子裡。他認為他們的確配得上「倒楣到極點」這個說法。

「我到這陣子都還不知道他是怎麼死的，」傑克說，「事實上，我現在還是不知道。」

「藥物過量。」西薇亞說。

「噢不。我都不曉得他有這個問題。」

「沒有人曉得。或是至少不曉得他當時還沒擺脫這個問題。」

「我也許不該說這個，」貝蒂說，「但是我妹妹跟伊凡．帕克一起參加過某個匿名戒癮團體，固定在拉特蘭路德會教堂聚會。他在那個團體是資深成員了，如果你懂我意思的話。」她停頓一下。「很多人真的非常震驚。」

「我們聽說是他生意上遇到了麻煩，」西薇亞聳著肩說。「受到那種壓力，他又重新開始成癮也不意外。在經營酒吧的同時戒藥戒酒，可不是什麼輕鬆的事。」

「但很多人還是做得到，」貝蒂說，「他也堅持了好幾年。我想他最後是堅持不下去了。」

「嘿啊。」

片刻之間，沒有人說話。

「所以，妳們是跟伊凡的遺產託管人買下房子的？」

「不算是。他沒立遺囑，但他那個早走一步的妹妹有個小孩，就成了遺產繼承人。那孩子的感情還真是不豐沛。」

「這樣嗎？」傑克說。

「她在她舅舅死後只等了一週，就把房子掛牌出售。以當時這裡的狀況，」西薇亞搖著頭。「沒有人敢接近。但算她走運，貝蒂一直很愛這房子。」

「我小時候一直以為這裡是鬼屋。」貝蒂說明，「我們提了一個令她無法拒絕的條件，」西薇亞起身把另一隻貓抓下廚房檯面。「我是這樣猜想的。我們沒當面見過她，都是跟她的律師打交道。」

「那可不輕鬆，」貝蒂說，「她本來應該把地下室那些垃圾全部清乾淨的。」

「還有閣樓，和半數有放東西的房間。我都不知道我們給那個姓蓋洛的小丑寫了多少次信。」

「蓋洛律師。」貝蒂翻了個白眼。

「那個傢伙，」西薇亞笑著說，「不管在哪都要加上『律師』這頭銜。好像怕人家不知道他上過法學院似的，但我們早知道啦。到底是多沒安全感？」

「最後我們跟他說，要是她不來把東西拿走，我們就要全都送去垃圾堆了。沒有回應！所以我們就這麼辦。」

「等等，所以妳們就把東西全都丟了？」

在那誘人的一刻，他放任自己幻想，一個裝著伊凡．帕克手稿的盒子還在這個屋簷下的某處。但這個幻想很快就破滅了。

「我們留下了舊床。是很美的一張四柱大床。就算我們想扔，大概也無法把它弄出門去。」

「所以我們沒扔！」貝蒂滿意地說。

「還有兩張品質不錯的地毯，被我們送去洗了。可能是一個世紀以來第一次洗喔。其他的我們就找了輛清運車，然後把帳單寄給蓋洛大律師。結果他也沒付錢，毫不意外。」

「我是說，如果我家有一間一百五十年歷史的房子，我一定會把它每一吋都翻遍。就算她不中意那些所謂的『古董』，她應該也會想要她自己的東西吧，那些陪著她從小到大的東西？怎能就這樣看也不看地丟了？」

「等等，」傑克說，「那個外甥女也是在這裡長大的？在這間房子裡？」

他努力想把事件的順序搞清楚，但是不知怎麼地，所有事情都在抵抗他的努力。伊凡的父母住過這裡、死在這裡，然後他妹妹住在這裡，撫養她自己的女兒，接著在他妹妹死去、外甥女離家（按莎莉的說法是「跑得不見人影」）之後，伊凡又搬了回來？這可能搞得他有點糊塗，但他覺得這些事情都不算是很出人意料。說到底，這間房子的確在傑克想到伊凡・帕克不重要的童年時光還有他臨死之前的歲月時，提供了一個視覺上的背景。但除此之外，它沒有解決任何問題。

他謝過她們倆。他請她們寫了地址，好讓他寄簽名書。「要不要也寄一本給妳妹妹？」

「你認真的？好啊！」

他沿著走廊往回走向前門時，她們在他背後。他停下來把外套穿回去，然後抬頭一看。前門朝內的那面刻著來自這間老房子遙遠昔日的餘音：一圈油漆褪色的飾板，畫著連成一串的鳳梨。鳳梨。這個念頭抓住了他的注意力，然後放開，接著又重新抓住他不放。門框上方畫著五顆鳳梨，左右兩側各有至少十顆，往下延伸到接近地面，被保存在帶狀的負空間⓮裡，周圍的牆壁已經被重新漆成糖漿藥水般的粉紅色。

「天啊。」他大聲說了出來。

「我知道。」西薇亞搖著頭。「真是俗氣。貝蒂不肯讓我用油漆把它蓋掉。我們吵得前所未有地兇。」

⓮ negative space，指影像中的主體周圍或多個主體之間的空白。

「那是模板藝術，」貝蒂說，「我有一次在史特布里奇村⑮看過一模一樣的東西。繞著門一圈，延伸到牆壁頂端的鳳梨。我敢肯定，是房子剛蓋的時候留下的。」

「我們彼此妥協了。我留著那一圈不上漆。看起來真是太瘋了。」的確很瘋。這也是整間房子裡僅有的幾項配得上「修復」一詞的物品。如果她們真的有在不管哪個層面上修復這間房子的話。

西薇亞說：「總有一天我還是會把它處理掉。我是說，你看看那個顏色，都褪掉了！就算要保留，至少也讓我把它重新漆過。說真的，每次我看著自家大門，心裡就想：怎麼有人會在牆上畫鳳梨啊？這裡是佛蒙特州，又不是夏威夷！怎麼不畫蘋果或黑莓呢？那才是這裡長的水果嘛！」

「它代表的是好客。」傑克聽見自己說。那一連串褪色的圖案令他看得目不轉睛。他感到天旋地轉，各式各樣的畸零碎片環繞著他，不肯落地。

「什麼？」

「好客。那是個象徵符號。我不知道為什麼。」

他在某個地方讀到過。他清楚知道出處。

有好一會兒沒人說話。該說什麼才好？而為什麼他當年在理查・彭大樓的辦公室裡，竟沒有想到帕克第一次嘗試寫的小說，描繪的可能就是他最熟悉的人，還有他們曾經共居的房子？這真是天大的陳腔濫調，每個作家的第一本書都是自傳：我的童年、我的家庭、我求學時期的悲慘經驗。他自己的《奇蹟的發明》就是自傳式作品，當然嘍，但傑克竟然不肯給予伊凡・帕克這麼一點惺惺相惜的尊重。為什麼？

他的自大所造成的這個錯誤，讓他賠上了好幾個月的時光。

不管是在真實或想像的層次上，這都不是兩個作家誰挪用了誰的問題。這是一種更親密的盜竊：是伊凡．帕克自己犯下的，而非傑克。帕克竊取的是某種他近距離目擊、非常私密的事物：母親與女兒，還有她們之間發生的種種，就在這裡，就發生在這間房子裡。

她當然會憤怒。她一點也不想要自己的故事被人說出來，被她的親戚說出來不行，素昧平生的陌生人更不行。過了這麼久，他終於明白了這一點。

⓯ Sturbridge Village，美國麻州一處保留眾多古代農村建築景觀的景點。

《搖籃》

傑克・芬奇・波納著
紐約：麥克米蘭出版社，2017／頁178-180

嘉比的父母俱在：媽媽辛苦養家，爸爸則有一搭沒一搭地出現。她有一個姊姊是囊腫性纖維化病人，還有一個嚴重自閉症的哥哥，有時甚至必須被束縛在床上。換言之，她的家庭生活悲傷絕望到讓瑪莉亞家的狀況都像是情境喜劇。她比瑪莉亞小一屆，對堅果過敏，走到哪都需要攜帶注射型腎上腺素。她整個人沉悶無趣，而且對未來完全沒有方向。

至少，瑪莉亞和嘉比穩定交往之後，是變得好相處了些。珊曼莎自豪於她不是保守的老古板，不像她爸媽那樣宗教狂熱，整體來說也不是控制狂，所以她在最後這幾年裡認為女兒的交往關係是有正面影響的。時間過得好快，有時候她在從小住到大的家裡，在爸媽的舊床上一早醒來時，她會以為自己還是那個倒數著離家日期的少女，然後她會在廚房餐桌碰上瑪莉亞和嘉比，吃著昨晚剩下的義式臘腸披薩，這時她才想起自己是個將近三十二歲的媽媽，即將要和她唯一的孩子永遠道別。那孩子就這樣來了又走，彷彿什麼事也沒發生過，而她被往後拋回過去，十年前、十三年前、十六年前，回到這同一張餐桌陪著她的父母和她自己破滅的希望，回到她曾經嘔吐在作業上的那間教室，回到學院旅舍那間格外乾淨的房間裡，聽丹尼爾・威博屈對她保證無論如何都不可能讓她懷孕。

瑪莉亞原本應該念高二的那年春天，某日早上，她接到一通電話，通知她去學校簽份同意書，好讓她女兒提早畢業。來電者不是別人，正是佛提斯先生。這真是令人摸不清頭緒，但她下午就過去找以前那位數學老師——他已經當了幾年的副校長，背更駝了、頭髮更灰了、腦子更糊塗了，根本不記得她是他從前見過的人，不記得她是以前的學生，更不記得她是個被迫輟學、得不到他支持的資優生。她竟得從這個人口中得知，她的女兒自己申請到了俄亥俄州州立大學的獎學金。

俄亥俄州。珊曼莎自己從沒去過俄亥俄州。她從不曾踏出過紐約州。

「妳一定很引以為傲。」佛提斯那個老傻瓜說。

「當然。」她說。

她簽了同意書，回家就直接進了瑪莉亞的房間（也是她自己以前的房間），在她女兒的舊橡木書桌（也是她自己以前的書桌）底層抽屜找到了一個標示著「俄州大」的整齊檔案夾裡的文件。一份是科學與藝術榮譽學程的正式錄取函，另一份是什麼七葉樹獎學金和什麼麥西穆斯獎學金寄來的通知。過了良久，珊曼莎仍坐在瑪莉亞整整齊齊的床尾，她兒時就在這同一張圓柱床上睡覺、夢想著逃離，她被迫孕育著她不想生養的孩子時，也是被囚禁在這同一張床上。她忍受了這所有一切，完全沒有對外抱怨，只因為當時有權掌握她人生的那些人叫她要忍。那些人——就是她的父母——早已不在了，珊曼莎卻還在這裡，就連她這一切犧牲奉獻的對象本人也都打算永遠滾出這地方，頭也不回。

當然，她先前並不是沒有想過這件事；瑪莉亞不太可能用珊曼莎那種方式（或是用其他任何方式）搞砸自己的機會。打從她剛誕生的那幾年，她拖著搖搖晃晃的腳步大聲學唸字母，她就註定會讀到大學或甚至更高，更不用說在厄維爾、在紐約上州之外會有大好人生等著她。但是在那最後一年裡，身為母親的珊曼莎抱著某種也許藏在內心深處的期待，期待翻轉或救贖出現的些微可能性，而現在這個可能性突然消失了。或者這可能是瑪莉亞對母親不讓她跳級免讀六年級的報復。這次，在她從前的微積分老師不疑有他的視線下，她簽了同意書，因為太懦弱、太羞恥而只能屈服。現在是六月，她猜想瑪莉亞最晚也會在八月離開。

她沒有和女兒正面衝突。她等著看瑪莉亞會不會至少邀她出席畢業典禮，但瑪莉亞根本沒有興趣走過裝飾著縐紋紙的籃球場，典禮當天她跟嘉比跑到漢彌爾頓去了，也許是去那間書店，也可能是沒頭沒腦地在學院旅舍（如今已經是四代家傳了！丹尼爾．威博屈已經死於胰臟癌）的門前瞎晃。那天晚上，她回家只說她跟女朋友結束了關係，這樣是最好的安排。

那個炎熱的夏天開始了。瑪莉亞誰也沒去見。珊曼莎開著電扇待在辦公室，做著同一份醫療帳務的工作，她從瑪莉亞小時候就靠這份工作支付女兒的吃穿與醫藥費。六月過去了，接著是七月，瑪莉亞還是對自己即將離家一事隻字未提，但珊曼莎開始看到她越來越多的小動作。裝袋的衣服送去了鎮上的捐贈箱，裝箱的書籍送去了厄維爾鎮立圖書館。舊文件、中學時期的考卷、從幼兒期開始累積的蠟筆畫作各自分類，然後堆進瑪莉亞書桌下的廢紙簍。這是一次全面的大清理。

「這件妳不喜歡了嗎？」珊曼莎有一次指著一件綠色T恤說。

「不喜歡了。所以我才要丟掉。」

「好吧，如果妳不要的話，我可能就留著吧。」

畢竟她們穿同樣的尺碼。

「請自便吧。」

當時是八月初。

她沒有在計劃。真的，她沒有在做任何計畫。

23
唯一倖存者

之後，他得思考。他開車回鎮上，在一間藥妝店外面停了將近一個小時。他垂著頭，雙手抓著膝蓋，想把他自以為對「天才湯姆」所知的一切一層層剝開，找出他現在最需要知道的答案來。要思考的事有很多，他從一個截然不同於以往的起點開始，儘管他很難放棄他早先關於挾怨報復的小說家和忠實的寫作班同學的假設。傑克判斷，若要阻止這個人——他現在重新檢視後，知道是個女人——對他造成不可彌補的傷害，他就必須抱持謙卑的態度。

他在手機上匆匆打出一串未知事項清單，粗略按照急迫程度大小排列：

她是誰？

她在哪裡？

她想要什麼？

然後他盯著清單，又過了二十分鐘，他的無知令他自己難以招架。

他在兩點鐘前來到拉特蘭免費圖書館，嘗試在一個下午的時間內盡量囫圇吞棗地了解伊凡・帕克的家人。帕克家族深深扎根於拉特蘭。他們在一八五〇年就隨著鐵路來到此地，但要再過二十年，當時的大家長喬賽亞・帕克才會入主那條西拉特蘭街道（大理石街）上的採石場，並在同一條街上蓋起了貝蒂和西薇亞現居的義大利式大宅。那間樓房在起造時，顯然是用以展示喬賽亞・帕克的財富，但是拉特蘭和整個帕克家族的經濟狀況，都反映著臨近地區整體的衰落，以及佛蒙特州大理石產業的逐漸滅絕。一九九〇年的財產稅稅單將房屋的價值列為十一萬兩千美元，當時的持有人是納桑尼爾・帕克與珍・沙徹・帕克。

伊凡的父母，或者更精確地說，是伊凡和他已逝的妹妹的父母。

那個妹妹是**賤人兼討厭鬼**，據他的酒友莎莉所言（但持平來說，莎莉自己也配得上那兩個名詞）。

他說她不擇手段，馬汀・普塞爾則是這麼說的。

我聽說她是被燒死的。

帕克家的這一位成員在網路上沒有紀念網頁，這或許顯示了她缺少朋友，或可能只是顯示了伊凡・帕克這個人特別不顧手足之情（畢竟他妹妹的後事應該是由他處理的）。看起來，她名叫黛安娜，跟他在他的「虛構」小說裡給她的名字黛安德拉有著病態的相似性。她的訃告登在《拉特蘭先鋒報》訃聞版面，跟三年後的伊凡・帕克本人的死訊一樣，內容簡短到了極點：

黛安娜・帕克（三十二歲）死於二〇一二年八月三十日。終生為西拉特蘭鎮居民，曾就讀西拉特蘭高中。父母已先她而去，她身後留下一個哥哥與一個女兒。

其中完全沒有提及她的死因，甚至沒有常見的陳腔濫調（「驟逝」、「意外」、「久病」），也沒有表達任何個人情感（「摯愛的」），或聊勝於無的遺憾之意（「悲劇性的」）。她的死亡地點與埋葬地點也從未提及。沒有告別式的時間地點，甚至不像伊凡．帕克的訃聞中還寫了「葬禮私下舉行」和「告別式稍後公告」。這個女人生前是女兒、妹妹，更是母親，而且不管從哪個角度看來，都是在度過了十分受限且少有閱歷的一生之後早早死去。如果傑克對「曾就讀」這幾個字的解讀無誤，黛安娜．帕克甚至連高中都沒有畢業，而如果她一生都不曾離開佛蒙特州的西拉特蘭鎮，他真的是得為她難過。沒有比這更灰暗空虛的最後一程，接在乏善可陳的一生和絕對恐怖駭人的死亡——如果她真的是「被燒死的」——之後。

傑克嘗試找出黛安娜的出生紀錄，還有更重要的，她那個仍然姓名不詳的女兒。他遇到了第一個嚴重的障礙。佛蒙特州的公開紀錄需要提出正式申請才可調閱，而他不知道自己是否有權檢索，於是他立刻買了Ancestry.com網站的會員資格，只花了幾分鐘的工夫就找齊了剩餘的資料。

黛安娜．帕克（1980-2012）

蘿絲．帕克（1996-）

蘿絲．帕克。他盯著那個名字。蘿絲．帕克是納桑尼爾和露絲的外孫女，黛安娜的女兒，伊凡的外甥女。顯然是家族內的唯一倖存者。

他直接打開搜尋網站，開始尋找她的下落，但令他甚感挫敗的是，目前資料庫裡將近三十位同名同姓的蘿絲．帕克出生年份都不對，唯一正確的那位有個在喬治亞州雅典市的舊地址，而佛蒙特州僅有的一位蘿絲・帕克已經高齡八十。他請一位圖書館員幫忙找西拉特蘭高中的畢業紀念冊，她指向參考資料區的一角時，他喜不自勝，但最後紀念冊並沒有什麼用處。黛安娜只是「曾就讀」高中，在一九九七和一九九八年的紀念冊裡都沒有畢業照。傑克又仔細地查閱了前幾個年份，她有可能出現在社團、校隊的照片裡，或是被選為班級幹部，但他不得不做出結論，她對西拉特蘭高中的參與程度格外地低；她在這所學校留下的痕跡，就只有一份優良學生名單和一篇關於獨立戰爭時期佛蒙特州的得獎作文。蘿絲・帕克的空白紀錄更是令人挫折。她一九九六年出生，高中尚未畢業就離家——莎莉是這樣告訴他的——所以二〇一二年的畢業生之中沒有蘿絲・帕克也是合情合理。他只找到蘿絲・帕克的一張照片，可能是她十年級時的：一個剪了短瀏海、戴著大圓框眼鏡的細瘦女孩，在一張校隊照片裡拿著一支曲棍球球棍。照片很小，有點失焦，但他還是拿出手機翻拍了一張。這可能是他唯一的收穫了。

然後，他轉而查詢大理石街上那間房子的交易紀錄，從伊凡・帕克的遺產繼承人轉移到第一個不姓帕克的屋主手上那一筆。如同她們說的，蘿絲並未親自處理售屋交易，顯然也對一個半世紀以來的家族遺物的命運漠不關心，更無視她自己的童年舊物。但那位威廉・蓋洛大律師就在拉特蘭鎮上，如果他無法得知蘿絲・帕克現今的下落，他至少要知道售屋時她人在哪裡。這也算是一點進展。

傑克收拾了筆記，走出拉特蘭免費圖書館，在大雨中走回車上。此時剛過下午三點。

威廉・蓋洛律師的辦公室位於北主街上其中一間原為住宅的房屋，裡面曾經住著拉特蘭最富裕的鎮民。那間房子有著灰色屋瓦和安妮女王式角樓[16]，位於一座交通號誌燈的正南方，夾在一間荒涼的舞廳和會計師事務所中間。傑克把車停在建築物後方空地上僅有的一輛車旁邊，接著繞到前門門廊。那裡的門邊有個招牌寫著「法律服務」。他看到有個女人在房子裡工作。

他沒有多想要找什麼理由解釋他對三年前這樁房地產交易的關注，畢竟此事跟他沒有顯著關聯，但他斷定直接敲門碰碰運氣會好過用電話說明。他在馬汀・普塞爾面前假裝成替昔日學生略感哀傷的老師，在酒鬼莎莉面前則裝成沒頭沒腦、只是出來喝一杯的陌生人。對於貝蒂和西薇亞，他幾乎是本色演出，是個來到故人舊居致意的「知名作家」。每一種扮演對他而言都不容易。他不像沙奇[17]最有名的故事裡那個工於心計的十五歲女孩，逢場作戲並不是他的專長；他更擅長的是在書頁上建構假象，可以用無限長的時間編造出正確的內容。誠然，他能夠從先前的那幾次互動中全身而退，也得到了他原本沒有的資訊，忍受一點不舒適也算值得，但是這會兒他就無法指望僅靠笨拙的對話來套取有用的訊息。他確切知道自己想查出的是什麼，但那實在不是他可以就這麼走進去開口問的事。

他擺出最討喜的笑容，然後走進門去。

那個女人抬起頭。她是深色皮膚的南亞裔人——傑克猜想是印度或孟加拉人——穿著寶藍色毛衣，上半部鬆垮，中廣的腰身處卻繃緊得像束腹。她看到傑克進門時也微笑了，但她的笑容就不像他那麼討喜。

「抱歉沒有先打電話來，」他說，「但是不知道能不能耽擱蓋洛先生幾分鐘的時間？」

那女人非常仔細地打量了傑克一番。他慶幸他這趟來沒有完全做佛蒙特州風格打扮。他穿了最後一件乾淨的襯衫，外面披上安娜聖誕節送他的黑色羊毛衣。

「請問方便告知是有什麼事嗎？」

「當然。我有興趣購入某些房地產。」

「是住宅或商業用途？」她問，仍然擺明著懷疑的態度。

他沒料到會有這個問題。他沉吟得也許太久了一點點。「說到底，其實兩者都有。不過商業用途的優先。我在考慮將我做的生意遷到這個地區。我先前去了圖書館，請一位館員推薦專精處理房地產的律師。」

這話在拉特蘭顯然已算得上諂媚之詞，效果十分明確。「是的，蓋洛先生的名聲非常好。」她告訴傑克。「你要先坐一下嗎？我問一下他是否有空會面。」

傑克坐到她辦公桌對面的凹角，那裡有一張對向前方窗戶的雙人沙發，還有一口舊箱子，上面擺著羊齒草盆栽和一疊過期的《佛蒙特生活》雜誌，最近的期數似乎也是二〇一七年的了。他可以聽見她在他背後某處對一名男子說話。他試圖記清他剛才是怎麼說明自己的來意。商用房地產，將公司遷至此地區。不幸的是，他不盡然確定該怎麼從這些說法引導到他需要的話題方向。

⓰ 通常是圓柱或五邊形的塔樓，搭配錐狀屋頂。

⓱ Saki，1870-1916，英國作家，其短篇小說名作〈敞開的窗戶〉描述一名少女透過說故事操弄家中訪客的恐懼。

「你好啊。」

傑克抬起頭。他面前站著的男人身材健壯高大，鼻毛茂盛（還好是乾淨的）。他衣著整齊，黑色長褲配上白色的鈕釦襯衫，還繫著領帶，就算置身於華爾街都能如魚得水。

「噢，嗨，我是傑克．波納。」

「跟那個作家同名？」

這還是令他驚訝。他懷疑自己也許永遠會為此驚訝。這下子，他要怎麼說明那個把公司遷址到拉特蘭的藉口？

「對，其實就是。」

「這個嘛，我的辦公室可不常有知名作家走進來。我太太看過你的書。」

就這麼八個字，字字擲地有聲。

「感激不盡。抱歉我沒預約就跑來了。我在圖書館問了人，他們推薦——」

「是，我太太告訴我了。你要進來嗎？」

他步出凹角，經過那位顯然是蓋洛太太的女士，跟著威廉．蓋洛大律師進到辦公室。牆上掛著許多地方團體的獎狀和會員證書，還有佛蒙特州法學院的文憑。蓋洛背後以磚塊封起的壁爐爐台上，有幾張積了灰塵的照片，是他本人和那位笑容不討喜的女士。

「你怎麼會來拉特蘭？」蓋洛說。他坐下時，椅子嘎吱作響。

「我來為新書做一些功課，還有探望以前的一個學生。我直到兩年前都還在佛蒙特州北部教書。」

「噢，是嗎？在哪裡教書？」

「雷普利學院。」

他抬起一邊眉毛。「那間學校還在啊？」

「嗯，我在那裡的時候學校有部分遠距授課學程。我想現在應該只剩純線上課程了。我不知道校園本身怎麼樣了。」

「真可惜。我沒幾年前還開車經過雷普利學院過。真漂亮的地方。」

「是啊。我很享受在那裡教書的時光。」

「現在嘛，」蓋洛繼續說，「你想要把你的生意——作家這門生意——搬到拉特蘭來做？」

「呃……嚴格來說不是。我當然在哪裡都能寫作，但我太太……她在市區的一間播客錄音室工作。我們在思考要搬出紐約，讓她設立一間自己的錄音室。我跟她說我來這裡的時候會順便看看。感覺也滿合理的，拉特蘭就是這個州的重要道路交會點。」

蓋洛咧嘴而笑，露出齒列太擠的牙齒。「是沒錯。雖不能說這對鎮上一定是好事，但對啦，從佛蒙特州內不管哪裡、要到什麼地方，差不多都得經過我們。對做生意來說倒不壞。播客現在很流行是吧？」

傑克點點頭。

「所以我猜，你會想要商業區的物件？」

他任由對方引導，至少花了十五分鐘介紹拉特蘭的若干個「市鎮中心」、州政府為新公司提供的振興計畫和專案貸款、計畫聘雇五名以上員工的公司某些時候可以獲得的稅金減免。他必須一直點頭、做筆記，假裝出興致勃勃的樣子，同時苦思著要怎麼讓他們倆可以談到西拉特蘭大理石街的那間房子。

「但我挺好奇，」威廉‧蓋洛說，「我是說，我是本地人，也關切這裡的未來，但是大部分從紐約或波士頓來的傢伙，想去的都是米德伯里或柏靈頓。」

「是，當然。」傑克點頭。「但我小時候來過這裡幾次。我想是我父母有些朋友住在這一帶。在西拉特蘭？」

「是的。」蓋洛點頭。

「我記得我們在夏天時過來拜訪。我記得有這麼間甜甜圈店。等等……」他假裝思索店名。

「瓊斯甜甜圈店？」

「瓊斯甜甜圈店！對！他們的糖霜甜甜圈最棒了。」

「是我個人的最愛。」蓋洛拍著肚子說。

「還有個野溪泳池……」

佛蒙特州的這個鎮最好真的有個野溪泳池。這應該算是安全牌。

「有很多呢。你說哪個？」

「噢，我不知道。我那時候可能才七、八歲。我連我爸媽朋友的名字都不記得。但你知道，人小時候記得的東西就是這樣。我記得的就是甜甜圈和野溪泳池。噢，還有，西拉特蘭的一間房子，就在採石場旁邊。我媽都叫它『大理石屋』，因為它在大理石街上，地基也是大理石蓋的。我們知道只要經過那間房子，就代表快要到朋友家了。」

蓋洛點頭。「我想我知道你說的那間房子。其實我還經手過那房子的買賣。」

小心哪，傑克心想。

「那間房子賣掉了？」他問。連他聽來都覺得自己像個失望的小孩。「嗯，我想也是有其原因。我跟你說，我昨天開車來的路上，還作著春秋大夢呢：我們要搬來拉特蘭，然後我要買下我小時候好愛的那間老房子。」

「兩三年前賣的。但當時那房子一團糟，你也不會想要的。買主得把裡裡外外都翻新，包括暖氣、電線、化糞池。而且她們出的價太高了。但以我的立場不該勸退她們，我是代表賣家這方。」

「這個嘛，買了這種老房子，你就得預期要花些錢打理。我記得它以前看起來有多破敗，」傑克一邊說一邊回想貝蒂兒時對那間房子的印象。「當然，小孩子不會覺得那是『破敗』，他們會覺得那是『鬼屋』。我小時候那幾年夏天最愛讀《雞皮疙瘩》了。我對西拉特蘭那間鬼屋當然是著迷得很。」

「鬼屋啊，」蓋洛搖了搖頭。「這個嘛，我是不曉得。也許是那個家族遭受了很多新英格蘭地區典型的厄運吧。但我不知道真的有鬧過鬼。總之，我們可以在附近幫你找另一間老佛蒙特鬼屋，絕對不缺的。」

他讓傑克抄下幾位他有合作的房地產經紀人，然後花了幾分鐘時間大談一間匹茲福村的維多利亞式房屋，已經待售將近十年。聽起來相當不錯。

「不過，它也有像西拉特蘭那間房子的包圍式門廊嗎？」

蓋洛聳聳肩。「老實說，我不記得了。這會讓你打消念頭嗎？門廊總是可以加上去的。」

「你說的肯定沒錯。」

他已經黔驢技窮，快要撐不下去了。現在他也有了好幾頁關於佛蒙特州拉特蘭鎮商用房地產的筆記，儘管他根本不在乎那個，他還拿到一個檔案夾，裝著州政府政策計畫和用不著的購屋指南手冊，以及一份威廉．蓋洛大律師欽點的房仲名單，同樣派不上用場，還有拉特蘭鎮及周邊地區老屋的出售資料列印本。戶外的天漸漸黑了，依舊下著雨，他眼前還有開車回紐約市的漫長路程，而他仍然和來到這裡時一樣所知有限。

「所以說，」傑克刻意做出收拾紙張、蓋上筆蓋的動作。「我想，應該是沒有機會把那間房子從新屋主手上買回來了？我真的不會介意更新化糞池和電線。」

蓋洛看著他。「你對那個地方真的是情有獨鍾吧？但我覺得無法。她們在房子上下了太多工夫了。我告訴你，如果你三年前來，我那個賣家會很積極的。呃，嚴格來說，積極的不是她。我是這項交易的本地代理人，但是我沒有直接跟她打過交道。她在喬治亞州有人代理。」

「喬治亞州？」傑克問道。

「她在那裡上大學。我想她只是想找個地方重新開始，和過去斷得乾乾淨淨。成交的時候她沒有來，也沒有回來清空房子。但我也沒辦法責怪她，畢竟那家人出了那麼多破事。」

「當然。」傑克說。他責怪她的程度夠得上兩人份了。

24 路肩

他經過奧爾巴尼時，手機在他旁邊的座位上震動了。是安娜。他開到路肩停車接電話。她一開口的當下，他就知道出事了。

「傑克。你沒事吧？」

「我？當然啊。對，我沒事。怎麼了？」

「我收到一封好恐怖的信。你怎麼沒告訴我發生了這種事？」

他閉上眼睛。簡直無法想像。

「誰寄的信？」他佯作無知地問道。

「一個叫作湯姆的神經病！」她的聲音緊繃，他分辨不出她是害怕或是生氣，也許兩者皆是。「他說你是個騙子，叫我應該跟你問問某個叫作伊凡·帕克的人，說他才是《搖籃》真正的作者。這他媽是怎麼回事？我上網看了……傑克，天啊，為什麼你沒跟我說出了這種事？我查到推特上去年秋天就開始有貼文。臉書也有！還有個閱讀部落格在討論。你怎麼都沒告訴我？」

他感覺到驚慌之情緊緊壓迫他的胸口，讓他的雙臂雙腿化成了液體。他這麼久以來拚命避免的事情，就這麼發生了，就這麼在公路的路肩上展開。他的私生活的又一道保護牆被突破了，他無力預先阻止，而他竟然還會訝異，真是令人難以置信。

「我應該告訴妳的。對不起。我只是……想到妳會有多難過，我就受不了。妳也真的很難過。」

「可是，他到底在說什麼？那個叫伊凡．帕克的是誰？」

「我會告訴妳的，我保證，」他說，「我現在停在紐約州高速公路上，但我就要回家了。」

「可是，他怎麼會有我們的地址？他有跟你聯絡過嗎？我是說像這樣子直接聯絡？」

他瞞著她的祕密是如此沉重，重得令他駭異。

「有。是透過我的網站，他也透過麥克米蘭聯絡過。我們為了這個開過會。還有……」他特別討厭要承認這個部分。「我也收到過一封信。」

好長的一刻之內，他沒聽見任何動靜。然後她大吼起來。「你在開什麼玩笑？你知道他拿到我們的地址了？你卻從來沒想到要跟我說？都這麼多個月了？」

「那不算是我刻意決定的。我只是一時沒有留心。我對這件事感覺糟透了。但願事情一開始的時候我就能有所表示。」

「或是事情開始之後的任何一個時間點。」

「對。」

沉默在他們之間蔓延了許久。傑克悲愴地看著呼嘯而過的車輛。

「你什麼時候會到家？」

他跟她說是八點前。「妳想出去吃嗎？」

安娜不想。她想煮飯。

「然後我們要談談這件事。」她說，說得好像她覺得他會忘記似的。

結束通話之後，他在原地又坐了幾分鐘，感覺糟糕透頂。他試圖回想自己最初決定對她隱瞞「天才湯姆」事件的時候，並且意外地發現當時的記憶又重回腦海——一路回到他和安娜在廣播電台初遇的那一天。八個月以來的影射、威脅、散播惡意的社群網站主題標籤，沒有任何手段能夠阻止！如果這個問題是他能設法處理的，狀況就會不同，然而他不能，且問題還越來越大，像鸚鵡螺般一圈一圈往外繞，吞噬了他所關愛的人：瑪蒂達、溫蒂，還有現在最慘的，安娜。她說得沒錯。他最大的錯誤就是沒把這件事告訴她。他現在看清了。

不。他最大的錯誤是在一開始盜用了伊凡．帕克的小說情節。

現在還有人會在乎《搖籃》是屬於他的——每個字都是——嗎？會有人在乎這本書的成功的不可或缺原因，是他本人呈現伊凡．帕克那晚在理查．彭大樓告訴他的情節時，所發揮的技巧嗎？它本身當然是個出色的故事，但是帕克自己真的有能力好好處理嗎？沒錯，他在構句方面是有中等水準的才能，傑克在雷普利學院時就曾肯定這一點。但他能創造敘事張力嗎？他懂得要靠什麼讓故事順暢進行、擄獲人心嗎？他能塑造出讓讀者關切並願意花時間欣賞的人物嗎？帕克的作品，傑克看得不夠多，無法判斷這個過往的學生能不能達成這些條件，但那晚講出故事的人是帕克，於是他就得到了某種所有權；傑克是聽故事的人，於是他就有了某種道德責任。

至少在說故事的人還……活著的時候。

難道傑克真的應該讓那樣的一套劇情被別的作家帶進墳墓裡嗎？任何一個小說家都會理解他的行為。任何一個小說家都會做出一模一樣的事！

他重溫了自己在這件事上擁有的合理性，再度啟動車子，往南開向市區。

安娜喜歡煮一種菠菜濃湯，那個綠色鮮豔到光用看的就覺得健康，現在她就煮了一鍋這種湯等他回家，還準備了一瓶酒和一條西塔瑞拉麵包店的麵包。她坐在客廳裡，《紐約時報》的週日版散落在一旁，他接受她僵硬的擁抱時，注意到報紙的書籍新聞版面攤開在咖啡桌上，翻到暢銷排行榜的那頁。他已經從麥克米蘭的每週通報得知他目前是平裝小說榜的第四名，這樣的成績本來應該讓他又驚又喜，但在過去的這個月，這代表的其實是退步。不過，排行榜名次並不是他今晚最關心的事。

「你要洗澡嗎？你會餓嗎？」

他好幾個小時前在西拉特蘭吃了甜甜圈之後，就沒有再進食。

「我對那道湯很有胃口。不過更想喝點酒。」

「去把東西放下吧。我幫你倒一杯。」

他在臥室裡發現她收到的那個信封，留在床上給他看。信封跟他收到的那個一模一樣，只寫著「天才湯姆」這個名字，沒有寄件地址，而收件地址寫在正面中央——這次收件人寫的是她的名字。他拿起信封，倒出信紙，讀到上面的單單一個句子時嚇得全身麻木：

去跟妳那個剽竊犯丈夫問伊凡．帕克的事，他才是《搖籃》真正的作者。

他努力抵抗當場癱軟在地的衝動。

傑克把髒衣服放進洗衣籃，並將牙刷歸位。出於某種恐懼的本能，他避開不看鏡子裡的倒影，但還是難以避免地對上了自己的目光，他看得清清楚楚：過去幾個月事件的影響，深深地、明確地刻在他雙眼周圍的黑圈裡。他的皮膚蒼白，頭髮毫無光澤，臉上更帶著無可掩飾的懼怕。但現在沒有解決問題的捷徑，只有親身走過才能找到出口。他回到客廳，面對他的妻子。

安娜從西雅圖帶來了一組常用的刀具、一個「荷蘭鍋」、一塊她從大學開始用的舊木砧板，甚至還帶了個梅森罐，裡面是半罐看起來像脫水西米布丁的東西，結果那原來是酸種酵母。幾個月來，她用這些工具產製出源源不絕的原型食物料理：正餐、點心、砂鍋菜、湯，甚至還有擺滿了冷凍庫和冰箱層架的調味品。她並且將傑克舊有的餐具（碗盤和杯子）送到十四街的義賣商店，換上Pottery Barn的新餐具組。他入座時，她正在擺好用厚陶碗盛裝的綠色菜湯。

「謝謝，」他說，「真好看。」

「菜湯專治纏繞的愁緒[18]。」

「我記得纏繞的愁緒前面接的是睡眠，」他說，「湯應該是心靈雞湯吧。」

「嗯，兩者皆可。我想我們需要的量還不少，所以我煮了雙份冷凍起來。」

「我真愛妳高瞻遠矚的直覺。」他微笑著喝了第一口。

「是島上居民的直覺。惠德比島上可沒有超市。但是那裡的人似乎總是很想要為物資斷絕預做準備。」

她撕下麵包的末段遞給他，然後看著他開動。

「所以，現在要怎麼樣？是要我來問你問題，還是你要直接告訴我這他媽的是怎麼回事？」

在那一瞬間，連大半天沒吃飯的他也失去了食慾。

「我會告訴妳。」他說。

他努力一試。

「我以前在雷普利學院教書時，有個叫作伊凡．帕克的學生。他有個很棒的小說構想，那套情節真是……嗯，令人驚嘆，過眼難忘，是關於一對母女的故事。」

「噢，不。」安娜小聲地說。她的話像是痛揍了他一記，但他強迫自己繼續說。

「我很驚訝，因為在我看來他對寫小說沒有什麼真正的志趣。他的閱讀量不多，這通常是一個足以辨別的指標。我看了他的幾頁作品，我覺得他是能寫沒錯，但不管是誰都不會認為那是一部傑作的雛形。也許他會那樣認為吧，但其他人不會。我絕對不會。但是——他的確想到了這麼個很棒的故事。」

傑克打住。話題的方向已經不太妙了。

⓲莎劇《馬克白》的摘句，原句為「睡眠，編織纏繞的愁緒。」

「所以……你就拿來用了嗎，傑克？你是要告訴我這個嗎？」

他突然好想吐。他放下了湯匙。「當然不是。我什麼也沒做，只是可能有點自憐罷了。也有點對大宇宙生氣，竟然讓這個傢伙一下子就想出這麼棒的靈感。他這個學生簡直是老師的噩夢，對待工作坊裡其他人的態度活像是他們都在浪費他的時間，當然對我這個老師也沒有半點尊重。有時候我會想，如果他沒有這麼混帳的話，我是否就不會做出那樣的事。」

「嗯，如果你要問我，我完全不會這樣想。」安娜帶著濃厚的諷刺意味說。

他點點頭。當然，她說得沒錯。

「我想，我們在上課時間以外可能有談過一次話。在一個討論會上。就是那時候，他跟我詳細說明了那套劇情。但是沒有講到任何個人背景。我連基本的資訊都不知道，不知道他來自佛蒙特州，不知道他的職業是什麼。」

「他來自……佛蒙特州。」安娜緩慢地說。

「是啊。」

「也就是你碰巧剛去過的地方。去出席朗讀會和改稿。」她放下杯子。

傑克嘆了口氣。「對。我是說，不，這不是碰巧。我也不是去改稿和開朗讀會。我是去見他一個在雷普利寫作班時的朋友，約在拉特蘭。那裡是他的家鄉。」

「你去了拉特蘭？」她看起來驚駭至極。

「嗯，是的。我一直有點在逃避這件事。我終於覺得自己應該正面去處理了，看看我去到那裡能不能搞清楚些什麼。也許可以跟一些人談談。」

「哪些人？」

「嗯，其中之一就是雷普利寫作班的那個朋友。我還去了帕克以前的地方。」

「他的房子？」她警戒地說。

「不，」傑克說，「呃，對，也去了他的房子。但我剛剛指的是他開的酒吧。啊，是酒館。」他糾正了自己。

過了片刻，她說：「很好。那你當了他的老師，有一次跟他在工作坊以外談話，那之後又發生了什麼？」

他點頭。「這個嘛，基本上，我徹底忘了他，或說是幾乎忘了。差不多每過一年我都會想，嘿，他那本書還是沒有出版。也許他發現寫一本書的工程比他想的還要困難多了。」

「所以，最後你就決定，他永遠不會寫了，所以我要來把它寫出來。現在伊凡．帕克威脅要把你竊取他靈感的事情曝光。」

傑克搖搖頭。「不是。事情不是這樣。而且，不管威脅我的人是誰，都不可能是他。伊凡．帕克死了。」

安娜直瞪著他。「他死了。」

「對。而且其實已經死了很久。大概在雷普利那個寫作班結束後兩個月就死了。他從來沒有寫出那本書。或者至少可以說，他從來沒有把它寫完。」

她好一會兒沒有說話，然後問：「他是怎麼死的？」

「用藥過量。很悲慘，但是跟他的故事完全無關，跟我也無關。我聽說這件事的時候……我真的很掙扎，這是當然。但我沒辦法就這樣放棄那套劇情。妳懂嗎？」

安娜啜了一口酒。她慢慢地點頭。「好。繼續說。」

「我會繼續，但我需要妳了解一件事。在我的世界裡，故事的流轉是我們認可也尊重的現象。藝術作品可能彼此重疊，或是在某種程度上互相呼應。當下，出於我們對於挪用行為的焦慮，這完全變成了一個引火上身的議題，但我一直認為，故事被人述說和轉述的方式，是有一種美感在其中的。這就是許多故事經過時間考驗而流傳的方式。你可以跟著一個作家的作品中的點子，找到另一部作品，我一直覺得這是一件充滿力量又令人激動的事。」

「嗯，這話聽起來非常藝術、充滿魔力什麼的，」安娜說，語中顯然帶刺。「但是恕我無知，你們作家眼中的這種靈性交流，在我們其他人看起來就是剽竊。」

「這怎麼會是剽竊？」傑克說，「帕克寫的東西，我最多就只看過兩頁，而且我絕對有避免複製所有我記得的細節。這不是剽竊，一點也不是。」

「好啦好啦，」她投降。「也許剽竊不是正確的用詞。可能說是故事竊盜更接近一點。」

這真是太傷人了。

「就像珍·史邁利的《褪色天堂》[19]是跟莎士比亞偷的？查爾斯·佛瑞哲的《冷山》是跟荷馬偷的？」

「莎士比亞和荷馬已經死了。」

「這個傢伙也是。而且伊凡・帕克不像莎士比亞和荷馬，他從來沒有真的寫出過可以給人偷的作品。」

「那是就你所知。」

傑克低頭看著他迅速冷卻的湯。只有幾匙的分量進了他的嘴巴，那感覺也已經是好久以前的事了。她指出了他最大的恐懼。

「是就我所知。」

「好的，」安娜說，「所以寫信給我的人不是伊凡・帕克。那麼是誰？你知道嗎？」

「我以為我知道。我以為一定是某個在雷普利學院跟我們一起上課的人。我是說，如果他跟我聊過他的書，他也有可能跟班上的其他人說吧？學生去那裡就是為了這個，為了分享他們的創作。」

「以及獲得指導，學習成為更好的寫作者。」

傑克聳肩。「當然。如果有這個可能的話。」

「退役的創意寫作老師竟然這樣說。」

他看著她。她很明顯還在生他的氣。這也是他活該。

⑲ *A Thousand Acres*，一九九二年普立茲獎最佳小說，其情節是對莎劇《李爾王》的重新詮釋，曾改編為電影。

「我以為我可以解決掉這件事。我以為我可以讓妳不用面對這些。」

「為什麼？因為這個可悲的網路酸民，會讓我承受不住壓力？如果某個廢物因為你人生中某項貨真價實的成就而打定主意要騷擾你，那是他有問題，不是你。請不要對我隱瞞這種事情。我是站在你這邊的。」

「妳說得沒錯，」他說，但他的聲音真的哽咽了起來。「對不起。」

安娜站了起來，把她自己那碗幾乎還全滿的湯拿去廚房水槽倒掉。傑克看著她把碗沖水並放進洗碗機的背影。她把酒瓶拿回桌上，幫他們倆又多倒了一些。

「親愛的，」安娜說，「我希望你了解，我一點也不在乎那個怪人。我就是對幹出這種事的人沒半點同情心，不管他覺得自己多有理。我在乎的是你。而從我的角度，我看得出來你真的受到了傷害。你一定很崩潰。」

嗯，肯定沒錯，他想要這麼說，但是只擠得出「對」一個字。

他們沉默地對坐了一陣子。他在想，如果她知道自己過去這幾週多麼準確地說中了他的狀態有多糟，她會比較消氣，或是更生氣。但是，安娜並不是個愛記恨的人。現在她也許挫敗於他把這麼大的事對她隱瞞到這種程度，但她的同理心已經漸漸凌駕於挫敗。他現在必須做的，就是如實對她交代一切。

他啜了一口酒，再試著說一次。

「就像我剛剛說的，我以為是某個雷普利學院出來的人幹的，但我錯了。」

「好喔，」安娜戒備地說，「那麼是誰？」

「讓我問個問題。妳覺得為什麼《搖籃》得到這麼大的迴響？我不是在求讚美，我要說的是……每年都有這麼多小說出版。其中很多都是情節縝密、充滿意外性、文筆又好。為什麼爆紅的是這一本？」

「這個嘛，」她聳了一下肩膀說，「這個故事……」

「對，就是這個故事。而為什麼這個故事如此震撼？」他沒有等她的回答。「因為這怎麼可能發生在真實世界，發生在真實存在的一對母女身上？太瘋狂了！小說邀請我們進入勾起激昂情緒的情境裡，這也是我們期待小說做到的其中一項功能。對吧？所以我們不用把那些情境當真？」

安娜聳肩。「我想是吧。」

「好的。那麼，如果這個故事是真實的呢？如果世上真的有這麼一對母女，而《搖籃》裡的情節真的在她們身上發生？」

他看著她的臉頓失血色。「但，那樣就太恐怖了。」她說。

「我同意。但妳就想想看嘛。如果那是真的——母親是真的，女兒也是真的——當事人絕對一點也不想要讀到自己的經歷，更不想要它被寫進一本出版到世界各國的小說裡。當事人一定會想知道這個作者是誰，對吧？」

她點頭。

「然後，封底的簡介上就寫著我和雷普利學院的創意寫作學程有關。我在那裡可能跟已故的伊凡・帕克有交集。我在那裡可能聽過他的故事。」

「好吧，但就算那是真的好了，為什麼那個人生氣的對象是你，而不是一開始告訴你這個故事的帕克？為什麼不是去氣最早那個把故事講給伊凡・帕克聽的人？」

傑克搖搖頭。「我不覺得是有人講給帕克聽的。我覺得帕克跟這個故事的距離很近，他就是親眼看到它發生的，第一手經驗。他明白過來自己見證了什麼之後，也許他認定，不把這個好故事寫出來就太浪費了。因為他是個作家，作家都知道像這樣的好故事有多麼稀罕。」傑克搖著頭，有史以來第一次對伊凡・帕克感覺到某種真切的敬意，他跟他一樣是作家，也一樣是受害者。

「我不覺得這跟剽竊有半點關係，」傑克說，「也無關於故事盜竊，或是不管哪個妳要幫它安上的名稱。這從來就不是一樁文學方面的爭議。」

「我不懂你的意思。」

「意思是，好的，就算我拿走了某些本質上不屬於我的東西，第一個拿的其實也是伊凡・帕克，而原主對這件事非常憤怒。但他後來就死掉了。所以，到此為止。」

「顯然沒有。」安娜評論道。

「沒錯，因為再過了兩三年，《搖籃》出現了，是一本真的有頭有尾的書，而且真的有人把它出版了，不像帕克試寫的作品半途而廢。現在，這個故事白紙黑字、風風光光地散播出去，有精裝版、平裝版、大眾版、有聲書版、大字版，被兩百萬個素不相識的人讀到了！現在這本書還被翻譯成三十種外語，封面上貼了歐普拉的推薦貼紙，改編電影即將在各大戲院上映。這個當事人每次搭地鐵，面前都會有人拿著一本攤開在讀。」他停頓一下。「妳知道嗎，我其實能理解這個人的感受。」

「這真的嚇壞我了。」

我已經被嚇了好幾個月，他沒有說出口。

然後安娜坐直起來。「等等，」她說，「你不是知道這個男的是誰嗎？我聽得出來你知道。他是誰？」

傑克搖了搖頭。「是女的。」他說。

「等等，」她說，「什麼？」她將一綹灰髮夾在指間繞圈。

「對方是個女的。」

「你怎麼知道？」她說。

他回答之前遲疑了一下。現在真的要大聲把他的發現說出來，顯得很瘋狂。

「昨晚在伊凡的酒館裡，有個女人坐在我旁邊，她認識伊凡，對他討厭極了，說他是個徹頭徹尾的混蛋。」

「好喔。但聽起來這是你本來就知道的事。」

「對。然後她跟我提起了別的事。帕克有個妹妹，叫黛安娜。我知道有這個人，但先前從來沒有對她多想，因為她也已經死了。甚至比她哥哥死得還早。」

安娜看起來鬆了一口氣，甚至嘗試擠出笑容。「那麼就不是她了。顯而易見嘛。」

「這件事沒有任何一點是顯而易見的。黛安娜有個女兒。《搖籃》的故事就是她的遭遇。妳懂了嗎？」

她盯著他看了好久好久，最後終於點了點頭。現在，不論如何，知道內情的人有兩個了。

《搖籃》

傑克・芬奇・波納著

紐約：麥克米蘭出版社，2017／頁212-213

她們連續好幾週沒有對話，即使原本就已經互不說話了一輩子，這次的感覺還是有某些不同：更生硬、更冰冷，也更惡毒。她們在走廊上、樓梯上或廚房裡狹路相逢時，視線會從對方身上溜開，有時候珊曼莎會具體地感覺到自己體內正在累積著什麼，微微振動著。她還是沒有企圖，只有一個逐漸增長的念頭，關於某種即將迫近、煞費心力也無法閃避的事物。那麼又何必試圖閃避？直接放棄就輕鬆多了。在此之後，她什麼感覺都不再有。

在瑪莉亞永遠離開家前的那一晚，她來敲她母親辦公室的門，問她能不能借開那輛速霸陸。

「要做什麼？」

「我要搬出去了，」瑪莉亞說，「我要搬出去上大學。」

珊曼莎試著不要做出反應。

「妳不是還有高四要念嗎？」

她的女兒以一種惹人發怒的方式聳聳肩。「念高四沒什麼屁用。我提早申請入學了。我要去念俄亥俄州立大學。我拿到了給外州學生的獎學金。」

「喔？妳本來打算什麼時候才要說？」

她又那樣聳了肩。「我猜就是現在吧。我想我可能可以開車載我的東西過去，然後把車開回來，再搭巴士什麼的。」

「哇。好個計畫。我猜妳一定費了不少心思。」

「反正，妳看起來也不像會送我去大學的樣子。」

「不像？」珊曼莎說，「如果妳根本沒跟我說有這件事，我要怎麼送妳去？」

她轉身，珊曼莎可以聽見她輕輕走回通往自己房間的走廊。她起身跟了過去。

「還有，為什麼？為什麼我得聽我的高中數學老師告訴我說我女兒要提早畢業？為什麼我得翻遍我女兒的書桌，才發現妳要去外州上大學？」

「我想也是，」瑪莉亞說，她的聲音平靜得氣人。「妳就是沒辦法不偷翻我的東西對吧？」

「對，我就是。如果我覺得妳在吸毒，我也會去翻妳的東西。這叫作家長適當管教權。」

「噢，真是笑死人了。妳現在突然對管教有興趣了？」

「我一直都——」

「對，很關心我。拜託，媽，我們大概只剩下兩天要一起度過了。不要現在鬧翻好嗎？」

她從床上站起來，走到她母親面前，也許是要去走廊對面的浴室，當年珊曼莎曾在那裡用漢彌爾頓的ThriftDrug藥局買來的驗孕試劑證實了自己有孕在身。或者她可能是要去廚房，珊曼莎曾在那裡試圖說服她自己的母親，說世上完全沒有道理叫她養育或只是留下這個她從來不想要的孩子，她一刻也不曾想要過，當時不想，之後不想，現在也不想。而在那具軀體經過她面前時，她驚駭地看見了她自己：苗條直挺，有著細薄的褐髮和家族遺傳的駝背體態，既像現在的她，也像久遠以前那個一心渴求、希望、等待著要離家的她，就如同現在即將離家的瑪莉亞。她既不明白自己打算做什麼，也不知道自己就要動手去做，但她伸出了手抓住她女兒的手腕使勁一拉，把那具軀體順著一道隱形的弧線用力往後甩，在此同時，她腦海中出現了她自己把一個小女孩拋向空中的意念，她對著女孩的笑容微笑，兩人不停地轉著圈。這是母親跟女兒之間會有的舉動，會出現在電影裡，或是電視廣告裡，用來推銷佛羅里達州海灘洋裝和灑在後院讓純真孩童放心玩耍的除草劑。然而珊曼莎不記得自己有過這樣的舉動，不管是身為那個轉著圈的母親，或是被牽著轉出一個個完美圓弧的小女孩。

瑪莉亞的頭被甩到那張舊四柱床的其中一個柱頂圓球上，發出的碎裂聲低沉而巨大，讓整個世界都噤聲了。

她摔落的樣子像是某種輕盈的東西，幾乎一聲不響，只見她就這樣倒著：身體一半在老舊的編織地毯上，一半在地毯外。珊曼莎自己年輕時，那張地毯曾經鋪在走廊上她父母臥室的門外。她等著女兒從地上爬起來，但等待的時間也循著平行的軌道通往另一個結果，也就是她確切地、異樣平靜地認知到，女兒已經不在了。

終於結束了、離開了、逃脫了。

珊曼莎坐在那裡的時間可能是一分鐘或一個小時，或也可能是大半個夜晚，看著地上那團很久以前曾經是她女兒瑪莉亞的蜷曲的物體。這是多麼大的浪費，多麼徒勞無功的行為，把一個人類帶到世上，卻讓自己比原本更孤獨、更挫敗、更失望，更對一切的意義感到迷惑。這個孩子不曾對她伸出手、不曾傳達愛意、不曾用任何一點表示來感激她母親所做的、所犧牲的種種——儘管不是出於心甘情願，卻是出於認命與負責。而現在的結果竟是如此。這是為了哪樁？

在夜色最深的某個時間點，她一度心想：**我可能是休克了**。但這個念頭並未久留，被她拋在腦後，同樣靜靜不動。

恰好，珊曼莎當天晚上穿著瑪莉亞不要的綠色T恤。衣料很柔軟，穿在她身上就跟在她女兒身上一模一樣：她們同樣肩膀窄、胸部平。她將棉質布料夾在手指之間摩擦，直到手指被磨得痛了。她女兒還有另一件上衣，她一直很喜歡，一件黑色的長袖T恤，看起來鬆垮舒適，還附著兜帽。她想像自己穿著它，好奇會不會有人看了問她：**那不是瑪莉亞的衣服嗎？**她要怎麼說？**噢，是瑪莉亞去上大學的時候給我的**。但瑪莉亞現在不會去上大學了。肯定每個人都會知道。但會是誰告訴他們呢？

我不會告訴他們，珊曼莎意會過來了。她不會告訴任何人。

之後的一切都是那麼簡單明瞭。她打包完她女兒的行李，還有她自己的一些物品。她關上家門，把所有東西裝到車上，然後一路往西開，開到她以前去過最遠的地方，然後再繼續往西。她在詹姆士鎮轉往南邊，然後終於離開了紐約州的範圍。那天傍晚時，她已經置身於阿勒格尼國家森林的深處，在每一個路口都選看起來最荒涼的路走。在一個叫櫻桃林的小鎮上，她看到一間木屋出租的廣告，木屋的位置非常偏僻，屋主跟她說如果沒有四輪交通工具就不用考慮了。

「我有一輛速霸陸。」她告訴他。她用現金付了一週的租金。

她利用接下來的一整天尋找最理想的地點，然後在夜裡用她從厄維爾帶來的鏟子挖了個坑。隔天晚上，她把女兒的屍體帶過去放在那裡，躺在深深的土坑中，被岩石和枝葉掩蓋。然後她沖了個澡，把木屋整理好，照屋主給她的指示留了鑰匙在前門。然後她回到她的舊車上，一樣將之拋諸腦後。

第四部

25
喬治亞州，雅典市

「我得要去喬治亞州。」從拉特蘭回來一天之後，他如此告訴安娜。他們當時正在從公寓走去切爾西市場的途中，然後立刻吵了起來。

「傑克，這太瘋狂了。你就要這樣到處跟酒吧裡的人套話，偷溜進別人的房子和辦公室裡嗎！」

「我沒有偷溜。」

「你沒有說實話。」

是沒有。但結果是值得的。他在二十四小時內獲得的資訊，多過他幾個月來的所知。他現在了解了自己面對的到底是什麼——或說是他一直以來在逃避的到底是什麼。

「一定還有別的辦法。」她說。

「當然。我可以像我的同道中人詹姆斯．弗雷一樣回去上歐普拉的節目，低著頭叨唸我的『進步』，然後大家都會諒解，我的任何成就都不會毀於一旦，改編電影和新書的計畫不會被取消，我也不會一輩子抬不起頭來。或者我可以去請瑪蒂達或溫蒂設計一場公開道歉活動，把伊凡．帕克塑造成悲劇性的無名偉大美國小說家，將一本他沒有寫過的書歸功給他。或者，乾脆就讓這個賤人完全控制我的生活，掌握能摧毀我事業、名聲和生計的權力。」

「這都不是我要建議的。」安娜說。

「我現在知道要怎麼找到她了，或至少知道該從何開始找起。現在叫我停手可不是個好時機。」

「你現在是該停。因為你會受到傷害。」

「如果我什麼都不做，我還是會受到傷害，安娜。她跟我一樣不想被曝光。她想掌握控制權，目前也都成功如願。但是我對她的發現越多，我就越能重建平衡。老實說，現在這是我唯一有的籌碼了。」

「但為什麼你還是只有說『我』？我也收到她那封可惡的信了，你記得吧？就算我沒收到信，我也應該跟你一起處理這件事。我們都結婚了！我們是彼此的夥伴！」

「我知道。」傑克可憐兮兮地同意道。

也許他還沒完全理解自己對安娜的隱瞞造成的影響，或是他對自己新締結的婚姻造成的傷害，直到他如今被迫從實招來。六個月來，掩藏「天才湯姆」的存在（當然還有伊凡．帕克本人的存在）讓他整個人被掏空，這一點他明白——但現在他才看清，他拿她冒了多大的風險，而且最糟的是，要不是逼不得已，他大概永遠不會向她吐露分毫。這對他尚存的人格是一番殘酷的譴責，她也完全有理由生他的氣，但即使這些他都承認，他還是希望前一晚的坦承，最終能讓事態有所改善。雖然這違反了他的意願，但也許讓安娜加入他個人的地獄，會使他們之間的羈絆更緊密。他只能如此盼望。他急切不已，想要這一切有個終點，到了終點他發誓會清清白白地重來——包括和安娜的關係，以及其他每一件事。

「我得要去喬治亞州。」傑克又說了一次。

他已經跟她提過拉特蘭鎮的那位威廉·蓋洛律師，當時替人在外州的屋主擔任交易代理。他告訴她，曾住在喬治亞州雅典市的蘿絲·帕克的年齡正好對得上。現在，他把他付了五美金買了佛蒙特州鎮務書記資訊站單日查詢權限後查到的資料告訴她：外州屋主的律師的姓名和地址。律師叫作亞瑟·皮肯斯，地址一樣在喬治亞州雅典市。

「所以呢？」安娜說。

「妳知道雅典市還有什麼嗎？一所規模超大的大學。」

「嗯，好喔，但是那也不算什麼重大線索。比較像是很大的巧合吧。」

「好吧，就算是巧合好了，我也要去查查看。然後我再來投降，讓那個女人摧毀我們的生活。但是首先我要知道她是否還在那裡，如果不在，我要知道她離開後去了什麼地方。」

安娜搖搖頭。他們抵達了第九大道上的切爾西市場入口，人群川流而出。「但你為什麼不能打電話給那個人就好？你為什麼得實地飛過去？」

「我想，如果我突然拜訪，會比較有機會跟他見到面。這招在佛蒙特州好像就管用。妳知道，妳可以跟我一起去。」

但她不能去。她得回去西雅圖，把她放在倉儲空間的東西處理完，還有跟KBIK電台的最後幾項事務需要收尾。她本來已經將行程延後了幾次，而現在她的播客錄音室老闆請她六月下旬（他要結婚，去中國度蜜月）和七月（他要去奧蘭多參加一個播客大會）不要出遠門。安娜打算下週出發，傑克無法勸她改變計畫，所以他放棄了，兩人之間還是留有一種觸手可及的緊繃氣氛。他訂了下週一飛往亞特蘭大的機票，然後利用中間的幾天完成溫蒂要求的改稿。他在週日深夜把稿子寄出去，等隔天下午飛機降落在亞特蘭大，他重新打開手機的時候，收到一封電子郵件，通知他新書已經進入出版工作流程。所以，至少這一份重擔是解除了。

他的打書行程路過亞特蘭大這個城市兩三次，但他沒有真正造訪過。他在機場租了一輛車，往東北方的雅典市開去，途中經過迪卡特郡。好多個月以前，《搖籃》剛開始獲得全國矚目時，他在那裡參加了一場書展活動，第一次體驗到進場時的鼓掌歡迎。他記得那一天（僅僅是兩年前），還有被某群（很大一群）自己不認識的人所認識的那種奇怪而不具體的感覺，以及一種不可思議的驚奇：他真的寫出了一本有陌生人願意花錢買、花時間讀的書，還有人喜歡到排隊進迪卡爾布郡法院，只為了看看他、聽他說些應該滿有意思的話。傑克一面經過二八五號公路上迪卡特郡出口的路標一面想，那個風光時刻跟現在真是相差十萬八千里。他不知道自己的新書推出之後，他是否還有資格引以為傲，也不知道即使他能設法將這一切和平地解決，備經苦難的他是否還寫得出任何作品。而如果他不再寫了，如果這個女人成功使他屈服，在同儕和讀者和所有利用過自己專業聲望支持他的人面前羞辱他，傑克也不知道自己要怎樣繼續抬頭挺胸地活在世上，不是以作家的身分，而是作為一個人。

他更有理由非得到此行要找的答案不可了。

他抵達雅典市時，時間已經太晚，除了吃飯以外什麼都來不及做了，於是他到飯店辦理入住，然後出門吃烤肉，一面等著肋排和啤酒送上來，一面在地圖上圈出幾個必須拜訪的地點。他周圍到處都是穿著喬治亞大學紅色T恤的金髮年輕女子。她們的聲音富有音樂性與醉意，一同慶祝著某項與學業無關的盛事，而他想著自己的妻子和這些年輕漂亮的美眉有多麼不同，他又是何其有幸能娶到安娜，儘管她現在既在氣他做的選擇，也對他整體相當不滿。他想到，每天他的妻子出門上班之後，他會在淋浴間排水孔發現一團糾結的灰色長髮，這個片段給了他一股儘管怪異但十分強烈的滿足感。他想著他們的家是多麼溫暖、繽紛、舒適——任何一點都是他憑一人之力無法成就的。他們的冰箱和冷凍庫放滿了她的美味料理：家常湯品、燉菜，甚至還有自製麵包。他想到他們的貓，惠德比，還有那種跟動物共同生活的獨特喜悅（除了他童年時期養的短命倉鼠之外，這是他第一次認真養寵物），這隻動物偶爾還會紆尊降貴地為如此幸福的生活表達感激。他想到他們成為一對之後，生活中逐漸新認識的那些好相處的人們——有的來自寫作圈（現在他不用欣羨他們，就能把他們當成一般人，享受跟他們互動），有的來自安娜開始踏入的新媒體界。這一切都讓他強烈地意識到，他正要展開人生中最美好的階段。

現在，他啜著啤酒、吃著烤肋排，鄰桌姊妹會的女學生尖叫連連，他在心裡讚嘆這一切的機緣巧合：歐提斯（他真的應該記住他公關行程聯絡人的名字！）擅自幫他在打書行程中擠進的通告、那場惹人生氣且近乎侮辱的直播訪談、完全自然而然的喝咖啡邀約，當然最重要的是，有這麼一個人發揮了無從預料的勇氣，願意讓自己的生活天翻地覆，拋下那麼多過往，跑來加入他的人生。過了不到一年，他跟這個睿智又美麗的女人結了婚，展開新生活，手上還有一本發想過程絕無半點瑕疵的新小說，眼前更有各式各樣的新展望。

如果他能把伊凡．帕克和他恐怖的家人拋在背後就好了。

26 可憐的蘿絲

早上，他徒步前往喬治亞大學校園，找到了註冊組辦公室，請求調閱蘿絲．帕克這名來自佛蒙特州西拉特蘭鎮的學生的紀錄資料。他事先準備好一套說詞——關於失聯的外甥女、即將離世的祖父母——但沒有人多問一句，也沒要求他出示身分證明。從另一方面來說，他取得的資訊也僅限於所謂的巴克萊修正案[20]允許公開的範圍，相對於傑克包山包海的疑問，這些資訊也許顯得單薄，但已經說明了許多有憑有據的事實。第一，蘿絲．帕克在二〇一二年九月於喬治亞大學雅典校區註冊入學，尚未選定主修科系。第二，她申請大一新生免住校內宿舍獲准了（讓人喜聞樂見的是，她提供給校方的外宿住址跟他一開始在網上搜尋到的相符）。第三，僅僅一年之後的二〇一三年秋季學期，全校三萬七千名註冊學生當中，就沒有蘿絲．帕克這個人了。自不待言，註冊組沒有她的轉信地址或任何新聯絡資訊，蘿絲的學業紀錄可能曾提供給其他高等教育機構作為轉學申請，但這項資訊不屬於他的可知範疇。

他走到戶外的六月早晨裡，坐在荷姆斯－杭特研究大樓前的一張木長凳上。他想像他要找的人也曾走在校園步道上，或許也曾在他剛走出的莊園風建築物前坐在同一張長椅上，這既不可思議，也有點令人毛骨悚然。她有可能還在雅典市這裡嗎？當然是有可能的，但傑克懷疑她早已遠走高飛到另一個州、另一個城鎮，除了偏執地對他和他的作品發動攻擊之外，不知道還在做些什麼。

傑克在學院大道上找到亞瑟・皮肯斯律師的事務所，然後在同一條街上隔了幾個店面的咖啡店戶外桌整理思緒。他拜訪過拉特蘭那位律師之後的幾天裡，蒐集了關於皮肯斯的一些相當不光采的紀錄，他這會兒正在瀏覽，同時他看到一位滿臉怒容的父親推著大學生年紀的兒子（穿著如今已很眼熟的喬治亞大學紅色上衣）進到那間律師事務所裡去。那對父子在事務所裡待了很長一段時間，他們終於出來時，傑克從桌邊站起，走了同一扇門進去，發現自己置身於一道陡峭樓梯的底端。二樓事務所的玻璃門沒上鎖，門裡有個臉色通紅的男人坐在寬大的紅木辦公桌後方，背後是一排排的法律書籍，光潔嶄新到像是不曾翻開過。這一點跟他對亞瑟・皮肯斯的了解並不衝突。

那個男人皺著眉頭，傑克也皺著眉頭，然後才想起自己的開場白。

「皮肯斯先生？」

「我就是。您又是哪位？」

「傑克・波納。」

⑳ Buckley Amendment，亦稱「家庭教育權暨隱私權法案」。

傑克一面伸出手，一面走向室內另一端。他想表現出南方紳士風度與北方人的禮儀。「抱歉沒有先打電話，如果你在忙，我很樂意之後再過來。」

然而，皮肯斯依然坐在椅子上，也沒有伸出手。他對傑克不以為然的態度似乎超過了對臨時來訪者的合理反應。

「我相信這並沒有必要，波納先生，就算你之後找時間再過來，我也幫不了你的忙。」

他們互瞪著對方。傑克讓自己的手垂了下來。最後他擠出一句：「抱歉？」

「我對你的抱歉也很抱歉。但基於律師和當事人之間的保密義務，我不可能回答你的問題。」

「你是說，你已經知道我要來跟你談什麼了？」

「我不便回答。」皮肯斯說。

「還有，讓我搞清楚一下，你也知道我的問題是關於你的哪一個客戶。」

「一樣，我不會回答。」

懷著期待而來，又特別在街上的咖啡店等了一個小時的傑克，並沒有料到這種發展。他一敗塗地。

「我要客氣地請您離開了，波納先生。」皮肯斯補上一句，並且站了起來。

他藏在辦公桌下的雙腿在他站起時伸展開來，看起來相當修長。身高傲人的他全身上下都展現著美國南方式的男子氣概，身形有如運動員，臉色通紅，往後梳的棕髮顏色太均勻了一點，不像是完全自然的原生髮。他站起來向前傾身，手臂撐在桌上，臉上帶著不能說是不友善的古怪笑容，明顯在期望傑克廢話少說趕快走。

然而，傑克走到室內另一頭，找了辦公桌對面的一張椅子坐下。

「我要請律師，」他說，「我遭到騷擾和威脅，想要提出誹謗訴訟。」

皮肯斯皺眉。也許他經人告知的內容並沒有包括騷擾、威脅和誹謗的部分。

「我有理由相信騷擾行為是在雅典市這裡發動的，我需要一位當地的律師作為我的代表人。」

「我很樂意轉介其他人選給你。我認識雅典市不少優秀的律師。」

「但您就是一位優秀的律師，皮肯斯先生。我是說，表面上看起來肯定是，如果不要看得太仔細的話。」

「這話是什麼意思？」皮肯斯尖銳地說。

「這個嘛，你顯然知道我是誰。所以我推斷你也知道我是個作家。作家會做研究，我當然也研究了你。」

皮肯斯點點頭。「很榮幸。我在網路上的評分是很出色的。」

「完全沒錯！」傑克說，「杜克大學大學部、范德堡大學法學院，真的是很好的學歷。我是說，雖然念杜克的時候有那樁作弊事件，但是整個兄弟會都有份，只針對你並不公平。還有，你也跟某個客戶的女兒出過事。你自己還酒駕過。但誰沒酒駕過，對吧？我相信克拉克郡警方一定很想抓到你這種大牌辯護律師的小辮子。喬治亞州律師公會還能讓你執業，真是好險啊。」

皮肯斯坐了下來。他怒不可遏，臉色變成更深一階的紅。

「總之，我想大部分的人找律師時，只會查查臉書和Yelp而已。你不會有事的。」

「看看現在是誰在騷擾和威脅？」他說，「我已經請你離開了。」

「跟你說我可能會來找你的人，是蘿絲．帕克嗎？」

他沒有回答。

「你知道她現在人在哪裡嗎？」

「波納先生，我已經多次請你離開。我現在要打電話叫警察了。這樣一來，你也會在克拉克郡留下一條刑事指控紀錄。」

傑克嘆了口氣，站起來。「好吧，我相信你清楚你在做什麼。我只是擔心，他們會來找你談佛蒙特州發生的犯罪事件，那樣你的陳年舊事都要被翻出來了。但我想你已經平靜接受你的過去了吧。」

「我不知道什麼佛蒙特州的犯罪事件。我根本沒踏進佛蒙特州過。我沒到過梅森－狄克森線[21]以北。」

他說出這句話時是如此傲慢自滿，還用鼻孔哼氣。真是個可悲的廢物。

「好吧，」傑克聳聳肩。「很好，只不過那些北方警察來的時候，我想你沒辦法光叫他們離開就把事情擺平。我猜你到時候得自己找個委任律師了。也許就從你想轉介我的那些優秀律師裡挑一個吧。或也許找當初幫你處理酒駕和未成年官司的人。我在我自己的官司裡，可能也會提到你的名字。你知道的，就是我對你的客戶提出損害賠償訴訟的時候。如果那件官司你也找同一個律師，搞不好人家還會給你折扣呢。」

亞瑟．皮肯斯先生看起來像是要爆炸了。

「你要是想把錢花在這種芝麻小事的官司上，儘管去吧。我說過了，基於律師和當事人的保密義務，我不能將當事人的任何資訊提供給你。請離開。」

「噢，你已經提供了我很多資訊，」傑克說，「你證實了你仍然跟你的當事人蘿絲．帕克有聯絡。我幾分鐘前走進來的時候還不知道這一點，所以真是謝謝你了。」

「你如果不立刻離開，我就要報警了。」

「好，」傑克說著懶洋洋地站起來。「如果這樣不算是倫理上的越界行為，我希望你告訴你的當事人，如果她的那些電郵、信件和貼文不停一停，我就要把我發現的一切告訴佛蒙特州警方，包括伊凡．帕克死亡的事件中一兩個讓我想不透的問題。」

「我不知道你說的是誰。」皮肯斯說，他已經難以維持鎮定。

「當然，但如果你的當事人謀殺了他，且你也牽涉其中，那麼我保證你是非跨過梅森－狄克森線不可了，因為北方的法院和北方的監獄在那等著你呢。」

亞瑟．皮肯斯大律師看起來完全失去了言語能力。

「好吧，那就再見了。幸會。」

㉑ Mason-Dixon Line，南北戰爭前美國的南北區域分界線。

傑克帶著滿身的怒火和腎上腺素離開了。他這番在陌生人的辦公場合所發出的驚人之語，幾乎百分之百是未經事先計劃的，雖然相關的事實資訊他肯定已經備用了許多天。皮肯斯跟他兄弟會同學的道德瑕疵至少被寫進了杜克大學學生報的四篇文章，附上相關人士的姓名和系級。他和客戶的十九歲女兒（合法歸合法，但很噁心）之間的糾紛在臉書上廣傳，拜那個女孩及她的媽媽所賜。酒駕的紀錄則是用最基本的網路搜尋就找到了。（傑克覺得那些紀錄他真的應該設法刪除了才對。也許他這個律師真的當得不怎麼樣。）

他本來完全沒有打算提到伊凡．帕克的死，更沒有想要暗示死因並非自行造成的藥物過量意外。至於皮肯斯可能因為客戶在佛蒙特州的犯罪行為而面臨的法律風險，他也知道這一點立論基礎薄弱。傑克本人是完全不知道，如果他走進拉特蘭鎮的地方警局表示對五年前的一樁藥物過量致死案有疑慮，結果會如何？但他姑且假設這件事不會得到太認真的對待，佛蒙特州政府也大不可能派員到西拉特蘭鎮或喬治亞州的雅典市進行調查。甚且，他懷疑亞瑟．皮肯斯沒怎麼在怕官方調查，他的客戶也差不多，不過能在那間辦公室裡講出「北方監獄」這幾個字，真是令他滿足得無法置信；他每走一步，稍早感受到的怒意就平復一些。

他是真的對他和皮肯斯之間發生的這個場面深深震驚，也有點慶幸他不是沒機會在反應之前先考慮衡量。雖然他在走進律師事務所時就不怎麼樂觀，但他真沒料到自己連第一個問題都還沒問，就被擋下了。他以為他可以慢慢摸清對方的底細，也許暗示自己想請個律師，對方問及他所欲提告的細節時，他就要描述「天才湯姆」的種種行為，然後步步為營，再把蘿絲．帕克的名字講出來。接下來，如果皮肯斯還是拒絕將客戶的聯絡方式交給他，他就會離開，這樣也許還是能以某種方式傳達他的訊息，儘管聲量沒那麼大。他現在意識到，從他在西雅圖機場的車上讀到那第一則嚇人的訊息開始，這麼多個月以來，他都採取防衛姿態，等著對方下一次發言，同時完全不合理地期望對方的發言永遠不會出現。他被折騰得欲振乏力，而現在是他第一次純粹感覺到他這段期間以來累積的憤怒、深深的怨恨：這個人竟覺得自己有權騷擾他、攻詰他，只因為他發掘了一個故事，將它琢磨成精緻而迷人的作品，這本來就是作家的工作啊！不過，那個傢伙確實有些特別的地方，那個滿臉通紅、染了頭髮、有著一櫃子法律書籍、態度先發制人的傢伙，讓傑克感覺自己像被扼住了喉嚨，說出了那些簡直像是跟「天才湯姆」本人學來的話。不，這些人不能再繼續惡整他了。如果他們要繼續，他也會以牙還牙整回去。

現在，他轉彎到西漢考克街上，逐漸接近他最早在拉特蘭免費圖書館查到的那個地址。一個多禮拜以前，他還理所當然地認為雅典市的這位蘿絲．帕克完全無關於伊凡．帕克的傳奇故事與他的復仇天使。現在，這個位於迪令街上一處名叫雅典花園的公寓社區的地址，就是他找出她目前下落的最好機會了，雖然他也沒有天真到會期待拿到轉信地址，或是遇到跟她有聯絡的現住戶。在雅典市這種大學城，六年的時間代表許多公寓裡住的大學生都已完全換過一輪，但他覺得或許還是有可能找到某個人是對她有印象的：有一點描述、一段回憶都好，都能讓他離找到她更近一步。

他在城裡看到若干豪華的住宅，屋前有鄉村俱樂部式的涼亭，游泳池和網球場從鐵柵門間隱約可見，而雅典花園是它們的陽春版本，看起來像一棟紅磚砌成的矯治機構，或是生意清淡的公司租用的小型辦公室。前方有一塊看板宣傳雅典花園的住戶福利（房租內含害蟲防治及垃圾處理費，清潔費也很低廉），並畫出一房、兩房、三房格局的平面圖。傑克想也知道蘿絲・帕克在二〇一二年秋天自己搬出來、避免和校內室友同住時，選擇的會是什麼房型。她一定是單獨一人住在雅典花園。她一定是獨來獨往，褪離她的舊日生活。

管理辦公室就在大門裡面，他在那裡找到一個坐在辦公桌後用電腦的女人。她的頭髮剪成僵硬的侍童頭，讓她的臉顯得更圓，臉上的表情寫著：**我不喜歡你，但我是領薪水的，得裝裝樣子**。傑克走進門時，她給了他一個毫不真誠的微笑。但比起他在亞瑟・皮肯斯律師那裡受到的待遇，這絕對是更溫暖的歡迎。

「嗨。希望沒有打擾到妳。」

她看起來和傑克年紀相仿，也許稍大一點。「沒事，」她說，「有什麼需要我幫忙嗎？」

「我在幫我女兒看房子。她今年秋天要升大二了，等不及要搬出宿舍。」

那女人笑了。「這種事我聽多了。」她站起來。「我是貝莉。」她說著伸出手。

「嗨。我是傑克。」他們握了手。「我跟她說，她上課的時候我會找幾個地方看看。如果看到我這個老爸贊同的，我會再帶她回來親自看。我請我親戚給了些建議，他女兒幾年前住過這裡。」

「雅典花園這裡嗎？」

「對。他說這裡很安全。其實我關心的就是安全。」

「當然！你是她的爸爸嘛！」貝莉說著從桌子後面繞出來。「我們遇過很多爸爸。他們不在乎健身房裡有幾台腳踏車。他們只想確定女兒住得安全。」

「完全沒錯。」傑克點頭。「我才不管地毯是什麼顏色。我只想知道門能不能鎖牢，有沒有警衛，像是這些事。」

「但我們的確有間很棒的健身房，和一個非常漂亮的游泳池。」

傑克從街上走來的時候有看到那個泳池，他可不敢苟同。

「而且我也不要離華盛頓街太近的房子。那裡酒吧太多了。」

「噢，我知道，」那女人翻了個白眼。「雅典市鬧區有一百家酒吧，你知道嗎？每到週六晚上就瘋得要命。其實大部分晚上都很瘋。那麼，你要來看個幾間嗎？」

有一間亂七八糟的兩房公寓，地毯被剛搬走的前房客弄髒，還沒有換（從廚櫃上堆積的瓶子來判斷，前房客非常會喝）。有一間單房公寓，聞起來是肉桂芳香劑的味道。還有另一間單房的已經有房客了。傑克相信貝莉不應該帶人看那間房。

「你說你女兒想要單房的？」

「對。她今年遇到一個很糟的室友，從外州來的。」

「啊。」貝莉說。顯然他不用再多做說明了。

「這裡屋齡多久了？」他問。她告訴他是將近二十年，雖然他已經從事前研究中得知。他還知道，當時雅典市各處的黑人社區都遭到迫遷，好讓類似這裡的公寓大樓（大部分的屋況都比這裡高級）提供以白人為主的學生住宿。不過，他來這裡調查的是更小範圍的歷史。

「那麼妳呢？妳在這裡工作多久了？」

「兩年而已。之前我在管理另一間房子，我們公司名下有四間，都在雅典市。」

「真好，」傑克說，「就像我剛才說的，我親戚的女兒住過這裡。我想她住宿的經驗還不錯。她名字叫蘿絲．帕克。妳可能不記得她。」

「蘿絲．帕克？」貝莉思考了一下。「不，聽起來不太耳熟。卡蘿可能記得。卡蘿是我們公司的清潔人員。她來這裡有領額外的薪水。」她澄清道。

「哇。在一堆大學生住的地方打掃，肯定是件苦差事。」

「卡蘿很熱愛工作的，」貝莉有點防衛地說，「她就像舍監媽媽一樣。」

「噢，當然了。」

他不知道該說什麼。他讓她帶看了另一間單房公寓、小得可憐的健身房，還有泳池，那裡有兩個小孩正在爬上便宜的池邊躺椅。她請他回辦公室拿介紹手冊和房客公約時，他發覺自己還沒獲得此行的目標，就要離開雅典花園了——也就是空手而回。貝莉想幫他和他虛構的女兒預約明天的參觀時間，但是明天他就要回到格林威治村的家，帶著寥寥無幾的收穫面對擔憂的安娜。

「聽我說，」傑克表示，「我得跟妳道個歉。」

她立刻警戒起來。這又怎麼能怪她呢？

「噢？」他們還沒走回到辦公室，正在泳池和社區主建物——也是辦公室的所在地——之間的一條步道上。

「我女兒她，其實已經找到喜歡的房子了。」

「了解。」貝莉說，她的樣子像是原本預期會聽到更糟的消息。

「我想來看這裡是因為——就是那個我提過的親戚？他請我來的。」

貝莉皺起眉頭。「他女兒住過這裡。」

「對，二〇一二到二〇一三年間。他已經兩三年沒有她的消息了。他非常擔心，叫我來一趟。他知道希望渺茫，但妳懂的，既然我都到這裡了，就順便吧。搞不好她會跟這裡的哪個人還有聯絡……」

「了解，」貝莉又說一次。「他們知不知道，」她遲疑地說，「她是否還……」

「她在——」他諷刺地在空中比出引號。「——『社群媒體』上很活躍。他們知道她住在中西部某個地方，但是對他們的任何聯絡都不回應。他們想說，如果我找到跟她有聯繫的人，他們就可以捎個訊息，妳懂的。我個人是覺得這聽起來沒什麼指望，但是……假如是我的女兒……」

「對啊。太難過了。」

她沉默不語好一會兒。傑克心想一定是他的說詞或是他的演技露出馬腳了，但接著貝莉說話了。

「像我剛才說的，我直到去年都還在我們公司別的房子。至於我們的房客，大概有八成是喬治亞大學的學生，大部分是大學部的，所以跟你親戚的女兒同期住在這裡的學生，都早就離開了。有兩三個研究生待得比較久，但我想他們二〇一三年的時候都沒住這裡。」

「妳之前提到的那位女士，那個清潔工呢？」

「對。」貝莉點點頭，拿出手機傳了一則訊息。「她今天有在。我還沒看到她，但她一點鐘上班。我請她來前面找我們。」

他向她道謝，態度也許有點太過熱情。然後他們一起走向辦公室外的接待區，抵達時看到一個身材結實、穿著褪色的鬥牛犬隊[22]紅運動衫的女人已經在那裡了。

「嗨，卡蘿，」貝莉說，「這位是……」

「傑克。」傑克說。

「我是卡蘿．菲尼。」卡蘿一臉擔憂地說。

「沒有什麼壞事，」貝莉說，「這位先生只是想找一陣子前住過這裡的一個女生。」

「是我親戚的女兒，」傑克附和。「他們沒辦法聯絡到她，很擔心。」

「噢，天啊，真的。」卡蘿說，完全表現出他人描述的舍監媽媽形象。

「是在我來以前，」貝莉說，「但我是想說，妳會不會記得？」

「我們要不要……」傑克四下張望。他沒忘記，貝莉沒有主動提供她的辦公室讓他們談話。現在傑克既已不是潛在的顧客，她顯然不想出借她的空間，或可能不再願意跟他共處一室。但旁邊那個寒酸的小客廳裡，倒是有幾張椅子。貝莉為他導覽時，說那裡是交誼廳。他指著那個方向。「能借用妳幾分鐘嗎？」

「當然好。」卡蘿說。她膚色蒼白，兩邊鎖骨上長了一片黑痣。傑克發覺自己很難不往那裡看。

「好吧，祝你好運，」貝莉說，「如果你女兒找的房子不順利，別忘了我們。」

「太感謝妳了，」傑克說，「我會記得的。」

他才不會。這連她也知道。

他在客廳裡選了一張舊扶手椅坐下，它的觸感就跟外觀一樣不舒服，卡蘿．菲尼也坐了另一張。她似乎已經開始為這個「一陣子前」的住戶、這個跟家人失聯的無名女孩哀悼，深怕得知她的身分。

「像我剛才說的，我親戚的女兒大一時住在這裡，是二〇一二到二〇一三年之間。」

「大一？他們通常都在校園裡住宿舍。」

「我也以為。她申請了某種許可。」

她的眼睛睜大了。「等等，是蘿絲嗎？你說的是蘿絲嗎？」

傑克似乎就要喘不過氣來。他沒料到會發展得這麼快。現在他不知道該說什麼了。

「對，蘿絲．帕克。」

㉒ 喬治亞大學的美式足球校隊。

「你說是二〇一二年嗎？聽起來好像沒錯。她失蹤了嗎？可憐的蘿絲！」

可憐的蘿絲啊。傑克勉為其難地點頭。

「老天爺啊。真是太難過了。你知道，她母親過世了。」

傑克點點頭。他還是不太確定。「對，真是太悲劇了。妳記不記得什麼關於蘿絲的事，可能幫得上她爸爸找到她？」

卡蘿的雙手在腿上交疊，她的手很大，也毫不意外地非常粗糙。

「這個嘛，她很成熟，當然的。跟其他學生沒什麼共通點，不泡酒吧，我猜也不去看球賽。總是不慌不忙。我不負責打掃她的房間，所以只有很偶爾才過去。我想她是北部來的。」

「佛蒙特州。」傑克證實她的猜想。

「這樣啊。」

他等著她繼續說。

「大部分這些女孩子，床上都放滿了絨毛動物玩偶，活像六歲小孩似的。牆上貼滿海報，枕頭丟得到處都是。懶得走幾步路去買罐汽水，所以每個房間都要放小冰箱。有些房間被她們的行李塞滿到根本無法在裡面轉身。蘿絲的房間就很樸素，她這個人也很愛整潔。就像剛才說的，很成熟。」

「她有提到過家裡的其他人嗎？」

卡蘿搖搖頭。「不記得耶，沒有吧。她沒提過她父親。就是你親戚？」

「她的父母沒有在一起，在蘿絲小時候就分開了，」傑克迅速地邊想邊說，「可能就是因此沒有提過吧。」

那女人點了點頭。她乾枯的橘色頭髮綁成兩條細髮辮。「我只聽她提過她母親。但當然了，她來到這裡之前，她媽媽那件可怕的意外才剛發生，她可能滿腦子也只掛念著那件事。」她搖著頭。「太可怕了。」

「妳是說那場……火災嗎？」傑克說，「還是車禍？」

他這才發現，自從在帕克酒館那晚，聽到莎莉令人難忘的那句**她是被燒死的**，他就一直有這個想像。顯然不可能是在家裡被燒死的，不然西薇亞或貝蒂應該會提到，在那間迎生送死的家族老屋裡也發生過這麼一樁恐怖事件，就像一氧化碳中毒和用藥過量。自從在帕克酒館遇到莎莉那晚，他就一直有這個相當連貫的想像：車子開進邊溝後翻覆、滾落山坡、起火燃燒。他看過上百部電影或電視中的類似片段，其中或有一名幸運或不幸的乘客及時逃出，從上方的路面哭喊著俯瞰熊熊大火。

「噢，不是，」卡蘿．菲尼說，「那可憐的人兒是在帳篷裡。蘿絲差點來不及逃出來，還被迫看著慘劇發生，什麼也做不了。」

「在帳篷裡？她們是……怎樣，去露營嗎？」

這種致命意外的受害者的前夫的親戚應該早已知道如此驚人的細節，但他就是不知道。

「她們開車下來雅典市，我想是從北部出發，像你說的佛蒙特州。」她瞟了他一眼。「不是每個人都住得起飯店，你懂的。有一次她跟我說，要不是她離家這麼遠來上學，她母親就還會活得好好的，不會埋在喬治亞州北部的某塊墓地。」

傑克直盯著她。「等等，」他說，「等等，這事是在喬治亞州發生的？」

「蘿絲得把她媽媽葬在那裡的墓園，就是事發地點旁邊的鎮上。你能想像嗎？」

他無法想像。好吧，他其實想像得到，但話說回來，問題不在於想像，而是在於理解。

「為什麼她不帶她回家葬在佛蒙特州？她們全家都葬在那裡！」

「你猜怎樣？我沒問她。」卡蘿充滿嘲諷地說。「你覺得這個問題該拿來問剛喪母的人嗎？她在家鄉也是無親無故，她跟我說就只有她和媽媽相依為命，也沒有兄弟姊妹。而且我剛剛說了，我也半點沒聽說過你親戚的事，」卡蘿意味深長地說。「也許在當地把後事處理好，對她來說也有道理。如果你找到她，你當然可以問她看看。」

這場對談開始急轉直下了。傑克慌亂地試圖想出他還有什麼需要知道的事。

「她念完大一之後就離開學校了。妳知道她去了哪裡嗎？」

卡蘿搖頭。「我本來不知道她要離開，直到事後他們叫我去清理她的房間。我其實不意外她決定去別的地方讀書。這是間愛開派對的學校，但她不是派對女孩。」

他點點頭，彷彿他也知道這一點。

「也沒有其他當時住在這裡的人可能跟她保持聯絡嘍？」

卡蘿思索了一下。「沒有。我說過了，我覺得她跟其他學生沒什麼共通點。就算只差一兩歲，在那個階段還是很大的差異。」

「等一下，」傑克說，「在妳看來，她住在這裡的時候是幾歲？」

「我沒問過。」她站起來。「抱歉幫不上你的忙。我真難過她失蹤了。」

「等一下，」他又說一次。他伸手到後口袋找手機。「等等……我可以請妳看一下這張照片嗎？」他找出曲棍球隊女孩的模糊照片：短瀏海、大圓框眼鏡。因為這是他唯一的證據，證明蘿絲．帕克花了三年加速讀完高中，在原本應該是高中最後一個學年開始時就離開家，來到喬治亞州，成為一個喪母的十六歲女孩。「我只是想確定。」他一面對卡蘿．菲尼說，一面將手機拿給她看。

那女人湊近了一些，然後他立刻看到她臉上的擔憂一掃而空。她挺直背脊。

「那不是蘿絲。」卡蘿．菲尼搖著頭。「你說的是別的人。這可真令我鬆了口氣。那個女孩已經遇過夠多事了。」

「可是……這就是她。這就是蘿絲．帕克。」

她給他一點面子，再看了一次照片，但這次只看了不到一秒鐘。

「不，不是她。」她說。

《搖籃》

傑克・芬奇・波納著

（紐約：麥克米蘭出版社，2017／頁245-246

第一年，她留心安排了回家兩三趟，只要在厄維爾或是漢彌爾頓碰到那些她認識了一輩子的熟人，她都會告訴他們瑪莉亞在俄亥俄州的近況。

「她要主修歷史。」她轉帳到女兒的哥倫布銀行帳號時，如此告訴銀行櫃員。

「她在考慮轉學，」她看到老佛提斯在折扣超市正要下車時，這樣告訴他。「她想多在國內各地看看。」

「這個嘛，也難怪吧。」他說。

「她在那裡好像真的很快樂。」她對有一天突然出現在家門口的嘉比說。

「我只是剛好經過，看到妳的車在，」嘉比說，語氣好像在問問題。「我之前經過時都沒看到妳的車？」

「我男朋友住在奧爾巴尼市外，」珊曼莎說，「我常跟他待在那裡。」

「噢。」原來，嘉比從八月就一直在給瑪莉亞寄電子信、傳簡訊、打電話，直到她接到號碼已停用的通知。

「她希望妳了解她的意思，」珊曼莎告訴她，「我很遺憾要由我來告訴妳這件事，但是瑪莉亞現在有個認真交往的女朋友了。是她在哲學課的同學，一個非常優秀的女孩子。」

「噢。」那女孩又說了一次。經過痛苦的五分鐘後，她離開了，事情就這麼了結了，或是說應該如此。

「我在考慮搬去俄亥俄州，跟我女兒一起住。」她跟當地房仲公司裡的一個女人說。「我想估價看看我的房子值多少錢。」

金額比她想的低，但珊曼莎那年春天還是把房子賣了，然後再一次開著速霸陸一路西行，這次車後面拖著搬家拖車，途中沒有繞去賓州。

27 火狐營地

他還沒打電話給她，就知道她會不高興了。她搭機去西雅圖的時間就快到了，傑克經過這兩天她根本不贊成的旅行之後，隔天應該要回家；但他要改變計畫，延長租車時間，還要往北開去一個他今天第一次聽說的地方，喬治亞州內一個他在此之前從來沒有理由造訪的地區。

「噢，傑克，不要。」他告訴安娜時，她如此回應。

他在他的飯店房間裡，吃著他從圖書館回來的路上外帶的漢堡。

「聽我說，我本來以為她是在佛蒙特州死的。我都不知道意外是發生在喬治亞州。」

「嗯，那又怎樣？」安娜說，「在哪裡發生有差嗎？幹，傑克，你到底以為你會發現些什麼？」

「我不知道，」他說，這樣算是夠誠實了。「我只是想要盡一切努力，讓她不再勒索我。」

「但她沒有，」安娜說，「勒索代表有所要求。她沒向你要一毛錢。她甚至沒有要求你招供。」

他不得不花了片刻消化這句話。這是極為痛苦的一個片刻。

「招供？」他最後這麼說。

「對不起。你知道我的意思。」

但他不知道她的意思。他突然察覺，這也開始帶給他一點小問題了。

「妳難道不覺得，她就這麼把屍體拋在路邊繼續上路，是一件很耐人尋味的事嗎？帕克家可是一百五十年來都葬在佛蒙特州的墓園呢！」

「嗯，我不覺得，」安娜說，「在我看來這沒有什麼好奇怪的。想想當時的狀況？她從佛蒙特州要去喬治亞州，所有家當可能都裝進車裡了，然後發生了這種事？也許她已經知道她不會再回家了。也許她一向就不是情感豐富的人。有很多也許！她會想，好吧，我的人生要往前走，不要後退。我就在這附近找個好地方把她埋葬了，然後我要繼續走我的路。」

「那麼其他的家人呢？朋友呢？也許他們會有意見啊。」

「也許她們就是沒有朋友。也許伊凡・帕克也沒有參與她們的生活。也許這些都不重要。你可不可以就回家吧？」

但他不可以。他先前花了三十秒，就用「黛安娜・帕克＋帳篷＋喬治亞州」這組關鍵字搜尋到《克萊頓論壇報》雷本加普版的這則報導，簡短且非常可疑：

二〇一二年八月二十七日新聞

雷本郡

八月二十六日週六凌晨兩點左右，一名三十二歲女子喪生於查塔胡其－奧康尼國家森林公園內的火狐營地上一起帳篷火災。來自佛蒙特州西拉特蘭鎮的黛安娜・帕克原本在該地露營。與她同行的妹妹，二十六歲的蘿絲・帕克逃離火場，最後成功報警求援。雷本郡救護隊的急救人員與喬治亞州C隊巡警獲報趕往現場，但當時營地已毀於大火。

他現在把連結傳給她，附上一個疑問：**妳沒看出這裡有問題嗎？**

她沒看出來。他不怪她。

「蘿絲・帕克是十六歲，不是二十六歲。」

「所以就是打錯字了。打錯一個數字。人為失誤嘛。」

「妹妹？」他說，「不是女兒嗎？」

「就只是搞錯了。傑克，我跟你說，我是在小鎮上長大的，這種鎮上的地方報紙可不比《紐約時報》。」

「不是搞錯了，是有人說謊。你看，」他說，「妳不覺得很有意思嗎？這家人好像都不會生病似的，每個人都是突然死於某種意外事件。一氧化碳中毒、用藥過量、帳篷火災，老天爺啊！這資訊量也太大了。」

「這個嘛，傑克，人本來就有千奇百怪的死法。一氧化碳偵測器並不是一直都很普遍——就算有裝，偶爾還是有人會中毒。用藥過量的人也一直都有，國內可是面臨鴉片類藥物濫用危機呢，如果你有注意的話。還有，西雅圖的街友營區動不動就有帳篷火災。」

他跟她說：她說得沒錯，但他還是要再多留一天開車過去看看。也許他可以找到當時在意外現場的人談一談，或甚至可能找到當時和生還者說過話的人。而且他可以親自探訪火災發生的營地。

「但這是為什麼？」她倍感氣惱地問，「要去森林裡的營地？你覺得你去了能知道什麼？」

老實說，他也不曉得。

「我還想看看她葬在哪裡。」

這點他就更沒有理由為自己辯解了。

到了早上，他開車往北越過皮埃蒙特高地，進入藍嶺山脈，這裡的景色優美到讓他暫時放下了內心的憂慮。他到了雷本加普之後要採取什麼說法，又要和誰說，此刻都還懸而未決，但他就是不禁覺得面前有某些終極的突破在等著他，不僅值得他的長途車程（跟亞特蘭大機場完全不是同一個方向）、額外一天的時間、機票改期，最要緊的是值得他冒著妻子明確的反對。一定有某些他在其他地方無法得知的真相，讓他終於能夠確定這個神祕人士是誰、她為何對他窮追不捨、他又要如何才能讓她歇手。

他在Google地圖上輕鬆找到了露營區，但是要在現實中找到那裡就困難得多，因為從他進入山區開始，手機的GPS定位就時好時壞。他決定採取傳統做法，停在克萊頓的一間雜貨店問路，在得到清楚的必要資訊前，必須先進行一段模糊的資訊交換。

「你有執照嗎？」傑克說明他在尋找的地點後，櫃檯後的男人說。

「不好意思？」

「如果你沒有，我們可以賣一張給你。」

什麼的執照？他想問，但這似乎不是打好關係的理想方式。

「噢，這樣啊，真好。」

那男人咧嘴而笑。他的鬢毛一路延伸到下顎兩角，但沒有在下巴處相接，或許是因為他下巴上有一道像寇克．道格拉斯那樣的凹痕。

「我猜，你不是來釣魚的吧。」

「噢，不是。我只是來找那個露營區。」

那男人開心（且冗長）地對他解釋，火狐營地的吸引力就在於釣鱒魚。緊鄰瀑步南方的吉力溪是個熱門垂釣地點。

「據你估計，那邊離這裡是多遠呢？」

「我想是二十分鐘路程吧。從女戰士路往東開十一英里，在林區維護道路左轉，然後大概再沿著開兩英里。」

「那裡有幾個營地？」傑克說。

「你需要幾個？」那男人笑道。

「其實，」傑克說，「我一個也不需要。我只是對那裡幾年前發生過的一件事很感興趣。你也許記得。」

對方不再微笑了。「也許喔。也許我很了解你指的是哪件事。」

那男人名叫麥克，有生以來都是喬治亞州北部居民，而無巧不成書，他還是個義消。兩年前，他所在的義消隊在一個擁擠的夏天午後被叫去火狐營地，拉開兩個打架的女人，其中一人手腕骨折。再五年前，有個女人三更半夜在帳篷裡被燒死。除了這兩宗事件之外，過去幾十年來唯一引人注意的插曲，就只是釣客沒把體型太小的鱒魚放生。

「我不懂你為什麼對那兩個松樹山來的瘋婆子有興趣，」他說，「話說回來，我也不懂你為什麼對死掉的那個女人有興趣，雖然她不是本地人，而你很明顯也不是。」

「我從紐約來的。」傑克說。這印證了那男人最糟的猜測。

「她也是嗎？」

「佛蒙特州。」

「好吧。」他聳聳肩，彷彿自己的觀點得到了證實。

「我認識她哥哥。」傑克等了一下之後說。

這個說法至少有個優勢，就是它完全屬實。

「啊。好吧，太恐怖了，當時真是慘不忍睹，那個妹妹也嚇得歇斯底里。」

傑克不敢放任自己開口答話，就只點了點頭。那個妹妹。

「所以那天晚上你也在？」傑克說。

「沒。但我隔天早上有去。已經沒有急救人員的事了，所以他們就等著我們做清理。」

「你介意我多問問這件事嗎？」

「你已經問了啊，」他說，「我要是介意，早就叫你住口了。」

這家店是麥克和他的兩個兄弟一起開的，其中一個入了獄，另外一個在倉庫忙。倉庫裡的那個約略此時冒了出來，看著麥克等他解釋。

「他想多了解一下火狐營地。」麥克對他說。

「你有執照嗎？」那位兄弟說，「如果沒有，我們可以賣一張給你。」

傑克希望他不用再走一次這套流程。「其實我根本沒釣過魚，也不打算今天開始釣。我是個作家。」

「作家都不釣魚嗎？」麥克笑道。

「我不釣。」

「你都寫什麼？電影？」

「小說。」

「虛構的小說？」

他嘆了口氣。「對。我叫傑克。」他和兄弟倆都握了手。

「你是要拿火狐營地的那個女人當題材寫小說嗎？」

如果要解釋說他其實已經寫了，未免有點太複雜。

「不是。我剛剛說了，我認識她哥哥。」

「如果你想去，我可以載你。」麥克說。從倉庫出來的那位兄弟聽了之後，表情和傑克一樣驚訝。

「真的嗎？你人真是太好了。」

「我想這邊交給李沒問題的。」

「我想也是。」那位兄弟說。

「也不是說你自己去就會找不到路啦。」

傑克認真地懷疑他無法憑一己之力找到。

他們坐著麥克的卡車，車地板上有至少四餐留下的垃圾，充滿薄荷油的味道。在緩慢駛過的十一英里鄉間小路上，傑克被迫聽了遠多於預期的碎唸，關於釣鱒活動為北喬治亞州帶來的稅收，以及稅收中回饋到當地社群的比例多麼微薄，反而被拿去州內其他地區補貼歐巴馬醫療保險政策費用等等。然而，當他們從馬路轉上一條傑克自己找路時肯定會錯過的小徑，這一切全都值得了。而就算他自己沒錯過那條小徑，他一定也會對森林裡這長達數英里的泥巴路早早投降。

「在那裡。」麥克說著關掉引擎。

小型的停車場裡有兩張野餐桌，還有一面飽經風霜的舊告示牌，寫著露營區的開放時間（二十四小時開放，晚上十點到清晨六點需保持安靜）、訂位方式（不接受訂位）、設施（設有兩間化學式流動廁所，天曉得那是什麼）、過夜費用（十美元，自行投入收費箱）。火狐營地全年開放，最長可停留天數為十四天。距離最近的城鎮是十五英里外的克萊頓，現在傑克已經再清楚不過。這裡真的是與世隔絕。

但也是個漂亮的地方，景色非常優美、非常寧靜，四周環繞著森林，他不禁想像若在深夜時分置身此地會是什麼感覺。這裡真的是你最不希望遭遇意外危險的地點，更別說是危及生命的意外。除非，你正是刻意要讓危險在這裡發生。

「如果你想看，我可以帶你去她們的營地。」

他跟在麥克後面沿著小溪走，然後左轉，經過兩三處附有營火坑和營柱的閒置營地，再往森林更深處去。

「那天晚上還有其他人在這裡紮營嗎？」

「剩下的其中一個營地有人，但你也看到營地分布的方式了，很零散地分散在不同條小徑上。就算那個妹妹知道附近有人，她可能也不知該怎麼去找人來，特別是天黑時。而且，就算她找到了人，我懷疑他們也幫不上什麼忙。當時有一對從斯帕坦堡來的老夫婦，七十幾歲了，整個睡得不醒人事，早上出帳篷來裝行李、倒垃圾的時候，才發現停車場滿滿都是救護員和消防隊，還不知道發生了什麼事。」

「所以她是走哪個方向去求救？我是說那個妹妹。跑到外面路上嗎？」

「對。這邊和主要道路有兩英里距離，她到那裡的時候路上一輛車也沒有，當然了，是凌晨四點耶。她又等了兩個小時，才終於有人經過。那時候她又往松樹山移動了兩英里，那天夜裡很冷，她只穿著夾腳拖和長T恤。很多人都沒料到山裡會變得多冷，就算在八月天也是。但我想她們是有做準備的。」

傑克皺起眉頭。「什麼意思？」

「這個嘛，她們有帶暖爐不是嗎？」

「你是說電暖爐那種？」

仍然領先幾步的麥克轉頭看了傑克一眼。

「不是電暖爐。是煤油暖爐。」

「那就是起火的原因嗎？」

「嗯，猜得好！」麥克笑出聲來。「一般人只會擔心那種暖爐產生的二氧化碳，但是你更不會想要讓它靠近任何物品、被任何東西蓋住，或是放在可能被人撞倒的地方。比較新的型號可以偵測到暖爐翻倒，發出警報聲，但她們的那個不是新的。」他聳聳肩。「總之，我們認為事情就是這樣。她告訴驗屍官說，她半夜起來上廁所，走到我們停車的那裡，去的時間總共十分鐘左右。後來，她說她可能是出帳篷時擦撞到了煤油暖爐，或是它可能倒了。她整個說得語無倫次。」

他停下來。他們在一塊大約三十英尺長的空地上。傑克還聽得見溪水聲，但是高聳松樹與胡桃樹之間的風聲已經和水聲一樣響亮。麥克的手插在口袋裡，屬於當地人的輕佻態度已不復見。

「所以就是這裡？」

「對。帳篷就在那裡。」他朝平坦的空地點了一下頭，旁邊有一個營火坑，近期並未使用。

「這裡真的是邊緣中的邊緣，」傑克聽見自己說。

「是啊，或者是宇宙的中心，如果你喜歡露營的話。」

他納悶著蘿絲和黛安娜・帕克喜不喜歡露營。他再次意識到自己對她們的了解多麼稀少，又有多少他原本以為自己知道的事其實是錯的。透過小說去了解人，就會有這種結果——不管小說是你自己寫的，或是別人的。

「她沒帶手機真是太不幸了。」傑克說。

「她有帶，但是放在帳篷裡，等她回來的時候，整個帳篷都起火了，裡面的東西也全沒了。」他停頓一下。「反正手機在這裡也不管用。」

傑克看著他。「為什麼？」

「手機啊。你剛剛不就發現了嗎？」

他的確發現了。

「你知道她們為什麼來這裡嗎？」他問麥克，「兩個女人從佛蒙特州跑來喬治亞州的露營區？」

麥克聳肩。「不知。我沒真的跟她說過話。但羅伊・波特有，他是雷本加普的驗屍官。我猜她們就只是到處旅行露營。如果你認識她們的家人，你應該比我們都更清楚吧。」他瞄著傑克。

「你說你認識她們家人。」

「我認識那個過世的女人的哥哥，但我沒問過他這件事。事發一年過後他也死了。」他用手勢比向營地。

「是喔？全家都這麼倒楣。」

「倒楣到不行。」傑克不得不同意。如果這真的是運氣使然。「你覺得那位驗屍官能跟我談談嗎？」

「沒什麼不行。我們已經離《激流四勇士》[23]的時代很遠了。我們現在對外地人很友善。」

「你們……什麼？」傑克說。

「《激流四勇士》啊。那部電影是在離這裡兩英里的地方拍的。」

他聽了忍不住全身一陣顫戰慄。

「還好你沒先跟我說！」他說，希望自己的語氣聽起來是玩笑的意味。

「不然你就不敢跟一個徹底的陌生人開車到手機沒訊號的荒郊野外了。」

他無法判斷麥克是不是在說笑。

「嘿，我可不可以請你們吃個晚餐，算是道謝？」

麥克似乎考慮得超乎尋常地久。但最後他同意了。「我可以打給羅伊問問看。」

「太好了。我們要去哪吃？」

不消說，這是個非常紐約式的問題，但克萊頓這裡的選項並不多。他跟他們倆約在一個叫

[23] Deliverance，一九七二年美國電影，涉及遊客被郊鄉居民暴力攻擊的情節。

作「克萊頓餐廳」的地方見面，然後麥克放他在雜貨店下來，去牽他的車。傑克找到一家凱藝飯店，辦了今晚的住宿。他知道他最好別打電話給安娜，連簡訊也別傳。他躺在床上看了一集《歐普拉秀》的重播，菲爾博士在其中建議一對十六歲的年輕人趕緊長大，為他們的寶寶負起責任。觀眾反感的咕噥聲聽得他差點睡著。

克萊頓餐廳是鎮上主街的一個店面，有條紋遮陽篷，還有一個告示牌，寫著**本店自一九三一年起服務本社區**。餐廳裡的桌子鋪著黑白格紋桌布，配上橘色椅子，牆上掛滿當地的藝術作品。有個女人到門口迎接他，手上端著兩盤茄汁義大利麵，頂端各加上一塊大蒜麵包。看著那兩盤麵，他才想到，自從一早在雅典市上路前隨手抓的英式馬芬之後，他就沒再吃過東西了。

「我來找麥克，」他說，並且慢了半拍地發覺他從沒問過麥克的姓氏。「還有……」他完全忘了那個驗屍官的名字。「另外一個人。」

她指向室內另一頭的一張桌子，上方掛著一幅森林的畫，跟他幾個小時前去過的地方非常相似。已經有個人入座了，是個上了年紀的非裔男子。

「我馬上過去。」女服務生說。

此刻，那個男人抬起頭來。他的臉色沒有透露任何訊息，甚至沒有微笑，也許正適合他的職業。傑克還是記不起他的名字。他走過去，伸出了手。

「哈囉，我是傑克。你是……麥克的朋友？」

「我是麥克的鄰居。」他這句糾正似乎相當認真。他對著傑克伸出的手仔細檢視了一下，然後顯然判斷他的手符合衛生標準，於是跟他握了握。

「謝謝你過來。」

「謝謝你邀請我。不常有素昧平生的陌生人要請我吃晚餐。」

「噢，我常遇到。」

這句玩笑話的效果真是糟得可以。傑克坐了下來。

「這邊什麼好吃？」

「幾乎每樣都好吃，」驗屍官說。他沒拿起他的那份菜單。「漢堡。鄉村炸牛排。砂鍋菜都很美味。」

他指著傑克肩膀後面的某個東西。傑克轉過身，看到寫著特餐菜色的板子。今日砂鍋菜是雞肉青花菜米飯。他也看到麥克進來向某個剛在門邊入座的人點點頭，然後走到室內這一端來。

「麥克。」驗屍官說。

「嗨，麥克。」

「嗨，羅伊，」麥克說，「你們在彼此認識啊？」

並沒有，傑克心想。

「是啊，沒錯。」羅伊說。

「麥克今天真的很幫忙我。」

「我聽說了，」羅伊說，「雖然我不知道他為什麼要費這麼大工夫。」

女服務生過來了。傑克點了跟麥克一樣的餐：罌粟籽雞肉、綠薯泥、炸秋葵。羅伊點了鱒魚。

「你有在釣魚嗎？」傑克問他。

「常常釣。」

麥克搖搖頭。「他是釣魚狂人。像是有魔力一樣。」

羅伊聳了聳肩，但顯然相當自豪。

「這個嘛，我不知道。」

「我真希望我有那種耐心。」

「你怎麼知道你沒有？」麥克說。

「我不知道。我猜那不是我的天性吧。」

「你覺得你的天性是什麼？」

「我覺得是去發掘事物。」

「那是天性嗎？」驗屍官說，「還是說是使命？」

「都有吧。」傑克說著煩躁起來。這傢伙只是來吃免費晚餐的嗎？他看起來又不是付不起他那份該死的鱒魚。「我對那個在營地上死掉的女人非常好奇。麥克可能告訴過你，我認識她的哥哥。」

「她們的哥哥。」羅伊說。

「抱歉？」

「她們是姊妹啊，所以，其中一個人的哥哥一定也是另一位的哥哥。還是我有漏掉什麼嗎？」

傑克吸了口氣，穩住陣腳。「聽起來，你跟我一樣對當時發生的事情有些疑問。」

「這個嘛，你錯了，」羅伊輕輕地說，「我沒有疑問。我也不懂為什麼你會有疑問。麥克說你是個作家。我現在是在接受某種寫作取材的訪談嗎？」

他搖頭。「不，完全不是。」

「還是報紙報導？某些會刊登在雜誌上的東西？」

「絕對不是。」

女服務生回來，在他們桌上放了三個塑膠杯裝的冰茶，然後離開了。

「那麼我就不用擔心在飛機上偷瞄隔壁的人看的書，然後發現我自己出現在裡面了。」

麥克咧嘴而笑。他自己或許對這種事求之不得。

「我想不會。」

羅伊．波特點了點頭。他的眼窩很深，身上穿著藍色的馬球衫，鈕釦扣到脖子，手上戴著一只寬皮革錶帶的大錶。他散發出一種令人深感不安的力量。傑克猜想那是來自死亡，來自人們對其他人做出的所有恐怖惡行。

女服務生端來他們的餐點，賣相和香味都很誘人，讓傑克一時之間差點忘了他們在談什麼。他始終不太曉得自己點的是什麼菜，但他對那道菜一見鍾情。

「你那時候也去了營地嗎？」

羅伊聳肩。這位驗屍官不像猛把雞肉鏟進嘴裡的傑克，他優雅地切著鱒魚，延緩食慾的滿足。

「我有去。我大概是清晨六點到的，已經沒什麼好看的了。帳篷幾乎整個燒光，剩下一點露營寢具、鍋子、暖爐。當然還有屍體。但是屍體完全碳化了，我拍了一些照片，然後把遺骸送到停屍間。」

「你可以多說說送去之後的狀況嗎？」

羅伊抬起頭。「具體而言，你是希望我說什麼？我手邊有一具看起來像木炭的屍體。你有聽過『公園裡的蹄聲』這回事嗎？」

傑克覺得這依稀有點耳熟，但他說沒聽過。

「你要是在公園裡聽到蹄聲，你會覺得是馬還是斑馬？」

「我不懂。」麥克說。

「你會覺得是馬。」傑克說。

「對。因為公園裡有野馬的可能性遠大於野斑馬。」

「我還是不懂，」麥克說，「哪個公園裡有野馬在跑來跑去？」

他說得有理。

「所以你是說，很明顯這個女人是被燒死的。」

「我可沒那樣說。當然，她很明顯被火燒過，但是不是被燒死的？為什麼要去現場看，這就是原因之一，要判斷一個人在火場中是否曾經移動。被活活燒死的人通常在過程中會到處移動。

已經死去或是失去意識的人則通常不會。再說，就算驗屍官心裡想的真的是馬，我們受的訓練也要求我們檢查斑馬出現的可能。考慮到事發情況，這具屍體做了一系列的PMCT。」

「PMCT？」

「死後電腦斷層掃描。檢查是否有裂傷或是金屬物件。」

「你是說例如……人工膝蓋？」

本來正準備咬下一口鱒魚的羅伊停下動作，不敢置信地看著傑克。

「我是說，例如子彈。」

「噢，這樣。所以說，沒有裂傷。」

「沒有裂傷，沒有異物。」他停頓一下。「沒有人工膝蓋。」

麥克咧著嘴笑，繼續切著他的雞肉。

「也沒有子彈。只有一位在帳篷裡被燒死的女士，起火原因幾乎可以肯定就是那個煤油暖爐，我親眼看到它側倒過來。」

「好的，」傑克說，「但是……身分辨識呢？PMCT對這個也有幫助嗎？」

「身分辨識。」羅伊說。

「嗯，對。」

驗屍官放下叉子。「你認為這個女人會搞錯跟她住在同一個帳篷裡的人是誰嗎？」

不盡然如此，傑克心想。

「但你不需要證明嗎？」他問。

「我們是在演電視劇嗎？」羅伊．波特說，「我是打擊犯罪的傑克．克盧格曼[24]嗎？我拿到一具人體遺骸，有人能夠指認身分，這在全國任何一個停屍間都是標準流程。我難道還要驗她的DNA嗎？」

驗哪個人的？傑克無精打采地想。

「我不知道。」他說。

「嗯，那麼，我跟你保證，帕克小姐走的指認流程跟其他任何證人都是一樣的。她事後接受詢問，並簽署了一份載明指認內容的宣誓陳述書。」

「為什麼是事後？你在營地或是停屍間不能跟她談話嗎？」

「她在營地時整個人歇斯底里。是，我知道這個詞現在已經不流行了。但是你要記得，當時她看著她的姊姊被燒死，又在深夜裡只穿著T恤到處跑了兩個小時想要求救。我們到了醫院之後，她的狀況還是沒有改善。要帶她來停屍間是不可能的。她沒有生病，所以沒有被收治住院，但院方也不願讓她離開。她在這裡沒有認識的人，又剛失去了姊姊。而且，她相信是因為她出帳篷時撞倒了暖爐，才造成意外的。我有一個急診室的同事只好決定對她用鎮靜劑。」

「你也沒有要求她出示任何身分證明？」

「沒有。因為我知道她的證件都在帳篷裡。她只是出去上個廁所。我不知道你們那邊是怎樣，但我們這裡的人半夜去小便的時候，都是把證件放家裡的。」

「所以，你什麼時候才有辦法跟她說話？」

「隔天早上。我跟州巡警帶她去了一間餐廳，讓她吃了點東西，她針對事件做了基本的細節描述，提供了她姊姊的姓名、年齡、住家地址、社會安全號碼。她不想通知任何人。」

「沒有家人？家鄉的朋友？」

他搖頭。

「她有說她們為什麼來這裡嗎？來克萊頓？」

「她們只是一起出來玩。她們沒有離開過她們從小住的不知道什麼地方，在北邊——」

「佛蒙特州。」傑克說。

「就是。她跟我說她們去看過了幾個古戰場，正要南下亞特蘭大，打算一路去到紐奧良。」

「所以都沒說到上大學的事嘍？」

驗屍官第一次露出真心驚訝的表情。「大學？」

「我只是聽說她們在要去雅典市的路上。」

「這個嘛，我想不是。就我所知她們只是出來玩，然後就要回北方了。很多人去亞特蘭大的路上都會經過雷本加普，也許會停下來釣魚或是露營。對我們來說沒什麼不尋常。」

「我知道她被葬在這裡，」傑克說，「黛安娜．帕克。是怎麼回事？」

㉔ Jack Klugman，1922–2012，曾演出《神勇法醫》、《十二怒漢》等影劇。

「我們有一些備用服務，」羅伊說，「提供給赤貧者，還有聯絡不到親屬的人。當時有個護士把我拉到一旁，問我說我們能不能幫這個女生一點忙。她沒有別的家人，看起來也沒有能力把她姊姊的遺體運送到別的地方。所以我們主動伸出援手，這是正確的事，基督徒應有的行為。」

「我懂了。」傑克點點頭，但他還是一片茫然麻木。他注意到麥克已經清空了盤子。女服務生再次經過時，他加點了派。傑克自己吃到一半就放棄了，或說是在羅伊用「木炭」來比喻火狐營地的屍體時。

「老實說，她同意的時候，我還有點驚訝。人有時候是很驕傲的。但是她考慮過之後接受了。地方上的一間葬儀社捐了棺材，皮凱特墓園也幫我們提供了一塊墓地。那地方挺漂亮的。」

「我阿嬤也在那。」麥克沒頭沒腦地說。

「所以過兩天，我們辦了場小小的葬禮，訂了墓碑，只刻上姓名和生卒日期。」

麥克的派送來了，傑克瞪著眼看它。他的思緒飛馳，卻沒辦法說出口。

「你沒事吧？」

他抬起頭。驗屍官看著他，眼神中的好奇多過於關切。傑克用手背碰碰自己的額頭，手放下來時都沾濕了。「沒事。」他勉強地說。

「你知道嗎，」他說，「你就把你的目的跟我們說也沒關係。你說你認識她們的家人？我半信半疑。」

「是真的。」傑克說，但這話連在他自己聽來都很沒力。

「我們驗屍官見多了陰謀論者。那些人看了電視或是讀了推理小說，就覺得每一樁死亡背後都有黑暗的陰謀、無法檢驗的毒藥，或某種我們前所未見的瘋狂手法。」

傑克虛弱地微笑。諷刺的是，他從來不是那種人。

「有沒有案子讓我想不透、讓我懷疑自己的判斷？當然有。一把槍會突然就『走火』嗎？一個人會這麼剛好在結冰的樓梯上打滑摔倒嗎？有很多事情，我永遠也無法確定，也無法輕易忘記。但這樁案子不是。我跟你說吧：這就是一個人因為暖爐翻倒而被燒死在帳篷裡的樣子。這就是一個人在突然且創傷性的狀況下失去至親的樣子。現在，你針對這些跟你素未謀面的人，問我這些敏感的問題，你心裡顯然有別的想法。不然，你認為當時是發生了什麼事？」

傑克良久沒有說話。然後他從外套口袋裡取出手機，找到那張照片，拿給他們看。

「這是誰？」麥克說。

驗屍官仔細地看著。

「你知道嗎？」傑克說。

「我應該知道嗎？我沒看過這女孩。」

很奇怪，傑克對此主要的感覺是鬆了一口氣。

「這是蘿絲．帕克。我的意思是說，真正的蘿絲．帕克，以及，她不是黛安娜．帕克的妹妹，而是她的女兒。她十六歲，當時正要去雅典市入讀大一。但是她沒去成。她就在克萊頓這裡，在你們捐的棺材裡，埋在你們捐的墓地，立著你們捐的墓碑。」

「媽的，這太扯了。」麥克說。

然後，經過漫長而令人深深不安的一刻，羅伊・波特竟然笑了起來。他的笑容越來越大，最後當真放聲笑出來。

「我知道這是怎麼回事了。」他說。

「怎麼樣？」麥克說。

「你真應該感到羞恥。」

「我不懂你的意思。」傑克說。

「那本書！就是去年大家都在看的那本書。我太太看了，看完之後跟我講了故事情節。那個媽媽殺了女兒，對不對？然後假冒成她？」

「噢，你知道嗎，」麥克說，「我有聽過那本書。我媽的讀書俱樂部有看。」

「書名叫什麼？」羅伊說。他依然盯著傑克看。

「我不記得了。」麥克說。傑克雖然記得，但他一語不發。

「就是這麼回事！你就是想要編這種故事對吧？」驗屍官站了起來。他個子不高，卻能用一種居高臨下的銳利眼神看著傑克。他現在一點笑容也沒有。「你在那本書裡面讀到了那套瘋狂的情節，就想要把這裡發生的事件扭曲成跟它一樣。你是神經病嗎？」

「該死」是麥克貢獻的意見。他也正要站起來。

「是有多可悲——？」

「我沒有——」傑克逼自己把話講出來，「——編故事。我是想查出發生了什麼事。」

「就是我跟你說的那樣，」羅伊．波特說，「那個可憐的女人在意外火災中喪生，我只能希望她妹妹可以放下這件事，繼續過她的人生。我不知道你手機裡照片上的這個人是誰，況且我也不知道你是誰，但我認為你暗示的事情很病態。皮凱特墓園裡葬的是黛安娜．帕克。埋葬了她之後，她妹妹過了一兩天就離開鎮上。她有沒有來掃過墓，我也不曉得。」

嗯，我可不敢賭，傑克一面看著他們兩人離開，心中一面想。

28 終點

之後，他點了一塊跟麥克一樣的派，加上一杯咖啡，然後坐了頗長一段時間，試著把事情想清楚，但每次他感覺到快要掌握住全局時，思緒就再度溜走。真相比虛構更離奇，這本身就是一項普世認可的真理，但如果這是真的，為什麼我們總是如此抗拒？

一對母女，彼此的惡意互相交纏——這在日常的家庭生活中屢見不鮮。

一對母女，能夠對彼此施加暴行——謝天謝地，這種案例比較稀少，但也絕非聞所未聞。

一個謀殺親生母親、設法從中獲利的女兒——這是聳動真實罪案報導的題材：是很聳動，但也是真實的沒錯。

但若是一個母親奪走親生女兒的性命，再搶來她的人生當成自己的來活？那就是傳奇故事了。那就是百萬暢銷小說的情節，可以給伊凡．帕克所謂的「A咖導演」改拍成電影。那就是喬治亞州克萊頓鎮某個人的母親會在讀書俱樂部裡讀到的情節，還能在西雅圖賣出兩千四百張新書活動入場券，讓作者登上《紐約時報》暢銷排行榜和《詩人與作家》雜誌的封面。傑克認為，這是個好得要命的故事，雖然他並沒有要了任何人的命；他只是把這個故事從地上撿起來。當然，伊凡・帕克曾經說這是他的故事，曾經也確實是如此。但是他或許也可以說：**這是我妹妹對她女兒做的好事**。他也可以說：**這個故事要是說出來，可能會有人來找我算帳，因為我沒有資格透露**。他或許也會說：**這個故事不值得賠上人命**。

傑克付了帳，離開克萊頓餐廳。他回到車上，找了前往墓園的路線，途經雷本郡歷史學會，然後在皮凱特丘街上左轉，開上狹窄又蔓草叢生的小路，通往森林裡。過了約莫半英里之後，他經過墓園的路標，讓車子緩速前進。現在已經是白天的最後一小時，他感覺自己迷失在樹林裡。他想著這趟不情不願、不請自來的冒險帶著他去了多少地方：從拉特蘭鎮的酒館，到雅典市的廉價公寓，再到喬治亞州北部這片荒涼的林中空地。這裡感覺就是終點了。的確，去完這裡之後，還能再去哪裡？不論如何，一切都會歸結到這塊地和地下已燒毀的屍體。在步道的盡頭，他看到了墓碑。

這裡的墳墓數量很多，至少有一百座，他最先看到的是一八〇〇年代的，有皮凱特家、拉米家、蕭克家、韋朋家，有上過兩次世界大戰戰場的老翁、只活了短短幾年或幾個月的孩子、合葬的母親與新生兒。他好奇自己是否也有經過麥克他阿嬤的墓，或是其他接受克萊頓鎮的慷慨援助而下葬的孤苦窮人。現在陽光暗得很快，天上剩下一片深藍，西邊的森林透出橘光。顯然，這裡是個適於長眠的寧靜之地。

他終於在空地的邊緣找到了那座墳。那塊墓地只有一塊簡單的石碑，平放在泥土中，顏色有點帶紅，上面是墓中人的姓名：**黛安娜・帕克，1980–2012**。簡單、輕描淡寫，卻恐怖得讓他呆立在原地動彈不得。「妳是誰？」他大聲說了出來，但這只是純粹的修辭性問句。因為他知道答案。他在派克家的房子看到舊的鳳梨花紋噴畫門框時就知道了，而他在喬治亞州找來談話的每個人——憤怒的律師、認不出蘿絲．帕克高中曲棍球隊照片的清潔工、態度想當然耳又充滿防衛性的驗屍官——都讓他更加篤定。他想要跪倒在地，把土挖開，直到能觸及那個可憐的女孩，在她母親的生命中既是累贅也是工具。但就算他真的挖穿了喬治亞州的土壤，一路挖到她受捐贈而來的棺材，裡面除了幾把塵土之外又能找到什麼呢？

他在最後的夕陽餘暉下拍了一張墳墓的照片，傳給他的妻子，只補註了死者的正確姓名。剩下的就要等到回家再面對面說了。他到時候就會說明，當時這裡究竟發生了什麼事：一個即將逃離家鄉的年輕人最後淪落到喬治亞州森林中的墓地裡，墓碑上還刻著她母親的名字。他低頭看著泥土，彷彿能夠看到那個被謀殺的女孩已遭焚毀並埋葬的遺骸，他突然想到，這個奇異無比的故事需要有人完整重述一遍，而且不再是以小說的形式。其實，也許寫出蘿絲．帕克的真實故事，就是這起事件始終要帶領他前往的方向，給他一個前所未有的機會，把他的書、他奇蹟似的《搖籃》重寫第二次，揭露其背後連作者都不知情的真實故事。瑪蒂達消化了起初的不適感之後，一定會倍感興趣，然後興奮不已。溫蒂光是聽到開頭就會樂不可支：作者親筆解構自己寫下的全球暢銷書？太驚人了！

就算傑克必須為了寫這本新書而坦承關於他過往學生伊凡．帕克的種種，他仍然可以控制這套敘事，呈現出他的反省，並且代表每一個跟他一樣的長短篇小說家思索「何謂小說」、「小說是如何創造的」這些深刻的問題！《搖籃》的二次重述會成為一則後設敘事，能為所有的作者辯護，喚起所有的讀者共鳴，重述這個故事更會顯得他擁有藝術家的勇氣與膽識。

再說，如果他不能用他獨特的聲音，講出只有他一個人能講的故事，那麼當個知名作家又有什麼意義呢？

墓園裡，最後一抹天光在他周圍暗了下去。

汝等強人，且看我的功績，暗自絕望吧！

除此之外，沒有別的事物會留下。

《搖籃》

傑克．芬奇．波納著
紐約：麥克米蘭出版社，2017／頁245-246

她在德國村的東惠提街上租了一間小房子，離校園大約五英里遠，附近環境安靜，沒有太多俄州大的學生。她還是在做巴賽特醫療保險公司的帳務工作，但通常只在夜間處理，白天的時間留給課堂：歷史、哲學、政治學，全都是享受，就算有期末報告，就算有大考，就算她必須隱身在哥倫布校區的六萬名學生之中，永遠不能跟老師們太過熟稔；她一心掛念、埋沒已久的目標重生了，也達成了，帶給她深深的狂喜，伴她度過新生活的每一天。如果沒有那十八年的停擺，她現在會在哪裡？也許會當上律師或教授之類的？還是科學家或醫生？也許甚至會是個作家呢！真是令人不敢想像。她現在來到了一個她過去曾完全放棄希望的地方。

五月底的一個下午，她回家時發現了一位最不想見到的訪客，嘉比坐在門前的台階上等她，帶著一個可憐的小背包。

「我們進去吧，」珊曼莎說著把她推進客廳裡。門一關上，她就逼問道：「妳在這裡做什麼？」

「我從學校註冊處拿到瑪莉亞的地址。」那女孩說。她個子還是很小，但是多了一層肉。

「我本來不知道妳也在這裡。」

「我幾個月前才搬來，」珊曼莎簡短地說，「我把房子賣了。」

「是啊，」她點點頭，扁塌的頭髮垂到臉頰上。「我聽說了。」

「我跟你說過，她現在有別的女友了。」

「不是啦，我知道。我只是要開車去西岸了，想試著去那裡住看看。我還不確定會去哪裡，也許是舊金山，也許是洛杉磯。我想說我會路過哥倫布，所以……」

這個女孩子還真常路過。

「所以？」

「我只是想說，如果能見瑪莉亞一面那就太好了。妳知道的，把事情做個……」

結束？珊曼莎心想。她對這個詞有種特別的反感。

「結束。」

「噢。當然。這個嘛，她現在人在學校，但應該再一個多小時就回家了。我去給我們三個人買個披薩吧，妳要不要跟我一起來？」

於是嘉比跟來了。珊曼莎肯定不想要她在只有單間臥室的房子裡到處打探，懷疑瑪莉亞睡覺的地方在哪。她們開車去珊曼莎常光顧的路易吉披薩店時，她問了嘉比一些禮貌性的問題，得知她完全不打算再回到家鄉，或是跟老家的人維持任何關係（跟珊曼莎一樣）。嘉比的全部家當都裝進了那輛現代Accent小房車，跟她一起勇敢地開向西岸。等到做了這個小小的結束之後，她打算就要名副其實地駛向夕陽裡了。除非她在哥倫布這裡有了些什麼不幸的發現，促使她回到厄維爾，珊曼莎如此想。但說真的，在這個時間點，任何發現都很不幸，不是嗎？「等我一分鐘。」她進去店裡拿披薩時說。

稍後，嘉比在屋裡的小餐廳擺了三人份的餐具，珊曼莎在廚房檯面上用金屬鍋鏟磨碎一把花生，再放到油膩的義式臘腸薄片下。

當然是義式臘腸口味了。

因為她記得。

因為她是個好母親。就算她不是，現在也沒有人會反駁她了。

29 真是白費力氣

他到家時，安娜不在，但是爐子上有一鍋綠濃湯，桌上開了一瓶梅洛紅酒。兩組Pottery Barn的餐具令他振奮的程度超過了常態——也超過了湯和酒——但畢竟：他回到家了。這件事本身就已非常足夠。不過，去把事情搞清楚也是值得的。

他走進臥室，卸下行李，拿出他開車回亞特蘭大機場時買的那瓶酒廠溪波本威士忌。然後他打開筆電，不敢置信地發現他的官網又轉寄來一則新訊息。他盯著那則訊息，然後做了深呼吸，點開它。

以下是我一兩天內就將發布的聲明。在公開之前，有哪邊想修改嗎？

二〇一三年，傑克・芬奇・波納在雷普利學院「任教」期間，遇見一個名叫伊凡・帕克的學生，該生向他分享了自己正在寫作的一部小說。同年稍晚，帕克突然死亡，此後波納推出了小說《搖籃》，而未曾提及它真正的作者。我們要求麥克米蘭出版社盡到尊重作者原創性的責任，並且從市面上回收這部欺詐性的作品。

訊息中特意強調了他後天製造的中間名——很惱人，但這不算是什麼祕密：傑克在數不清的訪談裡提過他對《梅崗城故事》和阿提克斯．芬奇這個角色的喜愛。攻擊他作為教師的價值——這則是新招，而且惱人的程度更勝一籌。訊息主旨表示要立刻公開這段聲明，還暗指他不只從不幸的「真正」作者手中偷了《搖籃》的情節，連每一個字也都是偷的。還有，傑克是犯了無可否認的被害妄想，還是訊息內容中真的也暗示他必須為那位真正的作者、他的前學生的死亡負上某種責任？

綜合考慮下來，傑克應該要被這波最新的攻擊嚇得不輕，但當他坐在自己的床緣，等待那則訊息帶來的糟糕感受從他身上通過，卻不感到害怕。比如說訊息裡用的「我們」散發著軟弱感，就像航空大學炸彈客虛構出不存在的共犯，或是其他躲在地下室、自認在進行偉大任務的孤狼狂人會做的那樣。甚且，傑克現在理解到，對方跟他一樣想避免曝光。他們的對話到目前為止都是單向的，但這一次，他該按下「回覆」鍵的時候到了，他要表明他知道她是誰，也準備將她的故事公諸於世，而且這一次不會像他先前在渾然不覺中寫下的那版故事，這次他會用確切的、事實性的描述來寫出她對親生女兒做了什麼，並且揭露她所使用的虛假身分。而這本身不也是個頗富吸引力的故事嗎？足以登上《時人》雜誌封面的那種吸引力？傑克坐著享受了一個格外愉快的片刻，在心中草擬他要寄給她的第一封——若幸運的話，也會是最後一封——電子郵件：

如果妳不閉上嘴、滾出我的生活，以下是我預計發布的聲明。有哪邊想修改嗎？

二〇一二年，一個名叫蘿絲．帕克的年輕女子橫死於親生母親手中，她的母親偷走了她的身分，盜用了她在喬治亞大學的獎學金，偽裝成女兒的身分生活至今。她目前正在騷擾一位知名作家，但是她本人也頗有聲名大噪的資格。

他聞到湯的味道，還有裡面那些健康的綠色蔬菜。惠德比跳到他腿上，興致勃勃地看著桌面，但是桌上沒有牠的餐點，於是牠溜去安娜挑的那張蓋著織毯的沙發。那是她改善他生活的努力之一。她本來顯然不希望他去喬治亞州，但等到他告訴她在那裡發現的一切，她一定就會明白為什麼去那一趟是正確的選擇，而且會協助他將這次帶回的資訊做最妥善的利用。

他聽到門開了。她帶著一條麵包回家，向他道歉說沒有在家等他回來，他擁抱她，她也回擁，他的全身洋溢著他原本不知道自己如此渴求的放鬆感。

「看看我買了什麼。」他說著把那瓶波本遞給她。

「太好了。但我想我不該喝。你知道，我再兩個小時就得出發去拉瓜地亞機場了。」

他看著她。「我以為是明天。」

「不是。紅眼班機。」

「妳要去多久？」

她不確定，但她想要盡量縮短時間。「所以我才要搭晚班機。我會在飛機上睡一覺，然後直接從機場去倉庫。我想我可以在三天內搞定，包括工作的事情。如果有需要，我會再多待一天。」

「希望不用，」傑克說，「我好想妳。」

「你想我是因為你知道我氣你跑那一趟。」

他皺眉。「可能吧。但無論如何我就是想妳。」

她去盛湯，回來時只拿了一碗。

「妳不吃嗎？」傑克說。

「等一等。我要先聽聽發生了什麼事。」

她將剛剛出門買的麵包放在砧板上，給他們兩人都倒了酒，然後他開始把離開雅典市之後得知的每一件事告訴她：往北開進山區的車程、在雜貨店的巧遇、林中深處偏遠到聽不見溪流聲的營地。他把用手機拍的照片拿給她看時，她看得直瞪眼。

「看起來不像是有人被燒死的地方。」

「嗯，已經過了七年。」

「你是說，帶你去那裡的那個人，當天早上也在現場？」

「對。他是義消。」

「還真是幸運的巧合。」

他聳聳肩。「我不知道。就是小鎮吧，出了事情總會牽扯到許多人——救護員、警察、消防員、醫院工作人員。驗屍官還是那個人的鄰居呢。」

「而他們兩個就這樣坐下來跟一個陌生人知無不言？感覺有點不對勁吧？」

「會嗎？我想我是應該感激。至少他們讓我不用在整個雷本加普的墓園裡拿著手電筒到處打探。」

「什麼意思？」安娜說。她重新斟滿傑克的酒杯。

「這個嘛，他們跟我說了墓地的位置。」

「就是你傳照片給我的那個墓地嗎？」

他點頭。

「喂，我得請你講得明確一點。我想確定我有完全聽懂你現在說的事情。」

「我是說，」傑克說，「蘿絲．帕克被埋在一個叫皮凱特丘的地方，就在喬治亞州的克萊頓鎮外。墓碑上的名字是黛安娜．帕克，但其實那是蘿絲。」

安娜似乎需要一點時間整個想過，想完之後，她問他覺得湯好不好喝。

「很美味。」

「那好。這是我們之前喝的那鍋剩下的一半，」她說，「就是你從佛蒙特州回來時的那鍋。那天晚上你跟我說了伊凡．帕克的事。」

「湯專治纏繞的愁緒。」他回想起來。

「沒錯。」她微笑。

「我真希望自己沒有等這麼久才告訴妳。」傑克說著將沉重的湯匙舉到嘴唇邊。

「沒關係，」她說，「喝吧。」

他依言照辦。

「那麼，既然我們要來徹底談談，你覺得這到底是怎麼一回事？」

「二〇一二年八月，黛安娜．帕克像成千上萬的其他家長一樣，送她的孩子去上大學。也許，就像大部分其他家長一樣，她對孩子離家感到五味雜陳。很明顯地，蘿絲聰明過人，她只花三年就讀完四年制高中且申請到大學，不是嗎？」

「是嗎？」

「看起來還拿到了獎學金。」

「天才少女。」安娜說。但她聽起來不以為然。

「她一定很急著要逃離她母親。」

「她恐怖的母親。」她翻了個白眼。

「是的，」傑克說，「她可能也非常有企圖心，就像她母親以前一樣。但是黛安娜從來沒成功離開西拉特蘭鎮，因為懷孕，因為嚴厲的父母，還有漠不關心的哥哥。」

「別忘了還有那個把她肚子搞大，然後一副事不關己的男人。」

「是啊。所以她就這樣載著女兒，兩人都從來不曾如此遠離她們唯一住過的地方，而她知道女兒再也不會回家了。十六年來，她把自己的人生擱在一旁，來照顧這個人，而現在砰一聲，全都結束了，她要走了。」

「甚至連一句謝謝都沒有。」

「好吧，」傑克點頭。「也許她就想：為什麼不是我？為什麼我不能擁有這樣的人生？所以，意外發生的時候——」

「說明一下這個意外。」

「嗯，她告訴驗屍官，她可能在半夜出帳篷時撞倒了煤油暖爐，她從廁所回來時，整個帳篷已經燒起來了。」

安娜點了點頭。「好吧，那就是意外。」

「驗屍官也說她整個人歇斯底里。這是他的原話。」

「沒錯，歇斯底里不可能是裝出來的呢。」

他皺眉。

「繼續說。」

「所以，意外發生之後，她就想：**這真是太悲慘了，但人死不能復生。眼前有一筆獎學金在等著，回頭就什麼也沒有。她又想：喬治亞州沒有人認識我。我會住在校外，上上課，想清楚我要怎麼過自己的人生。**她知道她的外表沒有年輕到可以自稱是一個三十二歲女子的女兒，所以也許她就自稱是死者的妹妹，而非女兒。但是，從她駛離克萊頓鎮的那一刻起，她就成了蘿絲·帕克，她的母親在一場悲劇性的火災中喪生。**燒死的。**」

「照你這樣子說，她的作為聽起來幾乎是合理的。」

「這個嘛，她的作為是很可怕，但並非不合理。她顯然涉及犯罪，因為我們所說的行為至少包括了竊盜、身分竊盜，還有竊取她女兒的入學資格、竊取實際的獎學金。但這對一個不曾實現夢想的女人而言，這是意料之外的機會，何況她也還年輕。三十二歲，比我們現在都年輕多了。妳不覺得在三十二歲的時候，在生命中做出重大的改變仍然是可能的嗎？看看妳！妳年紀比她大，但還是離開了妳認識的所有人，橫越全國搬到東岸，結了婚，這一切都只是……八個月還是多久之內的事？」

「好吧，」安娜表示贊同。她把最後一點梅洛紅酒倒進傑克的杯子。「但我不得不指出，你好像一直在幫她找藉口。你真的有這麼善解人意嗎？」

「這個嘛，在小說裡面——」他開口，但她打斷話頭。

「誰的小說？」安娜靜靜地說。「你的，還是伊凡的？」

他試著回想伊凡交到雷普利的作品裡有沒有寫到這一段。當然沒有。伊凡．帕克是個業餘者。他對這兩個女人表面下的內心世界能夠探索到多少深度？在理查．彭大樓的那天晚上，帕克述說了他獨樹一格的故事情節，但沒有費神談論黛安德拉（他為母親的角色取的名字）和露比（他為女兒的角色取的名字）的複雜性；姑且假設他有能力寫完一整本小說，他又能把這方面發展得多好？

「在我的小說裡面。珊曼莎是個挫折感很重的人，而且愁苦不樂。這些特質就像為惡的天性一樣，能夠慢慢地腐化你。我總是覺得她這個人落入了失望的深淵，逐漸受到影響，再加上看著女兒自己準備離家，就導致了駭人的結果。事情發生的時候算是意外，或至少不是事先計劃預謀過的。她又不是——」

「反社會人格？」安娜說。

他發自內心感到訝異。當然他曉得這是絕大多數讀者的看法，但是安娜先前並沒有如此評論過這個角色。

「所以界線就是劃在這裡嗎？」他的妻子問道，「我們任何人遇到相同情況都可能做出的事情，和只有真正邪惡的人才會做出的事，就差在是否預先計劃？」

他聳聳肩。他的肩膀拱起又放下的時候，感覺沉重得不可思議。「界線劃在這裡好像還不錯。」

「好吧，但這只牽涉到你虛構的角色，無關於這個真實存在的女人。你無法知道她腦子裡在想什麼，或是她可能還做過什麼事，不管是在這項未經計劃的行動之前或之後。我是說，誰知道這個黛安娜．帕克還有什麼打算？你自己說過，她家族裡的人好像都不會生病似的。」

「確實。」他點點頭，他的頭往前傾時一陣暈眩。他針對這一樁可怕的事件寫了一整本小說，但他還是不能完全接受世上有個真實存在的母親做得出這種事。眼睜睜看著自己的孩子死掉，然後頭也不回向前走？「我是說，」他聽到自己這麼講，「很令人不敢相信，對不對？」

安娜嘆了一口氣。「天地之間的事物比你的哲學世界裡的空想豐富多了，傑克。你要再喝點湯嗎？」

他想。她起身去裝湯，又裝回滿滿的、熱騰騰的一碗。

「真好喝。」

「我知道。是我媽媽的食譜。」

傑克皺眉。他對這句話有些疑問，但他想不起來要問什麼。蔬菜、羽衣甘藍、大蒜、雞湯，絕對滋味鮮美，他可以感覺到湯的熱度在他體內擴散。

「你傳給我的墓地照片，看起來是個挺漂亮的地方。我可以再看一次嗎？」

他的手伸向手機，試著幫她找那張照片，但這個動作不像原本那麼簡單了。他滑動瀏覽時，照片一直前後跳動，怎麼都找不到正確的那一張。「這裡。」他終於說道。

她握著手機，專注地看著。

「那個石碑，很簡約，我喜歡。」

「好喔。」傑克說。

她抓起了她的一條灰髮辮，將髮尾繞在手指上轉呀轉，那動作幾乎有催眠的效果。她的模樣有很多讓他喜愛之處，但是他這會兒想到，他最愛的就是那頭銀髮。想到她的秀髮散開的樣子，讓他的腦袋裡像是有什麼重重的東西跳了一下。他出了好幾天的遠門，經歷了好幾個月的擔憂，現在，終於把這些線索拼湊起來之後，他感覺到深深的疲累，只想爬上床睡一覺。也許她今晚出發並不是件壞事。也許他需要一點時間復原。也許他們都需要獨處幾天。

「所以，那場意外之後，」安娜說，「我們這位哀痛的母親就繼續往南走。生命給你檸檬，就拿來榨檸檬汁對吧？」

傑克點了點他沉重的頭。

「然後她到了雅典市，就用蘿絲的名字註冊入學，然後申請到大一這年外宿的許可。所以我們掌握到的是二〇一二到二〇一三年的這個學年。之後又發生了什麼事？」

傑克嘆道：「嗯，我知道她離開了學校，再之後我就不曉得她在哪裡，或是去過哪裡，但那其實也不要緊。她不想要她真正的犯罪行為曝光，就像我不想要我想像性質的罪行被暴露。所以，明天我會寄封信給她，叫她滾蛋，順便把副本寄給那個混帳律師，確保她有收到訊息。」

「但你不想知道她現在人在哪裡嗎？還有她現在的名字？因為她一定有改過名字。你甚至不知道她的長相，對不對？」

她將他的碗拿到水槽沖洗，也洗了他的湯匙和用來加熱湯的鍋子，然後把這些餐具全都放進洗碗機，按下開關。她回到餐桌邊，高高站在他身旁。「我們可能該讓你躺下來才好，」她說，「你看起來真是累壞了。」

他無法反駁，也不想嘗試反駁。

「但還好你喝了湯。我媽媽只給了我少少幾樣東西，其中之一就是那道湯。」

這下他想起來他想問她什麼了。

「妳是說，羅伊斯小姐嗎？那個老師？」

「不，不是，是我真正的媽媽。」

「但是，她死了。妳還那麼小的時候，她就開車掉進湖裡了。她是開車掉進湖裡嗎？」

突然間，安娜笑了起來。她的笑聲宛若音樂，輕盈又甜美。她笑得好像這一切——湯、老師、開車掉進愛達荷州某座湖裡的媽媽——都是她所聽過最好笑的事。「你真是可悲。哪個有自尊的作家會不知道《管家》的情節？愛達荷州的指骨鎮啊！照顧不了自己也照顧不了外甥女的阿姨啊！幹，我甚至連老師的名字都沒有改！我並不是覺得這樣沒有風險。我想我是要命運來幫我證明吧。」

他想問她要證明什麼，但是他的喉嚨要同時做呼吸和說話兩件事，突然變得跟雜耍舞刀同等困難，而且，他已經知道答案了。說真的，偷走別人的故事能有多難？任何人都做得到——甚至不用是個作家。

不過，這之中還是有他想不通的地方。其實，他現在能夠理解的，似乎就只剩下少少幾件事，他僅剩的專注力全都聚焦其上，就像你受困在大雪中即將死於凍傷時流向重要器官的血液。第一件事：安娜就快要出發去機場了。第二件事：安娜似乎知道一些他不知道的事。第三件事：安娜還在生他的氣。他沒有力氣把三件事都問完。他只問了最後一件，因為他這會兒已經忘了前兩件是什麼。

「妳還在生我的氣，對不對？」他說，每個字都說得極度小心，以免被誤解。她點了點頭。

「嗯，傑克，」她說，「我得承認你說的是真的。我已經生你的氣非常久了。」

30 小說家的入微觀察

「我本來還沒打算要這麼做，」安娜說。她的手肘彎處繞到他的手臂下，把他抬起來，或也可能是幫著他站起來。他不知何時變得輕盈無比，再不就是公寓的地板適時地轉了個四十五度。她緊緊抓著他，一起經過了有蓋毯的沙發，他們走過去時，沙發滑到了牆面上，但是又明明沒有動，真是太神奇了。「本來還不用急。但你偏要像溫西爵爺[25]一樣到處跑來跑去打探，我真的是不懂你這股非要把每件事都摸透的衝動。還有你那些狂飆暴衝的情緒！如果你到頭來要對自己的行為這麼困擾，一開始為什麼要去偷人家的故事？等到木已成舟了才來自我折磨。真是白費力氣，尤其是我明明就在這裡，而且我做得這麼好。你不覺得嗎？」

他搖起頭來想說「不」，因為他沒有偷故事，但他接著理解到她確實做得很好，於是他點了頭。她可能根本沒注意到他的搖頭或點頭，她扶著他緩緩走向他們的臥室，他在她旁邊拖著腳步，手臂搭在她的肩膀上，她緊抓著他的手腕。傑克的頭低低垂著，但還是看得到貓掠過他們身邊衝向客廳。

「我有些藥可以給你吃，」安娜說，「以及，我覺得我未嘗不能把我的故事告訴你。因為，如果說我最了解你哪一點，那就是你對好故事有多麼欣賞。用我**特別的**聲音講述我**獨一無二的**故事，你覺得有何不可？」

他不覺得。但他再一次失去了理解問題的能力。他坐在床上，她把膠囊拿給他，每次給三、四顆，他雖然不想，還是把它們全部吞下了。「很棒。」她每給他一把藥之後都這麼說。他喝了杯子裡的水，然後杯子放到了床頭桌上，就在空藥瓶的旁邊。他想知道那是什麼藥，但是真的要緊嗎？

「嗯，我們還有幾分鐘的時間，」安娜說，「你有什麼特別想問我的嗎？」

我有，傑克心想。但是他現在想不起來。

「好吧，那我就想到什麼講什麼了。如果你已經聽過了，就打斷一下。」

好，傑克說，雖然他沒有真正聽到自己說話的聲音。

「什麼？」安娜說。她從她的手機上抬起視線。那其實是他的手機。「你口齒不清的。」她說。然後她繼續進行手邊的不知道什麼事。

「我不想當那種整天在為自己童年怨嘆的人，但你得要知道，我們家的一切都是繞著伊凡打轉。伊凡和橄欖球、伊凡和足球、伊凡和女孩子。那傢伙根本是個弱智，但你知道家家有本難唸的經。他是帕克家的驕傲！得分達標、每科都及格——哇！就算他開始嗑藥，他們還是覺得他連

㉕ Lord Peter Wimsey，英國推理作家桃樂西·榭爾絲筆下的貴族偵探，總在向人攀談問話蒐集情報。

屁眼都會發光。至於我呢，不管我多聰明、成績多好、未來的志願是什麼，我都一文不值。所以，不管伊凡怎麼到處把女生肚子搞大，他都一樣是個小天使，可是我懷了孕的時候，他們就覺得自己有責任處罰我，讓我一輩子脫不了身。就是那套：**妳要從高中輟學，留下這個小孩，因為妳活該**。沒有機會墮胎，沒有將嬰兒出養的選項。其實你描寫這段的方式很精確。當時我遭遇的完全就是這樣。不過這不是讚美你的意思。」

他也不覺得是。

「所以，我生了這個我不想要、他們也不想要的小孩，退了學，整天和她待在家裡，聽我爸媽吼說我讓全家蒙羞。有一天早上，他們出門了，我聽到地下室傳來嗶嗶聲，一氧化碳偵測警報器響個不停，我本來不知道那代表什麼，但我研究了一下。我把電池拿出來，換了兩個沒電的進去。我不知道那樣會不會有效，或是要花多久才會生效，也不知道遭殃的會是我們家裡哪個人。我把我房間的窗戶打開了，小孩在裡面，但老實說，不管發生什麼事我覺得都沒差。」

她暫時打住，湊近到他上方。她在檢查他的呼吸。

「你想要我繼續說嗎？」

但不管他想不想，都不重要了不是嗎？

「我盡力了。那不是什麼好玩的事，但你懂的，我當時覺得就剩我們倆相依為命了。沒有人可以依靠，如果我失敗了，也沒有人可以責怪。我承認，我的同學都畢業之後，我就有點失去動力了。我開始想，也許我就是註定要為了這另一條生命放棄我自己的人生。我以為我可以心平氣和地接受，而且，我也不反感那種你和小孩之間應該有的連結，互相陪伴什麼的。但是那個女孩子啊——」

手機響了一聲提示音。是他的手機，她拿起來看。

「噢，你看，」安娜說，「瑪蒂達說你的法國出版社給你的新小說提了五十萬的報價。我過兩天會回覆她，雖然我覺得到時候，你的法國出版社就不會是我們最緊迫要處理的事了。」她停頓一下。「我剛說到哪？」

貓跑回來跳到床上，佔了牠最喜歡的其中一個位置，窩在傑克的右小腿旁邊。

「十六年來，她沒有任何一點真情流露。我發誓，連我要餵奶的時候，她都把我推開。她寧可不吃不喝，也不想在肢體上親近我。她訓練自己上廁所，讓我在這一點上沒有能力控制她。我知道她在拉特蘭鎮連一天也不打算多待，但我以為她至少會循著正常的步驟——高中畢業，也許到柏靈頓去。但蘿絲偏不是。她十六歲那年，有一天就這麼下樓來告訴我，她暑假結束時就要離開了。晴天霹靂。我甚至不能跟她說沒錢讓她去念千哩遠的外州大學。她有獎學金，有宿舍寢室，甚至還有南方那邊某些好心人捐贈的生活費。我說我想要至少帶她過去，我看得出她甚至連這也不想要，但她從實際層面思考，就知道這對她是方便的。她知道她再也不會回家了，所以她讓我開車，我讓她幾乎把整輛車裝滿她想帶的東西，只留下一點點空間放我的行李。但你知道嗎，我自己想帶的東西也不多，只有幾件衣服和一個舊煤油暖爐。」

他使盡全身的力氣，把頭轉向她。

「那不是意外，傑克。就算用你所謂偉大的想像力，你也想不清這件事。也許你對母愛這個概念有點性別盲，彷彿一個母親絕不可能這樣做。如果是父親的話，當然可能，他們殺掉自己的小孩時，沒人會眨一下眼睛。但是換成一個身上長了子宮的人做出同樣的行為，世界就砰一聲爆炸了。如果你仔細想想，這真的是性別歧視對吧。伊凡就沒有這個問題，如果你心裡在納悶的話。在他的版本裡，我在半夜拿著一把雕刻刀走向我青春期的女兒，然後把她埋在後院。但畢竟他確實了解我，而且別忘了，他也了解我女兒，他知道她個性有多賤。」

那個字眼喚起了傑克的某段記憶。但他想不到是什麼。

安娜嘆了口氣。她還拿著傑克的手機，正在滑著照片，一一刪除。他從很遠的距離以外感覺到惠德比對著他的腿打呼嚕。

「我讓那些鄉巴佬把她埋了，」安娜說，「人看到悲劇發生時，總是會想出一份力。我本來也很樂意親自處理，把遺體火化——反正都已經燒了一半嘛，然後把骨灰撒一撒什麼的。我在這方面並不感情用事。但他們主動提議，又包辦了所有費用。所以我就說，**我真不敢相信你們這麼善良，你們讓我對人性又充滿了信心，我們一起祈禱吧**。然後我就前往雅典市。」

安娜低頭對他微笑。「你對雅典市究竟有何感想？你可以想像我住在那裡嗎？當然，我那時很低調，不參與任何社交活動，反正不是兄弟會就是足球，那些大捲髮女生跟南方男孩，大家都住在寒酸的公寓社區裡。我告訴他們說我母親剛過世，我很希望能獨處，就這樣拿到了外宿許可。我甚至不用進去宿舍事務組，太走運了。我的外表一直比實際年齡小，但我很清楚我看起來不像十六歲。特別是我的頭髮這樣之後。」她停下來，對著他笑。「我跟你說那是我媽媽過世時的事，所以也算是真話。總之，我在喬治亞州時把它染成金色。」她咧嘴而笑。「幫助我融入環境，變成隨處可見的金髮女大生。」

他用盡全身的每一分力氣想轉到側面，背向她，但就是辦不到。倒是他的頭在枕頭上移動時，讓他模糊地看見半空的水杯和全空的藥瓶。

「是維柯丁，」她幫了他一把。「還有一種叫鎮頑癲的，是我的不寧腿症用的藥，能幫助鴉片類成分生效。你知道我有不寧腿症嗎？嗯，其實沒有，我只是聲稱我有。它沒有確切的檢測方法，所以你只需要去跟醫生說：『醫生！我的腿有一股強烈的、無法抑制的衝動想要亂動，特別是在晚上，還有不舒服的刺激感！』他們排除掉鐵質攝取不足和腦神經的因素之後，你就得到診斷了呢。我去年秋天做了約診，以免他們開處方之前還要我做睡眠測試，但這位醫生直接就開藥了，真好。她也針對我的嚴重疼痛開了奧施康定，我告訴她有個瘋狂酸民在網路上指控我男友剽竊，讓我們倆壓力都大到爆表，於是她也開了煩寧。對了，湯裡加的就是煩寧。」他聽到她的笑聲。「我媽的食譜裡肯定沒有加這個。我還給了你止暈的藥，以免你在我去西雅圖的半路上把我的心血都給吐出來。總之，這是個滴水不漏的配方，所以假如我是你，我會好好放鬆就是。」安娜嘆道，「跟你說，如果你想的話，我可以待久一點，看著你度過最慘的階段。你想嗎？要是想，就捏一下我的手。」

傑克表達不出自己的意思，也已經忘了自己該做什麼，他感覺到她輕輕捏了他的手，於是也捏回去。

「好，」她說，「還有什麼沒講？噢……雅典市。我很喜歡回去上學。年輕人真是浪費了教育資源，你說是不是？我上高中的時候，總是看著班上的同學、我哥和他的朋友，心裡想著，**我們可以在這裡坐上一整天學新東西，這真是太棒了！為什麼你們都要這麼混帳？**最大的混帳就是我哥，我這一輩子，他沒問過我一個關於我自己的問題，沒說過一句有感情的話，我一點也不介意跟他老死不相往來，直到他開始想跟我聯絡。我該說的是，他想跟蘿絲聯絡。那也不是因為他突然對她有了興趣，而是因為他想把房子賣了。可能是他的酒吧搖搖欲墜，也可能是他又開始嗑藥，我不曉得。但我猜他想通了，他不可能把我女兒排除在房子的交易之外，而不吃上官司。我不回他的電話和信，所以那年冬天他某日就這麼跑到喬治亞州來。我看到他在雅典花園前面的一台車上等我，而不幸的是，他已經先看到我了。」

安娜又看了一次時間。

「總之，我姑且先相信他。我想說，**好吧，他看到我了，他一定認得出自己的妹妹長什麼樣，所以就算是他這種白痴也想得出現在是什麼狀況**。我只希望我們可以像一直以來那樣，井水不犯河水。我是說，我知道他搬回老家的房子住了，所以道個謝也不為過，但我哥當然不來這一套。然後有一天，我在臉書上看到他報名了東北王國的某個寫作班。也許你會想，**好吧，可是為什麼妳會假設他要寫這件事？**我只能說：我了解我哥。他不是那種想像力豐富的人。他就像喜鵲，看到有閃閃發光的漂亮東西在地上，就會想，**那一定很有價值**。所以他就自己動手了。傑克，我想你一定能理解，有人那樣偷走你的東西是什麼感覺。所以，過了兩個月，我開車回佛蒙特州，等他出門工作。我可以說是真的挺驚訝，因為那個混帳還真的寫了將近兩百頁，寫的是我的故事。而且，你也別以為他是為了自己而寫的，這不是什麼透過創作達成的內在探索、找到自己的聲音，或是理解原生家庭核心的痛苦。我找到文學獎的資料、經紀人名單，他甚至還訂閱了《出版者週刊》。他知道自己在做什麼。他計劃要大賺一筆，利用我。現在大家不是一看到你文章挪用了其他文化的詞彙或髮型就會開砲嗎？那個王八蛋可是把我的整個人生故事不告而取。現在你知道這是不對的行為了吧，傑克？他們在寫作班不就是這樣教的嗎？除了你以外，沒有人能說出你的故事？」

他想著，這句話跟**沒有別人能過你的人生**有異曲同工之妙。

「總知，我翻遍他的房子，蒐羅了所有我不想留下的東西，他那部傑作的手稿，還有筆記，以及我和蘿絲還放在家裡的照片。噢，我還拿了我媽的食譜，裡面有你喜歡的那道湯。它就放在我們的廚房裡，水槽上方的層架上，雖然你沒注意過。你這個小說家觀察入微的眼光怎麼了，傑克？你應該有這種能力的，你知道吧。」

他知道。

「當然，我也找到了他的藥，有很多。我等他從酒館回來，他到家之後，我跟他說我們該來文明地談一談賣房子的事。話說我還得先給他用上一大堆安眠藥，才有辦法拿著針筒接近他，不過像他濫用了那麼久的鴉片類藥物，就是會這樣。我當時對他沒有半點同情，現在也仍然沒有。

他走的方式比你現在這樣舒服多了。我想這是挺舒服的，應該要是。」

他感覺並不舒服，但也不痛苦，感覺就像努力想爬行穿過某種質地像棉花糖的東西，卻怎麼樣也爬不到另一頭。他並沒有真的感受到疼痛，但是有個念頭不停敲打著他，就像是你知道自己開車去某個地方，卻想不起那個地方在哪裡、你為什麼要去。而且，他也不斷想著同一件反覆彈回他腦裡的事：**等一下，妳不是安娜嗎？**但這一點道理也沒有，她顯然就是，他不懂的地方在於，他為什麼從來不曾質疑過，還有他為何現在開始質疑。

「之後，我就決定離開雅典市。南方真的不適合我。我在那裡待到收拾完行李，找到律師處理佛蒙特州的房子出售。說來你覺得皮肯斯這個人怎麼樣？真是個廢物，對吧？他一度對我毛手毛腳，我不得不威脅要去找律師公會。你可能也知道，他跟公會的關係已經因為他的其他越線行為而非常緊張了，所以他之後就變得很規矩、很仔細。我上週打給他，警告說有個姓波納的傢伙可能會找上門，並且提醒了他律師和當事人之間神聖的保密義務。但我想就算我沒警告他，他也不會跟你說什麼。他肯定不會想惹我不高興。」

不會，傑克心想。傑克同樣不想惹她不高興。他現在知道了。

「總之，我想去西岸把學位讀完，但不確定要去哪。我考慮過舊金山，但最後選了華盛頓州。噢，我當然也改了名字。安娜聽起來跟黛安娜有點接近，威廉斯則是全美國的第三大姓，你知道嗎？我就是覺得改姓史密斯或強森太明顯了。而且我也不再染頭髮。西雅圖到處都是灰頭髮的女人，很多人還比我年輕，所以我覺得相當自在。我沒住過惠德比島，只跟蘭迪在那裡享受了幾個週末。我在電台實習的時候，我們之間是有點什麼，我相信這在製作人的職位開缺時幫了我的忙。嘿，」她說，「你就別再盯著那瓶藥了吧？你知道，你什麼也做不了的。」

她拉著他的肩膀，讓他恢復到仰躺姿勢，他的眼睛時開時閉。要聽清楚她說話也愈來愈難了。

「所以，一切都好得很。我有房子、有工作，種了酪梨，然後某天下午，我在西雅圖一間優質咖啡廳裡聽到幾個女人討論她們在看的書，故事很瘋狂，講一個媽媽殺了女兒、冒充了她。幹，我真不敢相信！我坐在那裡，心中想著，**該死，不可能！**我當時不覺得那跟我有關聯，因為世上不可能還有別人知情，而且我把所有東西都帶出房子，讀完就銷毀了。我把隨身碟和手稿分散丟在艾森豪州際公路沿線的每一個垃圾桶裡，還把他的電腦丟在密蘇里州的一間流動廁所！要不是有什麼離譜的巧合，就是我那殺千刀的哥哥在地獄裡寫了書，寄給魔鬼開的出版社，專門經營謊言和偷來的故事！」她真的微笑起來。「我去了艾略特灣，說要找一本我聽人家說過的書，在講一個女人殺了自己的女兒。然後，這本書就出現了。我查你的資料時，看到你在雷普利的創意寫作學程教過書，於是事情的經過就很明顯了。我是說，這種劇情不可能是天外飛來的憑空想像吧？是嗎？」

傑克沒有回答。

「你應該會很高興，你的書有專屬的陳列桌，就在書店最前面。陳列位置對作者是很重要的，我懂。艾略特灣的店員告訴我，《搖籃》是那週的暢榜第八名。我那時不知道『暢榜』是什麼，現在知道了。我真不敢相信，我要自掏腰包來買我自己的故事。我的故事啊，傑克，我哥哥無權幫我講，你該死的當然也是。我還沒走出書店，我就知道我要把故事從你手中奪回，雖然我過了一陣子才想到該怎麼做。你的打書行程已經來過西雅圖了，真可惡，因為那就代表我只能等到你回來。但是，城市藝術講座的消息一宣布，我就開始遊說蘭迪。我想你可以說，這就是我的計畫，」她十分諷刺地說，「而我得說，我挺自豪的。只不過，你能不能解釋解釋，為什麼我要嫁給一個偷我東西的人，才能把原本就屬於我的東西拿回來？這可以是小說的題材，對吧？但我倒也不會寫小說，因為我不是像你那樣的作家，傑克，我不像你。」

他模模糊糊地看著她。他已經不太能理解這一切跟他有何關係了。

「欸，哇，」她說，「你的瞳孔變得像兩個小黑點了。而且你身上都是汗。你感覺如何？因為我們得留意呼吸窘迫的症狀——就是代表呼吸變慢的高級醫學名詞，還有嗜睡、脈搏減弱。還有他們常說的『精神狀態變化』，但我不太清楚那個意思。再說，我該怎麼讓你描述你的精神狀態？」

他的精神狀態是想要這一切全都停下來。但同時，他也覺得如果他有辦法，就會尖叫出來。

「我不想提前結束，」安娜說，「但如果我再繼續待下去，交通時間就很吃緊了，所以我要準備出發。在我走之前，有幾件事我想讓你放心。首先，我留了很多食物和水給貓，所以你不用擔心牠。第二，我不希望你擔心我之後要怎麼辦，法律上的事情我們都辦好了，你的新書也寫完了，所以一點問題也沒有。其實，如果接下來《搖籃》重回《紐約時報》暢榜冠軍，我也不意外呢。而且，嘿，如果法國的那份報價真的不錯，就代表你的新書也會表現很好呢。你一定很慶幸吧。有時候接在大書之後的續作會令人失望，不是嗎？但不管結果如何，你都不用擔心，因為身為你的遺孀和文學遺產執行人，我會盡我所能，謹慎管理你的遺作事務，那是我的責任；我想你也會同意，那也是我的權利。最後，我們剛剛在這裡殺時間的時候，我擅自在你的手機裡寫了幾行自殺遺言，我表明沒有人對這件事有責任，你陷入了某種悲慘的絕望狀態，因為這樣那樣的緣故，你被網路上的某個人持續騷擾，你不知道對方是誰，但是此人指控你剽竊，這對任何作家而言都是重大的打擊。」

她拿起手機給他看，他幾乎辨認不出她寫下的那些模糊字句。那是他最後的話語，卻不是由他選擇、由他組織，也沒有經過他的檢視。這堪稱是最慘不過的事了。

「我可以讀給你聽，但我不覺得你現在有辦法修改，再說，我真的該走了。我會把手機放在廚房檯面上，以免你休息的時候被電話或簡訊打擾。我想……」她停下來環視如今一片昏暗的房間。「嗯，我想就這樣了。再見，傑克。」

她好像在等他回應，然後聳了聳肩。

「這一切都非常有趣。我真的學到了很多關於作家的事情。你可真是個奇葩啊，懷著那些小心眼的怨恨，還有五十道自戀的陰影呢。你表現得好像文字不是屬於所有人，好像故事跟實際存在的人沒有關連。這很傷人，傑克。」她嘆了口氣。「但我想我還有很長的時間可以消化。」

她站了起來。

「現在呢，姑且告訴你一聲，我到拉瓜地亞機場的時候，會傳簡訊跟你說我有多愛你。我明早降落的時候，會再傳一次簡訊跟你說我平安抵達。我明天會把我要清空的倉庫照片傳給你，也許晚上跟我朋友在水邊的老地方見面的時候，也會拍個幾張。然後，我會開始傳簡訊拜託你打電話給我，因為你已經連續一兩天沒有回我訊息了，我很擔心。然後，恐怕我就得打個電話給你爸媽了，但我們先別擔心這個。你只需要好好睡一覺。再見了，甜心。」

她俯身到床上，但沒有親吻他。她親了那隻貓，惠德比，以她和前老闆蘭迪享受過幾個週末的小島命名，當時她還是他的實習生。然後她走出房間，片刻之後，他聽見前門在她身後鎖上。

貓繼續待在原地，至少又待了幾分鐘，然後牠爬到傑克的胸膛上，留在那裡，被他的每一次吸氣推高，隨他的每一次呼氣下降。牠望進傑克的雙眼，直到他眼中再也沒有屬於活人的暖意。之後，牠盡其所能跑遠，在蓋著毯子的沙發下躲了好幾天，直到那位享用過紐奧良果仁糖伴手禮的鄰居終於過來把牠哄誘出來。

尾聲

全球暢銷書《搖籃》的作者，已故的傑克・芬奇・波納顯然無法親自出席他的遺作《失足》於馬克・泰普基金會音樂廳舉辦的新書發表會，但他的遺孀安娜・威廉斯－波納代表他到場。曾是西雅圖居民的她是一名令人驚豔的女子，梳著長長的銀色髮辮，坐在台上的其中一張扶手椅，背後是新書的巨幅封面圖。另一張椅子上坐的是當地一位叫作坎蒂的名人。

「對我來說，很悲傷的一點是，」坎蒂帶著深深同情的神色說，「我針對《搖籃》一書訪問過您的先生，就在這同一座舞台上，不過是一年半前的事而已。」

「噢，我知道，」作家的遺孀說，「那天晚上我就在觀眾席裡。我還沒認識傑克之前，就是他的書迷了。」

「這樣啊！真是太可愛了。您是在訪問後的簽書會上見到他的嗎？」

「不是。我太害羞了，不敢拿著書去排隊。我是隔天早上見到傑克的。我當時在KBIK電台蘭迪・強森的節目當製作人。傑克來上節目，之後我們一起去喝咖啡。」她露出微笑。

「然後您就離開西雅圖，搬去紐約了。您知道，這真是讓本地人皺眉啊。」

「完全可以理解。」安娜微笑道，「但我就是情不自禁。我戀愛了。我們認識之後只過了兩個月就住在一起。我們共度的時光實在不多。」

坎蒂垂下頭，這整件事的悲劇性令她難以承受。

「我知道您同意出席這些活動，不只是為了支持傑克的小說作品，更是因為您自覺有責任為您的先生當時遭遇的問題發聲。」

安娜點點頭。「他因為一系列的匿名攻擊而精神頹喪。主要是網路上的攻擊，透過推特和臉書進行，但也有寄給出版社的信函，甚至有幾封信直接寄到我們家裡。最後一封電子信是在他自殺當天寄來的。我知道他為此悶悶不樂，他想搞清楚這個人是誰、對他有什麼打算。我想是最後那封訊息在某種程度上擊潰了他。」

「他是遭到什麼樣的指控呢？」坎蒂說。

「這個嘛，指控的內容一直都很無理。對方聲稱他的《搖籃》的故事情節是偷來的，但是沒有實質的細節證據，都是空洞的指控，但在傑克的世界裡，即使單單只有指控，也是毀滅性的。他挫敗至極，還要在經紀人與出版社工作人員面前自我辯護，並且擔心這件事若是鬧大了，會如何影響他在讀者眼中的形象，這件事把他整個人都搞壞了。到了最後，我看得出來他越來越憂鬱。我很擔心，但你知道，我對憂鬱症的想法就和大部分人一樣。我看著我的丈夫，心裡想著，**他有極為成功的事業，我們才新婚不久，這些肯定都比那齣鬧劇重要吧，所以他怎麼會憂鬱呢？**我當時飛回來西雅圖待了兩天，處理我放在倉庫的舊東西，還有見見朋友，傑克就是在那時自殺的。我感覺好內疚，因為我丟下他一個人，也因為他服用的藥物是來自我的慢性症狀處方。我去機場前，我們還在家裡共進了晚餐，他當時看起來再好不過。但是接下來幾天，他完全沒回簡訊，也不接電話。我開始擔心了，最後就打給他母親問有沒有他的消息。不得不告訴他母親這件事，真是太糟了。我自己不曾身為人母，我只能想像痛失愛子的悲慟，而親眼目睹更是恐怖。」

「但妳也不能責怪自己。」坎蒂說，這對她來說當然是正確的發言。

「我知道，但這還是很困難。」安娜．威廉斯－波納沉默了片刻。觀眾也跟著她一起沉默。

「妳的旅程非常艱辛，」坎蒂評論道，「我認為妳今晚來到這裡，跟大家談論妳先生的奮鬥與成果，就證明了妳自己的力量。」

「謝謝。」作家的遺孀說。她坐得直挺挺，銀色髮辮垂落到左肩前，她用手指不停繞著髮尾。

「妳自己有沒有什麼計畫能跟大家分享呢？例如，妳有打算搬回西雅圖嗎？」

「沒有呢。」安娜．威廉斯－波納微笑道，「很遺憾，我真的很愛紐約。我想推廣我先生傑出的新作，而且麥克米蘭出版社也為了紀念傑克而重新推出了他在《搖籃》之前的兩本小說。等到明年《搖籃》的改編電影上映時，我也打算參與推廣。不過，在此同時，我也開始覺得我也許該關注一下我自己了。我從前在華盛頓大學的一位教授曾經說：『沒有別人能過你的人生。』」

「真是睿智。」坎蒂說。

「我也一直有同感。現在我終於有了點時間，能夠真正深思我人生的目標是什麼、我想怎麼過這一生。在目前的狀況下，這樣講來有點尷尬，但我內心深處明白自己真心想做的事就是寫作。」

「真的嗎！」坎蒂傾身向前說道，「但妳肯定倍感壓力。我是說，作為這麼一位知名作家的未亡人……」

「我不會那樣覺得。」安娜微笑道，「的確，傑克的作品舉世聞名，但他總是堅稱自己並不特別。他以前告訴過我：**每個人都有獨一無二的聲音，有其他人說不來的故事。而且，人人都能當作家。**」

謝辭

我鮮少像二〇二〇年的春夏兩季中那麼為自己的職業選擇感恩慶幸，不只是因為我有機會在家工作，更因為我每天都有機會逃進另一個現實裡。我對我超讚的經紀人，WME公司的蘇珊・葛勒克（Suzanne Gluck）與安娜・德若伊（Anna DeRoy）感激不盡，也感謝安筑雅・布拉特（Andrea Blatt）、翠西・費雪（Tracy Fisher）與菲歐娜・貝爾德（Tracy Fisher）。也謝謝黛比・傅特（Deb Futter）、潔米・拉布（Jamie Raab）以及他們在Celadon出版社的非凡工作團隊，成員包括蘭地・克拉瑪（Randi Kramer）、蘿倫・杜利（Lauren Dooley）、瑞秋・趙（Rachel Chou）、克莉絲汀・米契提辛（Christine Mykityshyn）、珍妮佛・傑克森（Jennifer Jackson）、潔咪・諾文（Jaime Noven）和安妮・圖米（Anne Twomey）。這本書是在黛比的辦公室裡誕生的，抱歉給你們弄得一團亂。

我父母受困於紐約市的住家期間，如飢似渴地在這本小說寫作的同時讀完了每一個字。我的丈夫每天早上送來咖啡，下午五點則準時送來酒精飲料。我的姊妹和孩子鼓勵我繼續努力。我親愛的朋友們在寫作過程中支持著我，我對他們的感激難以言喻，尤其是克莉絲汀娜・貝格・克萊恩（Christina Baker Kline）、珍・葛林（Jane Green）、伊莉絲・帕斯臣（Elise Paschen）、麗莎・艾克斯壯（Lisa Eckstrom）、艾莉莎・羅森（Elisa Rosen）、佩姬・歐布萊恩（Peggy O'Brien）、黛柏拉・米切（Deborah Michel）與她慧黠的女兒們，珍妮絲・卡普蘭（Janice Kaplan）、海倫・艾森巴赫（Helen Eisenbach）、喬伊斯・卡洛・奧茲（Joyce Carol Oates）、莎莉・辛格（Sally Singer）和蘿芮・尤斯提斯（Laurie Eustis）。也謝謝蕾斯莉・庫恩（Leslie Kuenne），但那就真的是另一個故事了。

《剽竊》這本書也許對作家的態度略嫌嚴厲，但這也不意外；我們一向嚴以待己。你很難在別的領域找到如此自我鞭笞的創作者了。但說到底，我們都是幸運兒。第一，我們有幸以語言為業，而語言如此令人狂喜。第二，我們熱愛故事，又能夠在故事之中嬉戲，不管是求來的、借來的、改編的、織繡而出的……甚至是偷來的故事：這都是一場龐大對話的一部分。「把握住它，你就掌握了根源。理解一切亦即原諒一切。」（引自伊夫林・沃的《慾望莊園》）

謹懷著愛意將這部小說獻給蘿芮・尤斯提斯。

Storytella 174

剽竊
The Plot

剽竊/珍.漢芙.克瑞茲作 ; 葉旻臻譯. -- 初版. -- 臺北市 : 春天出版國際文化有限公司, 2023.11
面 ; 公分. -- (Storytella ; 174)
譯自 : The Plot
ISBN 978-957-741-745-9(平裝)

874.57　　112013909

ISBN 978-957-741-745-9
Printed in Taiwan

This edition is arrangement with William Morris Endeavor Entertainment, LLC. through Andrew Nurnberg Associates Limited.

作　者　珍・漢芙・克瑞茲
譯　者　葉旻臻
總編輯　莊宜勳
主　編　鍾靈

出版者　春天出版國際文化有限公司
地　址　台北市大安區忠孝東路四段303號4樓之1
電　話　02-7733-4070
傳　眞　02-7733-4069
E－mail　bookspring@bookspring.com.tw
網　址　http://www.bookspring.com.tw
部落格　http://blog.pixnet.net/bookspring
郵政帳號　19705538
戶　名　春天出版國際文化有限公司
法律顧問　蕭顯忠律師事務所
出版日期　二〇二三年十一月初版

定　價　420元

總經銷　楨德圖書事業有限公司
地　址　新北市新店區中興路二段196號8樓
電　話　02-8919-3186
傳　眞　02-8914-5524
香港總代理　一代匯集
地　址　九龍旺角塘尾道64號 龍駒企業大廈10 B&D室
電　話　852-2783-8102
傳　眞　852-2396-0050